LES SEPT CHANSONS

MERLIN

LES SEPT CHANSONS

~ T. A. BARRON ~

Traduit de l'anglais par
Agnès Piganiol

ADA
éditions

Copyright © 1997 Thomas A. Barron
Titre original anglais : Merlin : The Seven Songs
Copyright © 2013 Éditions AdA Inc. pour la traduction française
Cette publication est publiée en accord avec Penguin Group, New York, NY

Éditeur : François Doucet
Traduction : Agnès Piganiol
Révision linguistique : Katherine Lacombe
Correction d'épreuves : Nancy Coulombe
Conception de la couverture : Matthieu Fortin
Photo de la couverture : © 2011 Larry Rostant
Conception de la carte : © 1996 Ian Schoenherr
Mise en pages : Sébastien Michaud
ISBN papier 978-2-89667-854-9
ISBN PDF numérique 978-2-89683-923-0
ISBN ePub 978-2-89683-924-7
Première impression : 2013
Dépôt légal : 2013
Bibliothèque et Archives nationales du Québec
Bibliothèque Nationale du Canada

Éditions AdA Inc.
1385, boul. Lionel-Boulet
Varennes, Québec, Canada, J3X 1P7
Téléphone : 450-929-0296
Télécopieur : 450-929-0220
www.ada-inc.com
info@ada-inc.com

Diffusion

Canada :	Éditions AdA Inc.
France :	D.G. Diffusion
	Z.I. des Bogues
	31750 Escalquens — France
	Téléphone : 05.61.00.09.99
Suisse :	Transat — 23.42.77.40
Belgique :	D.G. Diffusion — 05.61.00.09.99

Imprimé au Canada

Participation de la SODEC. SODEC
Nous reconnaissons l'aide financière du gouvernement du Canada par l'entremise du Fonds du livre du Canada (FLC) pour nos activités d'édition.
Gouvernement du Québec — Programme de crédit d'impôt pour l'édition de livres — Gestion SODEC.

Catalogage avant publication de Bibliothèque et Archives nationales du Québec et Bibliothèque et Archives Canada

Barron, T. A.
    Les sept chansons
    (Merlin ; 2)
    Traduction de : The seven songs of Merlin.
    Pour les jeunes de 10 ans et plus.
    ISBN 978-2-89667-854-9

    1. Merlin (Personnage légendaire) - Romans, nouvelles, etc. pour la jeunesse. I. Piganiol, Agnès. II. Titre.
PZ23.B37Se 2013   j813'.54   C2013-940557-7

*Ce livre est dédié à Currie, qui chante sa vie
comme un couplet du septième Chant.*

∞

*Avec une pensée particulière pour Ross, deux ans,
qui voit si bien avec son cœur.*

ÎLE LÉGENDAIRE DE FINCAYRA

ici vit un peuple étrange

PERDUES

Puits de l'Autre-Monde

Slantos

cavernes

le château des Ténèbres
la prophétie de la Danse des géants a été faite ici

LES GORGES DES AIGLES

ruines

campement de gobelins

demeure de Cairpré

la brèche

Teilean et Garlatha

LES PLAINES ROUILLÉES

cité des bardes

LES MARAIS HANTÉS

repaire de Domnu
le Galator est peut-être là

LES COLLINES OBSCURES

trésors ?

ruines

rideau de brume qui entoure l'île

TABLE DES MATIÈRES

NOTE DE L'AUTEUR

Quelquefois, durant les longues heures qui précèdent l'aube, je reste éveillé dans mon lit et j'écoute : les branches du peuplier agitées par le vent, le grand duc qui hulule doucement et, en de rares occasions, la voix de Merlin. Avant même de pouvoir entendre cette voix murmurer à mon oreille — assez clairement pour raconter l'histoire de sa jeunesse perdue —, j'avais des choses à apprendre, et encore plus à désapprendre. Je devais surtout être très attentif. Car cet enchanteur réserve bien des surprises.

Les Années perdues, premier tome de cette série, raconte les étranges événements qui ont marqué le début de son existence. Pourquoi ces années ont-elles disparu des récits traditionnels, pour réapparaître des siècles plus tard ? La réponse réside peut-être dans les profonds changements et les épreuves douloureuses que Merlin a connus durant cette période. Pourtant, ces années-là ont été cruciales pour le futur conseiller du roi Arthur.

Elles commencent lorsque, petit garçon, il est rejeté, à demi mort, sur la côte du pays de Galles. La mer l'a dépouillé de tout ce qu'il était auparavant. Ignorant qu'un jour il deviendra le plus grand enchanteur de tous les temps, il vit avec les ombres d'un passé dont il n'a aucune mémoire.

Il ne sait ni d'où il vient, ni quel est son nom. Les paroles qu'il emploie pour parler de cet événement révèlent à quel point il en a été marqué.

Si je ferme les yeux et respire au rythme de la mer, le souvenir de ce jour lointain me revient. Un jour rude, froid et sans vie, aussi vide de promesses que mes poumons le sont d'air.

Depuis, j'en ai vu beaucoup d'autres, plus que je n'ai la force d'en compter. Et pourtant ce jour brille dans ma mémoire avec autant d'éclat que le Galator lui-même, comme celui où j'ai trouvé mon nom vrai, ou celui où j'ai bercé pour la première fois dans mes bras un bébé du nom d'Arthur.

Si je m'en souviens si clairement, c'est peut-être parce que la douleur est toujours là, telle une cicatrice sur mon âme. Ou parce qu'il a marqué la fin de tant de choses… et, en même temps, le commencement de mes années perdues.

Maintenant, l'histoire du jeune Merlin continue. Il a peut-être résolu l'énigme de la Danse des géants, mais il n'est pas au bout de ses peines. En effet, d'autres énigmes l'attendent. Saura-t-il les résoudre à temps pour achever sa quête ? C'est ce qui reste à voir. Le défi est énorme. Certes, il a pris conscience de ses pouvoirs cachés. Toutefois, il est loin de les maîtriser. Il a quelques connaissances héritées des druides, des Grecs et des Celtes, mais il commence seulement à les comprendre. S'il connaît son nom, à présent, et a une idée de sa véritable destinée, il doit encore découvrir le secret de son être profond.

Bref, il ne sait pas encore ce que signifie être enchanteur.

Pour le trouver en lui, le jeune Merlin, qui a déjà tant perdu, doit encore perdre davantage. En chemin, il peut également faire des découvertes : apprendre la vérité sur son amie Rhia, ou saisir la différence entre voir et comprendre. Il s'apercevra peut-être, avec douleur ou avec joie selon le cas, qu'il y a en lui des zones d'ombres autant que de lumière, et des qualités supposées contraires telles que la jeunesse et la vieillesse, le masculin et le féminin, le mortel et l'immortel.

L'ascension des héros légendaires passe parfois par trois niveaux : par soi, par le monde et par l'Autre Monde. D'abord, il — ou elle — doit apprendre à se connaître soi-même ; ensuite, triompher de ses ennemis sur la Terre ; et enfin, affronter les dangers et les capacités de l'esprit. En essayant de passer dans l'Autre Monde dès le deuxième livre de la série, notre héros ne se conforme pas au schéma traditionnel. Mais, nous l'avons vu, Merlin n'aime pas tellement suivre les règles. La vérité, c'est que dans ce livre-ci, comme dans les autres, il explore les trois niveaux à la fois.

Cependant, c'est l'Autre Monde, le royaume de l'esprit, qui renferme la clé de sa quête. C'est un endroit mystérieux, rarement visité par les mortels, plein de danger et en même temps source d'inspiration. Si Merlin peut, d'une façon ou d'une autre, maîtriser les Sept Chants de la Magie, vaincre les forces qui ont détruit son grand-père, et découvrir le secret du Puits de l'Autre Monde, il accédera peut-être au monde spirituel. S'il y arrive, il rencontrera peut-être le mystérieux Dagda et le perfide Rhita Gawr... et, éventuellement, ce qui reste de son fidèle ami Fléau.

Il se peut également que sa quête l'amène à trouver quelque chose de plus. Comme l'a écrit le poète irlandais W. B. Yeats, l'humanité a toujours aspiré à trouver un lien avec l'ordre cosmique, « à réunir la perception de l'esprit, du divin et de la beauté naturelle ». C'est pourquoi le jeune Merlin, qui a commencé à sentir ses propres pouvoirs en bravant un orage dans les branches d'un arbre, cherche par tous les moyens à établir ce lien en suivant le chemin tortueux de la magie.

Cette partie du voyage de Merlin commence là où s'est terminée la précédente : sur l'île légendaire de Fincayra. Les Celtes croyaient que c'était une île sous-marine, un point à mi-chemin entre ce monde-ci et l'Autre Monde — un *omphalos*, comme auraient dit les Grecs —, mais la meilleure description de Fincayra est celle d'Elen, la mère de Merlin, pour qui cette île est simplement un lieu *intermédiaire*. Comme la brume, qui n'est ni tout à fait de l'eau, ni tout à fait de l'air, Fincayra n'est ni vraiment mortelle, ni vraiment immortelle. Elle est entre les deux.

Merlin aussi est « entre les deux » : ni vraiment homme, ni vraiment dieu ; ni vraiment vieux, ni vraiment jeune. Carl Gustav Jung aurait trouvé fascinant ce personnage dont les pouvoirs mythiques viennent à la fois du conscient et de l'inconscient, et qui puise ses connaissances autant dans la culture que dans la nature.

Ce n'est pas un hasard si les histoires les plus anciennes attribuent à Merlin une mère sainte et un père démoniaque, lesquels représentent respectivement le côté lumineux et le côté obscur inhérents à chacun de nous. Au lieu de vouloir chasser ou éliminer ce dernier, Merlin a la grande sagesse de l'accepter comme une partie intégrante de lui-même. En définitive, c'est ce sentiment de la fragilité de l'homme, en même temps que son potentiel, qui fait de lui un guide parfait pour le roi Arthur.

Je tiens à exprimer de nouveau ma profonde reconnaissance à tous ceux que j'ai cités dans la note du premier livre, en particulier à ma femme et meilleure amie, Currie, et à mon éditrice Patricia Lee Gauch pour ses sages conseils. Par ailleurs, j'aimerais remercier Lloyd Alexander, dont les œuvres continuent à tous nous inspirer, Susan Cullinan, qui comprend la sagesse de l'humour, et Sasha, notre gentil labrador, qui me réchauffe souvent les pieds quand j'écris.

J'entends à nouveau la voix de Merlin. Écoutons-le, mais avec attention : car, comme nous le savons désormais, cet enchanteur *réserve bien des surprises.*

T. A. B.

―――――――― ∞ ――――――――

Je n'étais plus tout à fait moi-même.
J'étais un esprit et connaissais...
les secrets de la nature,
le vol des oiseaux,
les mouvements des étoiles,
et ceux des poissons.

―――――――― ∞ ――――――――

Merlin, cité dans
La Vie de Merlin de Geoffroy de Monmouth,
XIIe siècle.

PROLOGUE

Les siècles ont passé très vite… Plus vite que le courageux faucon qui m'a jadis porté sur son dos. Plus vite, même, que la flèche de douleur qui s'est plantée dans mon cœur le jour où j'ai perdu ma mère.

Je vois encore le Grand Conseil de Fincayra réuni dans le cercle de pierres levées — tout ce qui subsistait de l'imposant château après la Danse des géants. Le Conseil n'avait pas été convoqué en ces lieux depuis une éternité; et cela n'arriverait plus avant très longtemps. Les délégués avaient plusieurs questions difficiles à résoudre, entre autres celles du châtiment à infliger au monarque déchu et du choix d'un éventuel successeur. Mais la question la plus grave concernait les Trésors de Fincayra, en particulier la Harpe fleurie. Que fallait-il en faire?

Rien ne peut effacer cette réunion de ma mémoire, pas son début et encore moins sa fin.

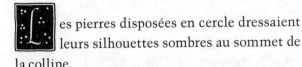 es pierres disposées en cercle dressaient leurs silhouettes sombres au sommet de la colline.

Aucun mouvement, aucun bruit, ne troublait l'air nocturne. Une chauve-souris isolée qui se dirigeait vers les ruines vira brusquement pour les éviter, peut-être par crainte de voir le château des Ténèbres se relever. Mais il ne restait de ses tours et de ses remparts que cette couronne de pierres aussi silencieuses que des tombes à l'abandon.

Peu à peu, une étrange lumière se répandit sur ces vestiges. Ce n'était pas celle du soleil, encore loin de son lever, mais celle des étoiles qui, petit à petit, devenaient plus brillantes. On aurait dit qu'elles se rapprochaient du cercle et l'observaient comme des milliers d'yeux.

Un papillon de nuit aux grandes ailes jaunes se posa sur une des pierres. Il fut bientôt rejoint par un oiseau bleu pâle et un vieux grand-duc déplumé. Une forme ondulante traversa un pilier renversé tout en restant cachée dans les ombres. Deux jeunes faunes, avec des pattes et des sabots de bouc, entrèrent dans le cercle en gambadant. Puis vinrent les arbres : des frênes, des chênes, des aubépines et des pins qui s'avançaient majestueusement.

Sept Fincayriens, hommes et femmes, visiblement impressionnés, pénétrèrent dans le cercle en même temps qu'une bande de nains à barbe rousse. Il y avait aussi deux nymphes qui s'aspergeaient bruyamment dans une flaque, un étalon noir, plusieurs corbeaux, un lézard moucheté, des perroquets, des paons, une licorne au pelage d'un blanc aussi éclatant que sa corne, une famille de scarabées verts qui avaient apporté une feuille pour s'installer dessus, une biche et son faon, un énorme escargot et un phénix qui contemplait tout ce monde de son regard fixe.

Tandis que d'autres délégués arrivaient, un poète hirsute au front haut observait la scène avec attention. Au bout d'un moment, il alla s'asseoir sur un pilier renversé, où était déjà installée une fille jolie vêtue de feuillages tressés. Auprès d'elle, appuyé sur un bâton, se tenait un garçon aux yeux plus noirs que du charbon et au regard étrangement distant. Il avait treize ans, mais paraissait plus que son âge. Il avait adopté depuis peu le nom de Merlin.

L'air résonnait de toutes sortes de bruits, cris, battements d'ailes, bourdonnements, grognements, mugissements. À mesure que le soleil s'élevait dans le ciel, jetant des touches dorées sur le cercle de pierres, le vacarme augmentait. Cette cacophonie se calma cependant à l'apparition d'une gigantesque araignée blanche, au moins deux fois plus grosse que l'étalon. Les autres créatures se turent et s'écartèrent en hâte car, même s'ils se sentaient honorés par la présence de la légendaire Grande Élusa, ils craignaient que le voyage depuis sa grotte de cristal, située dans les Collines embrumées, lui ait creusé l'appétit. De ce fait, elle n'eut aucune difficulté à trouver une place.

Tout en s'installant sur un tas de roches éboulées, elle se gratta le dos avec une de ses huit pattes et se déchargea d'un grand sac brun qu'elle posa près d'elle. Puis elle parcourut le cercle du regard, s'attardant un instant sur Merlin.

D'autres arrivèrent. Un centaure, avec une barbe qui descendait presque jusqu'à ses sabots, entra solennellement. Deux renards, la queue en l'air, caracolaient derrière, suivis d'un jeune elfe des bois aux bras et aux jambes presque aussi fins que ses cheveux châtain. Une pierre vivante, couverte de mousse, roula au centre, manquant de peu un hérisson qui allait lentement. Un essaim d'abeilles bourdonnantes volait à ras du sol. Près du bord, une famille d'ogres se chamaillait à coups de griffes et de dents pour passer le temps.

Les participants qui continuaient à affluer étaient souvent impossibles à identifier pour Merlin. Certains ressemblaient à des buissons touffus avec des yeux flamboyants, d'autres à des bâtons tordus ou des paquets de boue, et d'autres encore, à peine visibles, ne signalaient leur présence que par une vague lumière qu'ils jetaient sur les pierres. Il y avait des créatures au visage bizarre et parfois inquiétant, ou sans visage du tout. En moins d'une heure, le cercle silencieux était devenu un véritable carnaval.

Le poète Cairpré répondait de son mieux aux questions de Merlin sur les créatures extraordinaires qui les entouraient : ici, une poule des neiges, aussi insaisissable qu'un rayon de lune, là, un glyn-mater, qui ne mangeait que tous les six cents ans et seulement les feuilles de la fleur de tendradil. Rhia, la fille vêtue de feuilles, qui avait passé des années dans les bois de la Druma, connaissait certaines créatures que Cairpré ne pouvait nommer. Mais il en restait plusieurs que ni elle ni Cairpré n'étaient capables d'identifier.

Cela n'avait rien d'étonnant. Personne, à part peut-être la Grande Élusa, n'avait jamais vu la totalité des habitants de Fincayra. Peu de temps après la Danse des géants, qui avait mis fin au règne du roi Stangmar et détruit le château des Ténèbres, des demandes s'étaient élevées d'un peu partout pour que le Grand Conseil soit réuni. Pour la première fois de mémoire de vivant, tous les habitants mortels de Fincayra, oiseaux, bêtes, insectes ou autres, avaient été invités à y envoyer leurs représentants.

Presque toutes les espèces avaient répondu à l'appel. Seuls manquaient les gobelins et les spectres changeants, repoussés dans les grottes des Collines obscures après la défaite de Stangmar, ainsi que des représentants des sylvains, disparus du pays depuis longtemps, et des gens de la mer, qui vivaient dans les eaux autour de Fincayra, mais qu'on n'avait pas trouvés à temps pour les inviter.

Après avoir examiné la foule, Cairpré fit observer tristement que les grands aigles des Gorges, une des espèces les plus anciennes de Fincayra, n'étaient pas non plus présents. Dans les temps anciens, le cri vibrant d'un de ces oiseaux annonçait toujours le début d'un Grand Conseil. Mais, à force de les chasser, les armées de Stangmar les avaient fait disparaître. Le cri de ce fier rapace, conclut Cairpré, ne résonnerait plus jamais dans les collines de ce pays.

Merlin aperçut alors une vieille sorcière pâle, chauve, au nez bulbeux et au regard dur. Celle-là, il la reconnaissait et n'en gardait que de mauvais souvenirs. Elle avait eu plusieurs noms au cours des âges, mais généralement on l'appelait Domnu, ce qui signifiait « sombre destin ». À peine l'eut-il aperçue qu'elle disparut dans la foule. Il savait qu'elle l'évitait. Et il savait aussi pourquoi.

Soudain un grondement ébranla la crête. Alors qu'une des grandes pierres vacillait, le tremblement s'intensifia et la fit s'écrouler. Elle faillit écraser la biche et son faon. Merlin et Rhia échangèrent un regard. Ils avaient reconnu ce bruit : le pas des géants.

Deux silhouettes gargantuesques, chacune aussi grande que le château qui se dressait jadis à cet endroit, s'avancèrent vers le cercle. Ils avaient quitté leurs lointaines montagnes et abandonné pour quelque temps la reconstruction de Varigal, leur cité ancestrale, afin de participer au Grand Conseil. Merlin se retourna, espérant apercevoir son ami Shim. Mais il n'était pas parmi les nouveaux venus. Le garçon soupira, pensant que, de toute façon, Shim aurait sans doute dormi pendant toute la réunion.

Le premier géant était en réalité une géante. Elle avait les cheveux en bataille, des yeux verts et la bouche tordue. Elle grogna et se pencha pour ramasser la grande pierre. Alors que vingt chevaux auraient eu du mal à la déplacer, elle la redressa sans difficulté. Pendant ce temps, son compagnon, un gaillard rougeaud aux bras gros comme le tronc d'un chêne, observait la scène, les mains sur les hanches. Au bout d'un long moment, il lui fit un signe de tête.

Elle acquiesça d'un geste, puis, avec un nouveau grognement, elle leva les deux mains vers le ciel. Cairpré haussa les sourcils, intrigué.

On vit alors apparaître au loin un petit point noir qui sortit des nuages en tournoyant, comme pris dans un tourbillon invisible. Peu à peu, tous les regards se concentrèrent sur cette tache qui se rapprochait lentement et, de nouveau, le silence se fit. Même les exubérantes naïades se turent.

La tache grossissait. Bientôt on distingua d'immenses ailes, une large queue, puis un bec crochu qui brillait au soleil. Un cri déchira l'air et se répercuta d'une crête à l'autre. La terre elle-même sembla répondre à cet appel. C'était l'appel d'un grand aigle des Gorges.

Ses puissantes ailes largement déployées étaient gonflées comme les voiles d'un navire. En s'approchant, il modifia leur inclinaison tandis que ses énormes serres se tendaient vers le sol. Les lapins et les renards poussèrent des cris et de nombreuses bêtes reculèrent, effrayées. D'un coup d'ailes majestueux, l'oiseau se posa sur l'épaule de la géante.

Le Grand Conseil de Fincayra venait de commencer.

En premier lieu, les délégués décidèrent d'un commun accord que personne ne quitterait la réunion tant que toutes les questions n'auraient pas été traitées. À la demande des souris, chaque délégué promit de ne manger personne pendant toute la durée de la séance. Seuls les renards s'élevèrent contre cette idée, car les débats sur certaines questions risquaient de durer plusieurs jours, notamment ceux qui concernaient la Harpe fleurie. Mais la règle fut néanmoins adoptée. La Grande Élusa proposa gentiment de veiller à son application. Elle ne précisa pas comment, et personne ne sembla disposé à le lui demander.

L'assemblée déclara ensuite que le cercle de pierres était un lieu sacré. La géante se racla la gorge avec un bruit d'éboulement et proposa que les ruines du château des Ténèbres soient rebaptisées « Danse des géants », ou *Estonahenj* dans leur antique dialecte. Les délégués adoptèrent ce nom à l'unanimité, mais un lourd silence retomba sur l'assemblée. Car si la Danse des géants symbolisait l'espoir d'un avenir meilleur pour Fincayra, personne n'oubliait que cet espoir succédait à de profondes souffrances.

Un peu plus tard, la discussion porta sur le sort de Stangmar. L'odieux roi avait été renversé, et il n'avait échappé à la mort que grâce à Merlin, son fils unique. Il s'agissait, à présent, de décider du châtiment qui lui serait infligé. Merlin plaidait pour qu'il ait la vie sauve, mais comme il n'avait pas voix au chapitre, n'étant qu'en partie fincayrien, le poète Cairpré offrit de parler en son nom. Après avoir entendu la demande du garçon en faveur de son père, le Grand Conseil délibéra pendant des heures. Finalement, en dépit des fortes objections des géants et de l'aigle, l'assemblée condamna Stangmar à l'emprisonnement à vie dans une caverne des Collines obscures.

Ensuite vint la question du gouvernement de Fincayra. Les abeilles proposèrent leur propre reine, mais personne n'était favorable à cette suggestion. Les souffrances du règne de Stangmar étaient encore trop fraîches et beaucoup de délégués se déclarèrent vivement opposés à l'idée d'avoir un nouveau chef. Ils n'acceptaient même pas celle d'un parlement de citoyens, car, dirent-ils, le pouvoir finit toujours par corrompre ceux qui en sont investis. Cairpré n'était pas du tout de cet avis. Il cita des exemples de peuples que l'anarchie avait conduits à la ruine, et avertit que, sans dirigeants, Fincayra deviendrait de nouveau la proie de Rhita Gawr, ce vil seigneur de la guerre de l'Autre Monde. Mais la plupart des délégués restèrent insensibles à ses arguments et le Grand Conseil décida à la majorité qu'on se passerait de dirigeants.

Puis vint la plus grave question de toutes : que faire des Trésors de Fincayra ?

Devant un public attentif et respectueux, la Grande Élusa ouvrit son sac et en sortit la Harpe fleurie. La caisse de résonance en chêne, incrustée de frêne et décorée de motifs floraux en relief, luisait étrangement. Un papillon vert vint se poser sur la plus petite corde. Le chassant d'un coup de patte, la Grande Élusa fit légèrement tinter la corde. Elle écouta le son, puis sortit les autres Trésors : l'épée Percelame, l'Éveilleur de rêves, l'Orbe de feu et six des Sept Outils magiques (le septième, hélas, avait disparu dans les décombres du château).

Pendant un long moment, personne ne bougea. Les pierres elles-mêmes semblaient se pencher pour mieux voir. Les délégués savaient que, longtemps avant l'avènement de Stangmar, ces trésors légendaires avaient appartenu à tous les Fincayriens qui se les partageaient librement. Mais, comme l'avait prouvé Stangmar, ils étaient, de ce fait, plus faciles à voler. Un lièvre tacheté suggéra que chaque Trésor ait un gardien, quelqu'un qui en serait responsable et veillerait à ce qu'il soit bien utilisé. Ainsi ils pourraient être partagés, tout en restant protégés. La plupart des représentants étaient d'accord. On demanda donc à la Grande Élusa de choisir les gardiens.

Elle commença par refuser, déclarant que seul quelqu'un de beaucoup plus sage pourrait se charger d'un tel choix. Il fallait un véritable enchanteur, affirmait-elle, quelqu'un comme Tuatha, dont les connaissances étaient si vastes qu'il avait même trouvé un passage vers l'Autre

Monde pour consulter Dagda, le plus grand de tous les esprits. Mais Tuatha était mort depuis des années. Finalement, devant l'insistance des représentants, la Grande Élusa accepta de garder les Trésors dans sa grotte de cristal, mais seulement jusqu'à ce qu'on trouve les bons gardiens.

Le problème de la garde des Trésors était donc provisoirement résolu. Restait la question de la Harpe fleurie. La campagne alentour, touchée par la Rouille de Rhita Gawr, était comme morte. Pas un brin d'herbe verte n'y poussait. Les Collines obscures, qui avaient particulièrement souffert, nécessitaient une intervention rapide, et seule la Harpe fleurie avait le pouvoir de faire revivre ces terres.

Mais à qui la confier ? Elle n'avait pas été utilisée depuis que Tuatha s'en était servi pour soigner la forêt détruite par le dragon des Terres perdues. Il avait réussi à lui redonner vie, tout en reconnaissant que cette tâche avait été plus difficile que d'endormir le dragon furieux. Pour jouer de cette Harpe, avait-il prévenu, il fallait avoir un cœur d'enchanteur.

Le plus vieux des paons fut le premier à essayer. La queue déployée en éventail, il se dirigea fièrement vers l'instrument, baissa la tête et, d'un rapide coup de bec, il tira une corde. Une note pure s'en échappa et résonna dans l'air un moment, puis se tut. Le pouvoir magique de la Harpe semblait endormi. Le paon fit un deuxième essai, aussi décevant que le premier.

L'un après l'autre, plusieurs délégués s'avancèrent. La licorne au beau pelage blanc fit glisser sa corne sur les cordes. Un accord vibrant en sortit, mais rien de plus. Puis vinrent successivement un énorme ours brun, un nain à longue barbe, une femme à l'air énergique et une naïade. Aucun ne fit mieux.

Enfin, un crapaud doré sortit de l'ombre près de Merlin et, par petits sauts, se dirigea vers la Grande Élusa. Il s'arrêta assez loin de l'araignée pour ne pas être à sa portée, et déclara d'une voix rauque :

— Tu n'es peut-êtrrrre pas enchanterrrresse toi-même, mais je crrrrois vrrrraiment que tu en as le cœurrrr. Voudrrrrais-tu porrrrter la Harrrrpe ?

La Grande Élusa fit non de la tête et pointa trois pattes en direction de Cairpré.

— Moi ? bredouilla le poète. Ce n'est pas sérieux ! Je n'ai pas plus le cœur d'un enchanteur que la tête d'un cochon. *Mon savoir est limité, / Ma sagesse peu développée.* Je suis capable de faire des vers, comme vous le voyez, mais je ne pourrais jamais rien tirer de cette Harpe. En revanche, dit-il en se frottant le menton, je connais quelqu'un qui en serait peut-être capable.

Il se tourna alors vers son jeune voisin.

— Ce garçon ? grogna l'ours brun, sceptique.

— Je ne sais pas s'il a le cœur d'un enchanteur, avoua Cairpré qui surveillait Merlin du coin de l'œil. Je doute qu'il le sache lui-même.

Merlin, en effet, avait l'air mal à l'aise.

— Alors, pourquoi le proposes-tu ? pesta l'ours en frappant le sol de sa patte.

— Parce que je crois qu'il y a en lui quelque chose de plus que ce qu'on peut en voir, répondit le poète avec un demi-sourire. C'est quand même lui qui a détruit le château des Ténèbres. Laissons-le essayer la Harpe.

— Je suis d'accord, déclara une chouette. C'est le petit-fils de Tuatha.

— Et le fils de Stangmar ! rugit l'ours. Même s'il parvient à réveiller le pouvoir magique de la Harpe, on ne peut pas lui faire confiance.

L'elfe des bois s'avança alors au centre du cercle, ses cheveux châtain ondulant comme des vagues. Elle salua Rhia et cette dernière lui rendit son salut. Puis, d'une voix aux intonations mélodieuses, elle s'adressa à l'assemblée.

— Je ne connais pas le père de ce garçon, mais il paraît que, dans sa jeunesse, il jouait souvent dans les bois de la Druma. Et, comme l'arbre tordu qui aurait pu pousser haut et droit, je ne peux pas dire si ses défauts viennent de lui ou des anciens qui ne lui ont pas offert leur soutien. En tout cas, j'ai connu la mère de ce garçon. On l'appelait Elen aux yeux saphir. Elle m'a soigné une fois, quand j'avais la fièvre. Il y avait de la magie dans ses doigts, plus qu'elle n'en avait elle-même conscience. Peut-être que son fils a le même don. À mon avis, on devrait le laisser essayer la Harpe.

Une vague d'approbation parcourut le Conseil. L'ours fit quelques pas de long en large en ronchonnant, mais, pour finir, ne formula aucune objection.

Tandis que Merlin se levait, Rhia le prit par le bras. Il lui jeta un regard reconnaissant, puis s'avança vers la Harpe. Dans un silence général, il saisit l'instrument avec délicatesse, inspira profondément et, levant la main, il pinça une corde. Une note grave s'éleva dans l'air et vibra un long moment.

Déçu de constater qu'il ne se passait rien de particulier, Merlin se tourna vers Rhia et Cairpré. L'ours brun poussa un grognement de satisfaction. Soudain, le grand aigle des Gorges, toujours perché sur l'épaule de la géante, lança un cri strident, suivi aussitôt par les clameurs enthousiastes des autres délégués : au-dessus de la pointe de la botte de Merlin se penchait un brin d'herbe aussi vert qu'un jeune arbre après la pluie. Merlin sourit, pinça de nouveau la corde, et plusieurs autres brins sortirent de terre.

Lorsque le brouhaha se calma enfin, Cairpré alla serrer la main de Merlin.

— Bravo, mon garçon, bravo !

Il marqua une pause, puis reprit :

— Tu sais, c'est une grave responsabilité de guérir les terres.

— Je le sais, répondit Merlin en avalant sa salive.

— Une fois que tu auras commencé ta tâche, il ne faudra plus t'arrêter avant de l'avoir terminée. Les armées de Rhita Gawr préparent déjà une nouvelle attaque, tu peux en être sûr ! Les Collines obscures, où une grande partie de ses troupes se cachent dans des grottes et des crevasses, sont les terres les plus gravement atteintes par la Rouille… et les plus susceptibles d'être attaquées. La meilleure façon de nous protéger est de remettre ces collines en état rapidement afin que des créatures paisibles puissent retourner y habiter. Cela découragera les envahisseurs et, en cas d'attaque, les peuples de Fincayra seront aussitôt prévenus.

Il tapota doucement la caisse de résonance.

— Tu dois donc rester dans les Collines obscures… et y rester jusqu'à ce que ta tâche soit accomplie. Garde pour plus tard les Plaines rouillées et les autres terres qui aspirent à revivre.

Les Collines obscures doivent être guéries avant que Rhita Gawr ne revienne, sinon nous aurons perdu notre seule chance.

Il réfléchit un moment, puis reprit :

— Encore une chose, mon garçon. Lorsqu'il reviendra, Rhita Gawr te cherchera pour te faire payer les ennuis que tu lui as causés. Alors, évite de faire quoi que ce soit qui puisse attirer son attention. Occupe-toi uniquement de remettre les Collines obscures en état.

— Mais que se passera-t-il si, une fois parti, je ne peux pas faire sonner la Harpe ?

— Si la Harpe ne répond pas à ton toucher, nous comprendrons. Mais rappelle-toi : si tu arrives à t'en servir et que tu n'accomplis pas ton devoir, nous ne te le pardonnerons jamais.

Merlin hocha la tête lentement. Il s'apprêtait à enfiler sur son épaule la courroie de cuir de l'instrument quand une voix s'éleva :

— Attendez !

C'était la voix de Domnu, la sorcière. Elle s'approcha du garçon, les yeux ouverts tout grands et la peau plissée jusqu'au sommet du crâne. Puis elle leva le bras et pointa sur lui un doigt noueux.

— Le garçon à moitié humain ne peut pas prendre la Harpe. Il doit quitter cette île ! S'il reste, Fincayra est condamnée.

Ces paroles surprirent tout le monde, surtout Merlin lui-même, à qui elles firent plus d'effet qu'un coup d'épée.

Domnu agitait le doigt d'un air menaçant.

— S'il ne part pas, et vite, nous périrons tous.

Un vent froid traversa le cercle. Même les géants frissonnèrent.

— Avez-vous tous oublié la loi de Dagda qui interdit à tout être ayant du sang humain dans les veines de rester longtemps sur cette île ? Avez-vous oublié que ce garçon est également né ici, en dépit d'une interdiction encore plus ancienne ? Si vous le laissez prendre la Harpe, il prétendra à coup sûr qu'il est ici chez lui. Il n'a sans doute pas l'intention de retourner dans le monde derrière la brume. Écoutez-moi. Ce garçon pourrait détruire l'équilibre précaire qui existe entre les mondes ! Il pourrait nous attirer la colère de Dadga. Pire encore, ajouta-t-elle avec un regard mauvais, il pourrait être un instrument entre les mains de Rhita Gawr, comme son père avant lui.

— Vous mentez ! protesta Merlin. Vous voulez seulement que je sois banni pour n'être pas obligée de me rendre le Galator.

Les yeux de Domnu lancèrent des éclairs.

— Vous voyez ? Il parle au Grand Conseil, alors qu'il n'est pas vraiment des nôtres. Il n'a pas plus de respect pour les lois de Fincayra que pour la vérité. Plus tôt il sera exilé, mieux ce sera.

Impressionnée par cette déclaration, une grande partie de l'assistance acquiesça. Merlin allait répondre, mais quelqu'un le devança.

C'était Rhia. Les yeux brillants de colère, elle fit face à la sorcière au crâne chauve.

— Je ne crois pas un mot de ce que tu dis. D'ailleurs, n'est-ce pas toi qui oublies quelque chose ? Rappelle-toi ce que dit l'ancienne prophétie : seul un enfant de sang humain peut vaincre Rhita Gawr et ceux qui le servent. Et s'il s'agissait justement de Merlin ? Tu voudrais quand même le chasser ?

Domnu ouvrit la bouche, découvrant ses dents pourries, puis la referma.

— La fiiille diiit la véritééé, tonna la voix grave de la Grande Élusa, puis elle se redressa sur ses huit grandes pattes et fixa Domnu du regard. Ce garçooon doit resteeer.

Alors, se ressaisissant soudain, les délégués de toutes sortes manifestèrent leur approbation, chacun à sa manière. Face à ce brusque revirement, Domnu fit la grimace.

— Je vous aurai prévenus, ronchonna-t-elle. Ce garçon causera notre perte à tous.

— L'avenir nous le dira, conclut Cairpré.

Là-dessus, Domnu, furieuse, tourna les talons et disparut dans la foule, non sans avoir lancé à Merlin un regard qui le fit frémir.

Rhia se tourna vers Cairpré.

— Vous ne l'aidez pas à enfiler la Harpe ?

— Bien sûr, répondit le poète en riant.

Il fit passer la courroie par-dessus la tête de Merlin et l'accrocha à son épaule.

— Tu sais, mon garçon, c'est une grande responsabilité. Nous dépendons tous de toi. Mais que ce soit aussi une joie ! Et que chacun de tes accords fasse fleurir un nouveau champ.

Il s'arrêta, regarda Merlin d'un air pensif, et ajouta plus bas :

— Et puisses-tu te guérir en même temps que tu guériras la terre.

Une clameur d'approbation résonna dans le cercle sacré. Après quoi le Grand Conseil de Fincayra se dispersa.

 PREMIÈRE PARTIE

∞ I ∞

SAUVETAGE

Arrivé en haut de la côte, j'ai hissé la Harpe fleurie sur mon épaule. Des bandes écarlates striaient les nuages, éclairés par les premiers rayons de l'aube. Une lumière rubis effleurait les crêtes des collines, au loin, embrasant les maigres arbres qui se dressaient à l'horizon. Mais les collines elles-mêmes restaient sombres, couleur de sang séché, comme l'herbe sous mes bottes.

Malgré tout, alors que le sol aride craquait à chacun de mes pas, j'avais envie de sourire. À peine conscient du vent froid qui me piquait les joues et transperçait ma tunique, je me sentais déjà réchauffé par ma mission : faire revivre la terre. En être le sauveur. Une tâche que je poursuivais maintenant depuis plus de trois semaines.

Comme l'avait fait, jadis, le grand enchanteur Tuatha, le père de mon père, j'avais emporté la Harpe à travers ce qui restait des champs et des forêts, et j'avais réussi à leur redonner vie. J'ajouterais même : avec une facilité étonnante. La Harpe réagissait de mieux en mieux. Elle semblait presque avoir envie d'exécuter mes volontés. On aurait cru qu'elle m'attendait depuis longtemps.

Je n'étais pas pour autant devenu un enchanteur, je le savais très bien. Je ne connaissais que les premiers rudiments de la magie, et je n'aurais pas tenu un jour en tant qu'apprenti chez Tuatha. Pourtant… j'avais quand même *quelque chose*. J'avais sauvé mon amie Rhia d'une mort certaine entre les mains de Stangmar; j'avais détruit le château de ce roi, tout en faisant échouer les plans de Rhita Gawr, son maître. Il me paraissait donc juste que le Grand Conseil m'ait confié la Harpe et qu'elle obéisse à mes ordres.

Arrivé près d'un affleurement rocheux, j'ai découvert, en dessous, un ravin complètement sec. Il était clair qu'aucune eau ne l'avait traversé depuis des années. Le peu de terre qui avait résisté à l'érosion était toute craquelée. À part un arbre nu n'ayant plus qu'une longue bande d'écorce sur le tronc, rien de vivant n'avait subsisté : ni plantes, ni insectes, ni aucun animal d'aucune sorte.

Avec confiance, j'ai frotté l'extrémité noueuse de mon bâton et humé l'odeur de résine avant de le poser sur le sol. J'ai descendu la Harpe de mon épaule avec précaution pour ne pas l'emmêler avec la corde du sachet d'herbes que ma mère m'avait remis au moment de mon départ. Une fois de plus, j'ai admiré la beauté des motifs floraux sculptés dans le bois, les incrustations de frêne et les rosaces soigneusement alignées. Les cordes en boyau de chèvre scintillaient dans la lumière matinale. La console, reliant la caisse de résonance à la colonne, s'incurvait avec grâce comme une aile de cygne. Un jour, ai-je décidé, j'apprendrais à fabriquer une harpe comme celle-là.

Alors qu'un autre coup de vent froid soufflait, j'ai passé les doigts sur les cordes. Une musique mélodieuse en a jailli, une musique magique qui m'a réjoui le cœur comme les chansons de ma mère autrefois. J'avais déjà parcouru une dizaine de ces collines avec la Harpe, mais je ne me lassais pas de l'entendre. Je ne m'en lasserai jamais.

Une pousse de fougère est sortie du sol et a commencé à se déployer. J'ai de nouveau pincé les cordes.

D'un seul coup, le coteau a repris vie : les tiges sèches se sont transformées en brins d'herbe verts et souples ; un ruisseau s'est mis à couler au fond du ravin, imbibant le sol assoiffé ; des petites fleurs bleues, parsemées de gouttelettes de rosée, ont surgi le long des rives ; tandis que l'air se remplissait d'un nouveau parfum, mélange de lavande, de thym et de cèdre.

Tout en écoutant la mélodie de la Harpe, je goûtais l'harmonie des arômes. Avec mélancolie, j'ai repensé aux herbes de ma mère : il y avait si longtemps que je ne les avais pas senties. Depuis toujours, Elen aux yeux saphir vivait entourée de pétales, de graines, de feuilles, de racines, de copeaux d'écorce séchés, bref, de tout ce qui pouvait lui être utile pour soigner les gens — je me demandais parfois, d'ailleurs, si ce n'était pas juste pour le plaisir d'en sentir les parfums. Moi aussi, je les aimais, ces odeurs, sauf celle de l'aneth, qui me faisait éternuer.

Quoi qu'il en soit, plus que tous ces arômes, c'était la compagnie de ma mère que j'aimais. Elle faisait toujours son possible pour que je me sente bien, y compris dans les circonstances les plus difficiles. Elle s'était occupée de moi durant les rudes années passées à Gwynedd — aussi nommé pays de Galles — sans jamais exiger de remerciements. Même quand elle se montrait distante, dans l'espoir de me protéger de mon passé, quand j'étouffais de rage parce qu'elle refusait de répondre à mes questions sur mon père, ou quand je me vengeais en refusant de l'appeler du nom qu'elle avait le plus envie d'entendre... même dans ces moments-là, je l'aimais.

Maintenant que je comprenais enfin ce qu'elle avait fait pour moi, je ne pouvais même pas la remercier. Elle était loin, très loin, au-delà de la brume, de l'océan et des côtes de Gwynedd. Je ne pouvais la toucher. Je ne pouvais l'appeler mère.

Un courlis s'est mis à gazouiller joyeusement sur la branche d'un arbre, ramenant mes pensées au présent. Quel chant rempli de joie et puissant! J'ai pincé de nouveau les cordes de la Harpe.

L'arbre a aussitôt repris vie sous mes yeux. Des bourgeons se sont formés, des feuilles ont poussé, des papillons aux couleurs vives se sont envolés. Le tronc et les branches se sont couverts d'une écorce brune et lisse. Les racines ont grandi, s'accrochant à la rive du cours d'eau qui, à présent, dévalait la pente en cascade.

Un hêtre. J'ai souri en voyant ses branches robustes dressées vers le ciel. La brise faisait onduler ses feuilles argentées. Quelque chose dans cet arbre m'inspirait un sentiment de paix et de force tranquille. Je l'avais sauvé. Je l'avais fait revivre. Comme j'avais sauvé ce coteau et tant d'autres auparavant. Mon pouvoir me grisait. Le Grand Conseil avait fait le bon choix. Peut-être avais-je bel et bien l'âme d'un enchanteur, après tout.

Puis j'ai aperçu mon reflet dans une flaque qui s'était formée entre les racines de l'arbre, près de la rive. En découvrant mes cicatrices, mes yeux noirs et aveugles, j'ai cessé de sourire. Qu'avait dit Rhia à propos de mes yeux quand nous nous étions rencontrés ? Qu'ils étaient *comme deux étoiles cachées derrière des nuages*. Si seulement ils avaient pu voir de nouveau !

Mieux valait, bien sûr, avoir le don de seconde vue que pas de vue du tout. Je n'oublierais jamais ce moment miraculeux où j'avais découvert cette faculté de voir sans mes yeux. Mais ce don ne remplaçait pas complètement la vraie vue. Les couleurs étaient plus pâles, les détails, flous, et l'obscurité, plus gênante. Que n'aurais-je pas donné pour les guérir ! Même s'ils ne me servaient à rien, je savais au moins qu'ils étaient là, et ils me rappelaient constamment tout ce que j'avais perdu.

Je n'avais que treize ans et, outre mes yeux, j'avais déjà perdu ma mère, mon père et tous les lieux où j'avais vécu… J'entendais encore ma mère me demander d'un ton encourageant, comme elle savait le faire, si je n'avais pas aussi gagné quelque chose. Quoi ? Le courage de vivre seul, peut-être ? Et la possibilité de sauver les terres flétries de Fincayra.

Je me suis tourné vers le hêtre. J'avais déjà sauvé une partie importante des Collines obscures, depuis les ruines du château des Ténèbres — devenu un cercle sacré — presque jusqu'au nord des Marais hantés. J'allais consacrer les prochaines semaines à faire revivre le reste. Ensuite, je ferais la même chose pour les Plaines rouillées. Fincayra était mystérieuse par bien des aspects, mais l'île n'était pas immense.

J'ai posé la Harpe et me suis approché du hêtre. Les mains bien à plat sur l'écorce lisse et argentée, j'ai écarté les doigts pour sentir la vie circuler dans le tronc puissant. Puis, avec les lèvres, j'ai émis un bruissement sourd. L'arbre a frémi, comme s'il se libérait de chaînes invisibles, et ses branches ont tremblé, produisant le même bruit que moi.

Satisfait de ma réussite, j'ai refait le bruissement et l'arbre a répondu de nouveau. Et cette fois, il n'a pas seulement frémi, car je lui ai donné un ordre.

Penche-toi. Penche-toi jusqu'au sol. Je voulais m'asseoir sur ses branches les plus hautes. Ensuite, je lui commanderais de se redresser et de m'élever vers le ciel. Depuis toujours, j'aimais me percher au sommet des arbres, par n'importe quel temps. Mais, jusqu'à présent, j'avais toujours dû grimper par mes propres moyens.

Avec des hésitations et force craquements, le grand hêtre a commencé à se courber. Un morceau d'écorche s'est détaché du tronc. J'ai levé la tête et regardé descendre les branches supérieures. Pendant que l'arbre s'inclinait devant moi, j'ai repéré une fourche près du sommet où je pourrais m'asseoir.

Soudain, j'ai entendu un autre bruissement et, aussitôt, l'arbre a interrompu sa descente pour se redresser lentement. Mécontent, j'ai renouvelé mon ordre et il s'est de nouveau penché vers moi.

Là-dessus, un deuxième bruissement s'est fait entendre et l'arbre a recommencé à se redresser.

Le sang m'est monté au visage. Que se passait-il donc ? Je m'apprêtais à refaire un essai, lorsqu'un rire cristallin a résonné à mon oreille. Je me suis retourné. Une fille brune aux yeux gris-bleu et aux cheveux bouclés m'observait d'un air amusé. Dans sa tenue de feuilles tressées, elle se confondait presque avec les arbres.

— Rhia ! J'aurais dû m'en douter.

— Voilà que tu t'exprimes à nouveau comme un Celte... Serais-tu déjà fatigué de parler la langue des hêtres ? a-t-elle dit en penchant la tête d'un côté.

— Je parlerais encore à cet arbre si tu ne nous avais pas interrompus.

— Je n'ai pas interrompu votre conversation. Seulement l'exécution de ton ordre.

— Laisse-moi, veux-tu ? ai-je rétorqué, exaspéré.

Entre-temps, le hêtre était de nouveau tout droit. Rhia a secoué ses boucles entremêlées de feuilles.

— Tu as besoin d'un guide. Sinon tu risques de te perdre… ou de tenter quelque chose d'insensé, a-t-elle ajouté en jetant vers l'arbre un regard soucieux.

— Tu n'es pas mon guide! ai-je protesté. Je t'ai seulement invitée à venir avec moi, tu t'en souviens? Quand je l'ai fait, je ne pensais pas que tu te mêlerais de mes affaires.

— Et quand j'ai commencé à t'enseigner le langage des arbres, je ne pensais pas que tu t'en servirais pour leur faire du mal.

— Leur faire du mal? Tu ne vois donc pas ce que je fais?

— Si, et ça ne me plaît pas, a-t-elle répondu en tapant du pied. C'est dangereux d'obliger un arbre à se ployer ainsi… et irrespectueux. Il pourrait se blesser. Ou même mourir. Si tu veux t'asseoir dans un arbre, tu n'as qu'à grimper.

— Je sais ce que je fais.

— Alors, tu n'as rien appris, ces trois dernières semaines! Tu ne te souviens donc pas de la première règle à respecter quand on s'adresse aux arbres? *Écouter avant de parler.*

— Attends. Je vais te montrer ce que j'ai appris.

Elle s'est approchée de moi et m'a pris fermement par le bras.

— Parfois, tu me fais penser à un petit garçon... Tellement sûr de toi, et si peu raisonnable !

— Va-t'en ! ai-je crié. J'ai sauvé cet arbre ! Je l'ai ramené à la vie ! Je peux l'obliger à se courber si j'en ai envie.

Rhia a plissé le front.

— Non, Merlin, a-t-elle dit en me relâchant, puis elle a pointé l'instrument qui gisait au sol. Ce n'est pas toi qui as sauvé cet arbre. C'est la Harpe. Toi, tu n'es que celui qui en joue.

∽ II ∽

DE VRAIS AMIS

e me suis allongé dans la pente, sur l'herbe douce et odorante, en faisant attention à ne pas me cogner la tête contre la Harpe. Même sans mes yeux, ma seconde vue pouvait facilement détecter la présence de grosses baies roses dans les mains de Rhia.

— Ce n'est plus comme avant, a-t-elle dit.

Je savais qu'elle parlait de ces baies, pas assez sucrées à son goût, mais depuis notre dispute près du hêtre, je m'étais souvent fait cette remarque à propos de notre amitié.

Rhia avait beau apparaître et disparaître de façon imprévisible, elle ne me laissait jamais long-temps seul. Elle continuait à m'accompagner à travers les collines, tantôt en silence, tantôt en chantant. Elle campait à proximité et partageait la plupart des repas avec moi, se considérant tou-jours comme mon guide, même si, de toute évi-dence, je n'avais pas besoin de son aide.

En apparence, nous voyagions ensemble. Dans la réalité, nous restions séparés par un mur invisible. Elle ne me comprenait pas, et cela me contrariait. Il n'y avait pas moyen de lui expliquer à quel point c'était grisant de ramener la terre à la vie, de la faire reverdir, de voir sortir les bourgeons. Lorsque j'essayais, elle me sermonnait en me parlant de la Harpe. Ou, pire, elle me jetait un de ses regards perçants, comme si elle savait d'emblée tout ce que je pensais et ressentais. C'était exaspérant. Est-ce que toutes les filles étaient toujours aussi compliquées qu'elle ?

J'ai désigné de la main le bosquet rempli de baies roses.

— Si tu n'aimes pas ces baies, pourquoi en manges-tu ? lui ai-je demandé.

— Il y en a sûrement de plus sucrées quelque part, a-t-elle répondu sans interrompre sa cueillette. Je le *sais*.

— Et comment le sais-tu ?

Elle a haussé les épaules et fourré une poignée dans sa bouche.

— Mmmff. Je le sais, c'est tout.

— Quelqu'un te l'a dit ?

— Une petite voix intérieure. Une voix qui comprend les baies.

— Voyons, Rhia ! Les fruits de ce buisson ne sont pas mûrs. Tu devrais attendre d'en trouver un autre.

Elle continuait à manger, comme si de rien n'était. Agacé, j'ai arraché une touffe d'herbe et l'ai jetée par terre.

— À force de manger des baies acides, il ne restera plus de place dans ton estomac pour les plus sucrées.

— Mmmff, a-t-elle répondu, les joues gonflées comme un écureuil faisant provision de glands. Dans ce cas, a-t-elle ajouté après avoir avalé les fruits, ce sera pour un autre jour. Mais cette petite voix me dit qu'il y en a de plus sucrées ici. Il faut faire confiance aux baies.

— Faire confiance aux baies! Qu'est-ce que tu racontes?

— Exactement ce que j'ai dit. Parfois, il faut considérer la vie comme une grande rivière. Écouter l'eau et la laisser te guider, au lieu d'essayer de changer son cours.

— Je ne vois pas le rapport entre les baies et les rivières...

Elle a secoué ses boucles brunes.

— Est-ce que tous les garçons sont aussi bornés que toi?

— Bon, ça suffit comme ça!

Je me suis levé et j'ai enfilé la Harpe sur mon épaule, ce qui a réveillé la douleur entre mes omoplates. Mon bâton à la main, j'ai repris ma marche à travers la prairie, laissant une série de petits trous derrière moi. Apercevant une aubépine qui manquait encore de vigueur, j'ai pincé une corde de la Harpe. L'arbre s'est aussitôt redressé et couvert de fleurs roses et blanches.

J'ai jeté un coup d'œil en arrière, du côté de Rhia, espérant avoir droit au moins à un mot de félicitation — même tiède —, mais sa cueillette l'accaparait entièrement. Je me suis alors dirigé vers la colline roussie en bordure de la prairie. Le sommet était couvert de rochers qui auraient pu cacher les grottes de guerriers gobelins. J'avais vu beaucoup d'endroits de ce genre dans les Collines obscures, sans rencontrer pourtant le moindre gobelin. Les inquiétudes de Cairpré n'étaient peut-être pas justifiées, finalement.

À la vue de deux protubérances qui se dressaient sur la crête, je me suis arrêté. Je reconnaissais cet endroit. Sans avertir Rhia, j'ai tourné à l'ouest vers la vallée.

Aussitôt, elle m'a appelé. Mon bâton enfoncé, je me suis tourné vers elle.

— Oui ?

De sa main tachée par les baies, elle m'a montré la colline.

— Tu vas dans la mauvaise direction ! m'a-t-elle lancé.

— Non, j'ai des amis à voir.

— Et ta mission ? s'est-elle étonnée. Tu ne devrais pas te reposer tant que tu n'as pas terminé ta tâche dans les Collines obscures.

— Je ne vais pas me reposer ! ai-je protesté en donnant un coup de pied dans l'herbe. Personne ne m'a interdit de rendre visite à mes amis en chemin ! Eux, au moins, sauront apprécier ce que je fais. Ils ont un jardin. Je vais le faire pousser comme jamais il n'a poussé auparavant.

Même avec ma vision limitée, j'ai vu le rouge lui monter aux joues. Elle a ensuite plissé les yeux.

— Si ce sont de vrais amis, ils seront francs avec toi. Ils te diront de faire demi-tour et de terminer ton travail.

Je suis reparti, furieux. Une forte rafale de vent m'a fouetté le visage et fait larmoyer les yeux, mais j'ai continué à descendre d'un pas décidé. Les paroles de Rhia résonnaient dans ma tête. *Si ce sont de vrais amis, ils seront francs avec toi.* Mais qu'est-ce que c'était, un ami ? J'avais cru que Rhia en était une, il y a encore peu de temps. À présent, elle était plutôt une gêne. Se passer d'amis, voilà la solution ! On ne pouvait pas s'y fier, et ils étaient trop exigeants.

Je me suis mordillé la lèvre. À moins d'avoir une amie comme ma mère… totalement loyale, toujours prête à me soutenir. Mais elle était unique en son genre. Il n'y avait personne comme elle à Fincayra. Et pourtant... peut-être qu'avec le temps, d'autres amis m'inspireraient la même confiance. Par exemple T'eilean et Garlatha, les deux personnes que j'allais voir. Rien qu'en touchant les cordes de la Harpe, je ferais prospérer à la fois leur jardin et notre amitié.

Le vent s'est un peu calmé. Tandis que je m'essuyais les yeux avec ma manche, j'ai entendu les pas feutrés de Rhia derrière moi. Elle avait beau m'énerver, j'étais soulagé qu'elle soit là. Pas parce que j'avais besoin de sa compagnie, bien sûr. Je voulais simplement qu'elle soit témoin de la reconnaissance et de l'admiration que me manifesteraient bientôt de vrais amis.

Je me suis retourné.

— Alors tu viens, finalement.

— Tu as toujours besoin d'un guide, a-t-elle déclaré d'un air sombre.

— Je ne vais pas me perdre, si c'est ce que tu crains.

Pour toute réponse, elle a froncé les sourcils.

Sans un mot, j'ai repris ma marche. Rhia m'a suivi, aussi silencieuse qu'une ombre. Quand nous avons atteint la plaine, le vent était tombé. Une brume flottait dans l'air, et il faisait une chaleur étouffante. Maintenant, c'était la sueur qui me piquait les yeux.

Nous avons marché en silence tout l'après-midi. De temps à autre, quand les champs devenaient secs, je grattais un peu la Harpe, laissant dans notre sillage de l'herbe verte, des ruisseaux, et la vie qui renaissait sous toutes sortes de formes. Pourtant, même si le soleil nous chauffait le dos, nos rapports restaient plutôt froids.

Enfin, j'ai reconnu sur un coteau, nichée au creux d'une fissure, une hutte de pierre grise qui se distinguait à peine des rochers et de la terre. Elle était entourée d'un mur délabré et environnée de quelques plantes grimpantes et de maigres arbres fruitiers. De l'ancien jardin, il ne restait pas grand-chose. Pourtant, avant la chute du château des Ténèbres, cet endroit ressemblait à une véritable oasis au milieu des Plaines rouillées.

Mes vieux amis, T'eilean et Garlatha, seraient bien surpris de voir se transformer leur misérable lopin de terre! Ils m'en seraient éternellement reconnaissants. Peut-être que Rhia elle-même serait impressionnée. De l'autre côté du mur, dans l'ombre des branches, j'ai aperçu deux têtes blanches. C'étaient T'eilan et Garlatha. Côte à côte, penchés sur un parterre de fleurs jaunes, ils hochaient lentement la tête au rythme d'une musique qu'eux seuls pouvaient entendre.

J'ai souri en songeant au merveilleux cadeau que je leur apportais. Lorsque je les avais rencontrés en allant au château des Ténèbres, je n'étais qu'un garçon déguenillé, vivant au jour le jour, sans savoir s'il serait encore vivant le lendemain. Ils ne pensaient jamais me revoir. Et je ne croyais pas non plus que je reviendrais. Impatient de les retrouver, j'ai accéléré. Rhia aussi.

Nous étions à moins de vingt pas du vieux mur quand ils ont tous les deux levé la tête en même temps, comme deux lièvres dans une prairie. T'eilan s'est redressé le premier. Il a tendu la main à Garlatha, mais elle l'a écartée et s'est relevée sans aide. Ils nous ont regardés venir, T'eilean en caressant sa barbe indisciplinée, Garlatha, la main en visière au-dessus des yeux. J'ai enjambé le mur, suivi de près par Rhia. Malgré le poids de la Harpe, je me suis tenu aussi droit que possible.

Un doux sourire est apparu sur le visage ridé de Garlatha.

— Tu es de retour.

— Oui, et je vous ai apporté quelque chose, ai-je annoncé, en me retournant pour montrer la Harpe.

T'eilean a froncé les sourcils.

— Tu veux dire que tu as amené quelqu'un.

Rhia s'est avancée, les yeux brillants. Sans attendre d'avoir été présentée, elle a salué le vieux couple.

— Je m'appelle Rhia.

— Et moi T'eilean. Je te présente Garlatha, mon épouse depuis soixante-sept ans.

Celle-ci a pris un air fâché, et fait mine de donner un coup de pied dans le tibia de son mari.

— Soixante-huit, idiot.

— Pardon, mon canard. Soixante-huit... Elle a toujours raison, vous voyez, a-t-il ajouté en s'écartant prudemment.

— Tu as de la chance que nous ayons des visiteurs, a ronchonné Garlatha, sinon je t'aurais fait tâter de ma truelle.

T'eilean a jeté un coup d'œil vers le parterre de fleurs où était planté l'outil en question, avant d'ajouter d'un air enjoué :

— Tu as encore raison. Sans quelques visiteurs de temps en temps pour me protéger, je pense que je n'aurais pas survécu aussi longtemps.

Rhia a étouffé un rire.

Garlatha, le visage radouci, a pris la main de son époux, et tous deux sont restés ainsi un moment en silence, chacun aussi gris que les pierres de leur huttes. Les feuilles frissonnaient autour d'eux, comme pour rendre hommage aux mains dévouées qui s'étaient occupées de ce jardin durant tant d'années.

— Vous me faites penser à deux arbres, a fait remarquer Rhia. Deux arbres qui ont partagé la même terre si longtemps qu'ils ont poussé ensemble, racines et branches mêlées.

Garlatha a regardé son compagnon avec des yeux pétillants.

— À propos de choses qui poussent, ai-je dit, je vous ai apporté...

— Oui, je vois! s'est exclamé le vieillard. Tu as amené ton amie Rhia. Nous t'accueillons avec autant de plaisir que le soleil, Rhia.

— Et l'ami qui t'accompagnait la dernière fois? m'a demandé Garlatha en tirant la manche de ma tunique. Celui qui avait un nez gros comme une pomme de terre? Comment va-t-il?

— Shim va bien. Et maintenant...

— Son nez est encore plus gros qu'avant, a coupé Rhia.

Garlatha a haussé les sourcils.

— Ah oui? Quel petit bonhomme rempli de surprises.

Je me suis raclé la gorge avant de les interrompre.

— Eh bien, à propos de surprise, j'en ai une magnifique pour vous deux.

Mais la vieille femme n'en avait pas fini avec Rhia.

— Tu viens de la Druma ? Tu es habillée comme une elfe des bois.

— Oui, j'ai toujours vécu là-bas.

Garlatha s'est rapproché.

— Est-il vrai qu'on y trouve encore le plus rare de tous les arbres ? Celui dont chaque branche produit une espèce de fruit différente ?

Rhia rayonnait.

— Oui, c'est vrai. Le shomorra est bien là-bas. On pourrait même dire que la Druma est mon jardin.

— Quelle chance tu as d'avoir un pareil jardin !

De plus en plus impatient, j'ai frappé le sol de mon bâton.

— Justement, j'ai un cadeau pour votre jardin...

Personne ne semblait m'entendre. Les deux vieux continuaient à poser des questions à Rhia sur la Druma et semblaient plus intéressés par elle que par moi. Moi qui leur apportait pourtant quelque chose de si précieux !

Finalement, T'eilean a cueilli un fruit dans l'arbre au-dessus de nous. Un fruit en forme de spirale, d'un beau violet pâle, qui brillait dans sa main.

— Un larkon, a-t-il annoncé. Le plus beau cadeau de notre terre pour notre modeste demeure.

Il m'a observé en silence un instant, puis il a ajouté :

— Si j'ai bonne mémoire, tu aimes bien ce fruit, Emrys ?

Enfin, ai-je pensé. Alors que je tendais la main pour le prendre, T'eilean s'est tourné vers Rhia et le lui a donné.

— Je suis sûr que ton amie l'aimera aussi.

Rhia a pris le fruit. J'avais les joues en feu, mais avant que j'aie pu dire quoi que ce soit, T'eilean en a cueilli un autre et me l'a offert.

— Nous sommes honorés que tu sois revenu nous voir.

— Honoré ? me suis-je étonné.

J'ai dû me retenir pour ne pas en dire davantage.

T'eilean a échangé un regard avec Garlatha, puis a repris :

— Mon garçon, nous t'accueillons chez nous et c'est le plus grand honneur que nous pouvons te faire. C'est ce que nous avons fait la dernière fois, et c'est ce que nous faisons aujourd'hui.

— Mais cette fois, T'eilean, j'ai apporté la Harpe fleurie.

— Oui, oui, j'ai bien vu.

Les coins de sa bouche se sont abaissés et, pour la première fois, j'ai vu apparaître le poids des ans sur son visage.

— Mon cher enfant, la Harpe fleurie est le plus merveilleux de tous les Trésors, béni par la magie des graines elles-mêmes. Mais, chez nous, nous n'accueillons pas les visiteurs pour ce qu'ils portent sur leur dos. Nous les accueillons pour ce qu'ils portent ailleurs.

Des énigmes ! De la part de quelqu'un que je prenais pour un ami… D'un geste nerveux, j'ai repoussé une mèche de cheveux qui me tombait sur la figure.

T'eilean a inspiré longuement avant de poursuivre :

— Vous êtes nos hôtes. Nous vous devons l'hospitalité et aussi la sincérité. Si la Harpe pèse sur tes épaules, tu es également chargé de soigner nos terres avant qu'il soit trop tard, et c'est une charge beaucoup plus lourde. De graves responsabilités reposent sur toi, mon garçon. Et tu as sûrement bien peu de temps pour rendre visite à des gens simples comme nous.

J'ai serré les mâchoires.

— Pardonnez-moi, ai-je lancé, vexé. J'essayais seulement d'être sincère.

— Attends, Merlin ! a protesté Rhia.

Je n'ai pas entendu la suite, car j'avais déjà enjambé le mur. Je suis reparti seul à travers la plaine, les cordes de la Harpe tintant contre mon dos.

∾ III ∾

UN SOUFFLE CHAUD

Avec les étoiles pour seule couverture, j'ai passé la nuit recroquevillé dans un creux au bord d'un ruisseau. Des joncs humides de rosée me servaient d'oreiller. D'une main, je pouvais atteindre l'eau qui dévalait en cascade sur les rochers moussus, et de l'autre, la Harpe fleurie et mon bâton posés parmi les roseaux.

J'aurais dû me réjouir d'être seul, débarrassé de ce qu'on appelait les amis. Mais quand, en pinçant les cordes magiques, j'avais redonné vie au ruisseau et fait sortir de la terre sèche les joncs et les mousses, je n'en avais éprouvé aucune joie. Pas plus qu'en regardant la constellation de Pégase — ma préférée, pourtant, depuis que ma mère me l'avait montrée.

Cette nuit-là, j'ai mal dormi et je n'ai pas chevauché le dos ailé de Pégase dans mes rêves, comme cela m'arrivait si souvent. J'ai fait un autre rêve. J'étais assis sur une pierre rouge et je regardais ma mère s'approcher. Je ne sais par quel miracle, mes yeux étaient guéris. Je voyais de nouveau. Pour de bon ! Le soleil se reflétait sur ses cheveux dorés, et ses yeux si bleus avaient un éclat particulier. Je voyais même la minuscule brindille de sapin qu'elle tenait dans sa main.

Soudain, je découvrais avec horreur que mes dents de devant se mettaient à pousser. Elles devenaient de plus en plus longues, se recourbaient comme des défenses de sanglier, aussi pointues que des poignards. Et elles visaient mes yeux ! Pris de panique, je me mettais à crier et ma mère accourait, mais trop tard pour m'aider. Je me griffais la figure en essayant de les arracher, et je n'arrivais pas à les enlever. Ni à les empêcher de pousser.

Lentement, inexorablement, les dents se recourbaient, leurs pointes touchaient mes yeux. Elles allaient les crever ! Je les sentais s'enfoncer et je hurlais de douleur. J'étais de nouveau aveugle, complètement aveugle !

Alors, je me suis réveillé.

Le ruisseau courait près de moi. Pégase, la constellation, voguait dans le ciel. J'ai redressé la tête. C'était seulement un rêve que je venais de faire. Pourquoi mon cœur battait-il si fort ? Avec précaution, j'ai tâté mon visage et les cicatrices laissées par le feu — ce feu qui m'avait rendu aveugle. Elles me faisaient de nouveau mal parce que je les avais griffées en dormant. Mais mon cœur me faisait encore plus souffrir. Parce que ce feu, je l'avais allumé moi-même ! C'était déjà dur d'avoir perdu la vue, mais que ce soit par ma faute était encore pire. Pour la première fois depuis des mois, je me suis demandé si Dinatius, l'autre garçon victime du feu que j'avais déclenché, avait survécu. Il me semblait encore entendre ses cris, ses gémissements de peur.

J'ai enfoui mon visage dans les joncs et j'ai laissé couler des torrents de larmes. Au bout d'un moment, mes pleurs se sont taris. Pourtant, j'entendais encore des sanglots quelque part, mêlés au bruit du ruisseau. J'ai levé la tête et tendu l'oreille.

C'étaient bien des sanglots, ponctués de longs gémissements. J'ai tamponné mes joues avec la manche de ma tunique et je me suis approché du bord de l'eau en rampant. Malgré l'obscurité, ma seconde vue me permettait de suivre le tracé du ruisseau. Mais je ne comprenais pas d'où venait cette plainte lugubre. Peut-être n'était-ce que l'écho de mes propres souvenirs.

Penché au-dessus de l'eau, je tâtonnais dans les joncs avec mes mains. Mes genoux glissaient sur le talus boueux. J'avais beau chercher, je ne trouvais rien. Pourtant, les sanglots et les gémissements paraissaient tout près, comme s'ils provenaient du ruisseau lui-même.

Le ruisseau... C'était ça ! Comment était-ce possible ?

Alors que je m'apprêtais à y plonger la main gauche, j'ai senti l'ancienne douleur resurgir entre mes omoplates. Était-ce encore un piège ? Un de ces dangers cachés de Fincayra, comme les spectres changeants qui prenaient la forme de quelque chose d'agréable pour vous attirer et vous tuer ? Rhia l'aurait tout de suite deviné. Mais, hélas, elle n'était plus avec moi.

Les gémissements ont repris, plus forts. Le ruisseau scintillait sous la lumière des étoiles et ressemblait à une rivière de cristaux. Avec une certaine appréhension, j'y ai plongé la main. J'ai senti le courant glacial mouiller mon poignet et mon avant-bras. J'en ai eu la chair de poule. Puis mes doigts ont touché quelque chose de lisse et rond, plus doux qu'une pierre. L'objet me glissait entre les doigts, mais j'ai réussi à m'en emparer et je l'ai sorti de l'eau. C'était une gourde gonflée d'air, guère plus grosse que mon poing, faite d'une grosse vessie. Son bouchon de cuir était scellé avec de la cire.

Quand je l'ai pressée, j'ai entendu un gémissement, puis des sanglots à fendre l'âme. Avec le bout de mon bâton, j'ai brisé l'anneau de cire, mais j'ai eu du mal à l'enlever. On aurait dit qu'il ne voulait pas se détacher. Finalement, il est tombé et j'ai ouvert le bouchon. Une première bouffée d'air en a jailli, un air chaud, apaisant, qui sentait vaguement la cannelle. À mesure que la gourde se dégonflait, je sentais cet air me caresser le visage et les cheveux comme un souffle vivant.

— Merci, merci, a dit une petite voix dans mon dos.

J'ai lâché la gourde et je me suis retourné. Mais il n'y avait rien entre moi et les lointaines étoiles.

— Ou devrais-je dire : Merci, Emrys Merlin ? a murmuré la voix.

Surpris, j'ai demandé :

— Tu connais mes noms ?

— Oh, oui ! J'aime vraiment mieux Merlin que le vieux nom poussiéreux d'Emrys.

J'ai tâté l'air environnant.

— Comment sais-tu tout ça ? Qui es-tu ? Et où es-tu ?

Un rire doux et voilé s'est élevé devant moi.

— Je suis Aylah, un wishlahaylagon. Mais la plupart des gens disent que je suis une sœur du vent.

— Aylah, ai-je répété. Alors, sœur du vent, explique-moi comment tu sais tout ça.

J'ai tendu le bras vers le ciel et, cette fois, mes doigts ont traversé un courant d'air chaud.

L'odeur de cannelle est devenue plus forte. L'air chaud a tourné lentement autour de moi et fait bouger ma tunique. Je me suis senti serré de près par un tourbillon de vent.

— J'en sais autant que l'air lui-même, Emrys Merlin. Car je voyage loin et vite, sans jamais dormir ni m'arrêter.

Le manteau invisible d'Aylah continuait à tourner lentement autour de moi.

— C'est ce que fait une sœur du vent, Emrys Merlin. À moins qu'elle soit capturée, a-t-elle ajouté après un léger sanglot. Comme je l'ai été.

— Qui pourrait faire ça ?

— Quelqu'un de méchant, Emrys Merlin.

L'air chaud s'est éloigné, et soudain j'ai eu froid.

— Dis-moi qui.

— Quelqu'un de méchant, ah ça oui ! a soupiré Aylah près de la rive où j'avais dormi. Elle a plusieurs noms, mais généralement on l'appelle Domnu.

J'ai frémi.

— Je connais Domnu. Je connais sa traîtrise. Mais je ne dirais pas qu'elle est méchante.

— En tout cas, elle n'est pas bonne, Emrys Merlin.

— Elle n'est ni bonne ni mauvaise. Elle *est*, tout simplement. Un peu comme le destin.

— Le sombre destin, tu veux dire.

La brise d'Ayla a soufflé sur les cordes de la Harpe et les a fait légèrement vibrer.

— Elle est assez vieille et puissante pour attraper le vent. Je ne sais pas pourquoi, Emrys Merlin, je sais seulement qu'elle m'a enfermée dans cette gourde et abandonnée.

— J'en suis navré pour toi.

Un souffle d'air chaud m'a caressé la joue.

— Si tu ne m'avais pas secourue ce soir, Emrys Merlin, je crois que je serais morte.

Tout bas, je lui ai demandé :

— Est-ce que le vent peut vraiment mourir ?

— Oh, oui, Emrys Merlin, a-t-elle répondu en m'effleurant la joue de nouveau. Le vent, comme une personne, peut mourir de solitude.

— Tu n'es plus seule, maintenant.

— Toi non plus, Emrys Merlin. Toi non plus.

IV

LES TRÉSORS

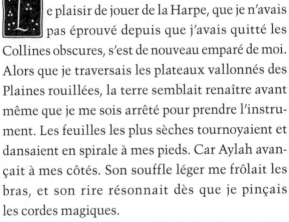e plaisir de jouer de la Harpe, que je n'avais pas éprouvé depuis que j'avais quitté les Collines obscures, s'est de nouveau emparé de moi. Alors que je traversais les plateaux vallonnés des Plaines rouillées, la terre semblait renaître avant même que je me sois arrêté pour prendre l'instrument. Les feuilles les plus sèches tournoyaient et dansaient en spirale à mes pieds. Car Aylah avançait à mes côtés. Son souffle léger me frôlait les bras, et son rire résonnait dès que je pinçais les cordes magiques.

Malgré cela, mes pas s'alourdissaient parfois. Quand je passais près d'une hutte de pierre ou d'un bosquet d'arbres fruitiers, je m'appuyais sur mon bâton et songeais à ma rencontre avec T'eilean et Garlatha, et ce souvenir m'était pénible. Je n'aurais jamais dû leur rendre visite. De plus, chaque fois que je jetais un coup d'œil du côté des crêtes sombres à l'est, j'étais tenaillé par le sentiment que je faisais une erreur en ne retournant pas dans les collines pour achever ma tâche. Mais… je ne me sentais pas prêt. Pas encore. Je n'étais pas fâché que Rhia et les autres se morfondent encore un peu.

Dans un soudain mouvement d'humeur, j'ai fait sonner la Harpe. À ma grande surprise, l'herbe sèche sous mes bottes n'a pas reverdi. Au contraire, la prairie tout entière s'est légèrement assombrie, comme si un nuage avait caché le soleil. Intrigué, j'ai regardé vers le ciel. Mais je n'ai vu aucun nuage.

J'ai pincé de nouveau les cordes d'un geste impatient. Mais l'herbe n'a fait que se raidir et s'assombrir. J'ai regardé l'instrument d'un air soupçonneux. Que lui arrivait-il?

Un vent chaud a soufflé dans ma tunique.

— Tu es fâché, Emrys Merlin.

Je me suis raidi.

— Comment le sais-tu?

— Je ne *sais* pas les choses, a répondu Aylah. Je les *sens*. Et je sens ta colère en ce moment même.

J'ai allongé le pas, pressé de quitter cette prairie. Les brins d'herbe sombre semblaient transpercer mes bottes comme des milliers d'épines.

— Pourquoi es-tu si fâché, Emrys Merlin?

Ayant dépassé la zone d'herbe sombre, je me suis arrêté. J'ai inspiré profondément et expiré lentement.

— Je ne sais pas très bien.

Aylah a tourné autour de moi, remplissant mes narines de l'odeur de cannelle.

— Est-ce que, par hasard, quelqu'un te manquerait ?

J'ai serré mon bâton.

— Non, personne.

— Même pas ta mère ?

J'ai senti mes jambes flageoler, mais je n'ai rien dit.

La sœur du vent tournait autour de moi.

— Je ne l'ai jamais rencontrée, Emrys Merlin, mais j'en connais beaucoup qui l'ont connue. Elle devait être une bonne amie.

J'ai cligné des yeux plusieurs fois pour en chasser l'humidité.

— Oui, elle était une très bonne amie. Peut-être la seule que j'ai jamais eue.

Le souffle tiède d'Aylah m'a effleuré la joue.

— Parle-moi d'elle, tu veux bien ? Ça me ferait plaisir.

Enfonçant mon bâton dans l'herbe couleur de rouille, je me suis remis à marcher.

— Elle aimait le ciel nocturne, avec toutes ses étoiles, ses rêves et ses mystères. Elle aimait aussi les histoires évoquant les lieux antiques comme l'Olympe et Délos, l'île d'Apollon, ainsi que les plantes vertes et toutes les créatures qui volent, marchent, rampent ou nagent. Et, surtout, elle m'aimait.

Aylah tournait toujours autour de moi, plus lentement mais plus près, et elle m'enveloppait de son souffle.

— Tu as raison, ai-je admis. C'est vrai qu'elle me manque. Plus que je n'aurais jamais pu le croire. Si seulement je pouvais la revoir, Aylah ! Ne serait-ce qu'un instant…

— Comme je te comprends.

Je me suis dit qu'Aylah, en dépit de sa forme aérienne, avait certaines des qualités que possédait ma mère. Elle était chaleureuse, attentionnée. Et elle ne me donnait pas de conseils.

J'ai remarqué soudain, un peu plus loin, une étendue de buissons bas à l'écorce bleutée et aux larges feuilles. Je savais que leurs racines étaient comestibles, ayant vu Rhia en manger. J'ai posé la Harpe fleurie et mon bâton et j'en ai arraché un. Sa racine était un gros tubercule bleu. Je l'ai nettoyé avec ma tunique et j'ai mordu dans sa chair piquante.

— Est-ce que je peux partager avec toi ? Je ne sais pas quel genre de choses tu manges, mais je pourrais t'aider à en trouver.

Les grandes feuilles du buisson ont frémi au passage d'Aylah.

— Je ne mange que les lointains parfums de terres que je n'ai pas encore explorées. Je suis faite pour vagabonder, tu comprends ? Et maintenant, malheureusement, il est temps de nous séparer, a-t-elle ajouté en m'ébouriffant doucement les cheveux.

J'ai subitement arrêté de manger.

— Nous séparer ? Pourquoi ?

Sa voix m'a soufflé à l'oreille :

— Parce que je suis le vent, Emrys Merlin, et je dois voler… Voler, tourbillonner, tel est mon destin. J'ai beaucoup d'endroits à voir, à Fincayra et dans d'autres mondes.

Elle a tourné un moment autour de la Harpe.

— Et toi aussi, tu dois poursuivre ton chemin, Emrys, car tu as encore du travail dans les Collines obscures.

Je me suis renfrogné.

— Alors, tu es comme les autres, Aylah. Je croyais que toi, au moins, tu n'essaierais pas de me dire ce que j'ai à faire.

— Je ne te dis pas ce que tu as à faire, Emrys Merlin. Je te dis seulement que les vents m'apportent de mauvaises nouvelles des Collines obscures. Les alliés de Rhita Gawr commencent à s'agiter de nouveau. Ils s'enhardissent chaque jour un peu plus. D'ici peu, les gobelins sortiront de leurs grottes, et les spectres changeants avec eux. Alors, il sera trop tard pour guérir les terres.

À ces mots, mon estomac s'est noué. Je me suis rappelé l'avertissement de Cairpré lorsqu'il m'avait donné la Harpe. *Les Collines obscures doivent être guéries avant que Rhita Gawr ne revienne, sinon nous aurons perdu notre seule chance. Rappelle-toi : si tu n'accomplis pas ton devoir, nous ne te le pardonnerons jamais.*

J'ai regardé les crêtes à l'horizon, déjà recouvertes par l'ombre des nuages.

— Si ce que tu dis est vrai, je dois y retourner tout de suite. Tu ne veux pas m'accompagner et faire encore un bout de chemin avec moi ?

— Je suis déjà resté avec toi plus longtemps que je ne l'ai jamais fait avec une personne sans ailes. Et maintenant, je dois partir.

Je sentais son souffle dans mon cou. Déçu, j'ai jeté le tubercule.

— On m'a dit que les Fincayriens avaient des ailes, jadis. Ce n'est peut-être qu'une vieille légende, mais j'aimerais que ce soit vrai et qu'ils ne les aient jamais perdues. Ainsi, je pourrais en avoir moi-même et voler avec toi.

Un tourbillon d'air est passé sur mes épaules.

— Ahhh, Emrys Merlin, tu connais donc cette histoire ? Avoir des ailes et les perdre... quelle tragédie ! Même si beaucoup de Fincayriens ont oublié comment c'est arrivé, ils ne peuvent oublier la douleur persistante entre leurs omoplates.

J'ai étiré les bras et ressenti encore cette douleur.

— Et toi, Aylah, sais-tu comment c'est arrivé ? Même Cairpré, qui connaît pourtant des quantités d'histoires, ignore comment les Fincayriens ont perdu leurs ailes. Il m'a dit un jour qu'il donnerait la moitié de sa bibliothèque pour le savoir.

Le vent chaud tournoyait lentement autour de moi.

— Je connais cette histoire, Emrys Merlin. Peut-être qu'un jour je te la raconterai. Mais pas maintenant.

— Tu pars vraiment ? C'est toujours pareil avec moi. Tout ce que je trouve, je le perds.

— J'espère que tu me retrouveras, Emrys Merlin.

Un brusque courant d'air a fait battre les manches de ma tunique. Puis il a disparu aussitôt.

Je suis resté là un long moment. Finalement, mon estomac affamé a commencé à gargouiller. D'abord, je n'y ai pas prêté attention. Puis, comme il réclamait de nouveau, j'ai ramassé le tubercule que j'avais jeté et j'en ai repris une bouchée en pensant à Aylah. L'ayant terminé, je me suis remis en marche vers l'est, en direction des Collines obscures.

Tout autour de moi s'étendaient les grandes ondulations des Plaines rouillées. J'avançais d'un pas traînant, et l'herbe sèche craquait sous mes pieds. Un léger vent soufflait dans mon dos, atténuant la chaleur du soleil. Mais j'aurais préféré la compagnie d'Aylah. Je regrettais surtout d'avoir de nouveau perdu le sentiment de joie que me donnait ma tâche. La Harpe me semblait lourde sur mon épaule.

Parfois, en marchant, je touchais le sac d'herbes médicinales que ma mère m'avait donné à Caer Myrddin, juste avant mon départ. Elle aussi me manquait plus que jamais. Et je savais que je lui manquais. Si elle avait été là, elle ne m'aurait pas abandonné comme les autres. Mais elle était aussi loin que le vent le plus lointain.

Alors que le soleil descendait dans le ciel, je suis arrivé près d'un bouquet d'arbres difformes alignés en six ou sept rangées. Il n'y avait pas de fruits sur leurs branches, juste quelques fleurs blanches au parfum familier. Des fleurs de pommier. J'ai inspiré une grande bouffée d'air odorant. Mais cela ne m'a guère remonté le moral. Peut-être que le simple fait de jouer de la Harpe et d'éprouver de nouveau la joie de redonner vie à la terre me ferait du bien.

J'ai tenu un instant l'instrument dans mes bras. Puis j'ai hésité, me rappelant l'étrange expérience dont j'avais été témoin dans la prairie. C'était un pur hasard, me suis-je dit pour me rassurer. Lentement, j'ai passé les doigts sur les cordes. Aussitôt, un pinceau de lumière a balayé les arbres et les champs herbeux tout autour. De belles pommes sont apparues sur les branches, les troncs se sont épaissis, les racines se sont multipliées, et les arbres se sont dressés vers le ciel en brandissant fièrement leurs branches chargées de fruits. J'étais content. Ce qui s'était produit dans la prairie n'était plus un problème, à présent.

Soudain, quelqu'un a crié. Un garçon torse nu, à peu près de mon âge, est tombé d'un arbre. Il a atterri dans un fossé d'irrigation qui passait sous les branches. Un nouveau cri a retenti. J'ai couru voir sur place.

Le garçon est sorti du fossé. Il avait les cheveux et la peau aussi bruns que le sol. Puis, à ma grande surprise, un homme a émergé à son tour. Un homme de la terre, torse nu, lui aussi, qui ressemblait étrangement au garçon, en plus grand et plus âgé. Alors, je l'ai reconnu.

Ni lui ni le garçon ne m'avaient remarqué dans l'ombre du pommier. L'homme a redressé son large dos et saisi le garçon par les épaules.

— Tu t'es fait mal, mon fils ?

— Non, a-t-il répondu, tout en frottant ses côtes endolories. Tu m'as fait un bon oreiller, a-t-il ajouté avec un petit sourire.

L'homme l'a regardé, amusé.

— Ce n'est pas souvent que tu tombes d'un arbre.

— Mais c'est rare aussi que les branches se dressent et me secouent comme ça ! Regarde, Papa ! Elles sont couvertes de pommes !

L'homme n'en croyait pas ses yeux. Comme son fils, il est resté bouche bée devant les arbres transformés. Moi aussi, j'ai souri. C'était la réaction que j'attendais de Rhia et des autres… celle que j'aurais sûrement eue de ma mère. La beauté et le parfum des pommes lui donnaient toujours beaucoup de joie.

— C'est un miracle, fils. Un cadeau du grand dieu Dagda lui-même.

Alors, je suis sorti de l'ombre.

— Non, Honn. Ce cadeau vient de moi.

L'homme a sursauté. Il m'a regardé, s'est tourné vers l'arbre, puis m'a regardé de nouveau. Pour finir, il s'est adressé à son fils.

— C'est lui, le garçon dont je t'ai parlé, lui a-t-il dit.

— Celui qui a écrasé le méchant roi ? Et qui porte le nom d'un faucon ? a-t-il dit, les yeux ronds.

— Merlin, ai-je confirmé, en lui donnant une tape sur l'épaule. Ton père m'a secouru un jour où j'étais en grand danger.

— Juste ciel ! a dit Honn en passant ses doigts dans ses cheveux couverts de terre. Avant d'entendre parler de ton exploit, je t'ai cru mort plusieurs fois.

Appuyé sur mon bâton, je lui ai souri.

— Et vous n'aviez pas tort. Sans le poignard que vous m'aviez donné, je serais mort depuis longtemps.

Honn m'a observé un moment en se caressant le menton. Il ne portait qu'un ample pantalon brun. Ses mains, craquelées et calleuses, semblaient aussi puissantes que des racines d'arbre.

— Je suis content que ce vieux poignard t'ait été utile, mon garçon. Où est-il, maintenant ?

— Quelque part dans les ruines du château des Ténèbres. Il ne m'a pas permis de tuer un ghouliant — un des soldats immortels de Stangmar — mais j'ai pu, grâce à lui, gagner de précieuses secondes.

— Eh bien, j'en suis ravi...

Son regard s'est posé sur l'instrument magique.

— Je vois que tu as trouvé la Harpe fleurie. Tu vois, a-t-il ajouté en s'adressant à son fils, c'était bien un miracle ! Aucun mortel, même aussi doué que le jeune faucon ici présent, n'aurait pu réaliser une chose pareille. C'est la Harpe qui a fait revivre notre verger.

Cette explication m'a agacé. J'allais parler, quand Honn a aussitôt enchaîné :

— Pour moi, fils, tous les Trésors de Fincayra sont miraculeux. Ils sont l'œuvre de Dagda. Parmi les Sept Outils magiques, a-t-il ajouté à voix basse, presque avec respect, il y a même une charrue qui laboure seule son champ. C'est vrai ! N'importe quel champ qu'elle touche produit une récolte parfaite, paraît-il : ni trop, ni trop peu.

L'enfant était émerveillé.

— On ne risque pas de la confondre avec celle-là, père ! a-t-il dit en montrant une vieille charrue en bois à côté du fossé. J'ai mal au dos rien qu'en te regardant la pousser.

— Pas autant que moi quand tu me sautes dessus en tombant d'un arbre, a rétorqué Honn.

Ils ont ri tous les deux. Honn a entouré l'épaule de son fils de son bras musclé et s'est tourné vers moi, le visage rayonnant de fierté.

— En vérité, j'ai mon propre trésor : mon ami, ici présent. Et il est plus précieux pour moi qu'un océan de miracles.

Ces paroles m'ont ému. J'ai passé un doigt sur la sacoche en cuir de ma mère. En plus de l'odeur des pommes mûres, je sentais les herbes et leur doux parfum.

— Que ferais-tu, Honn, si tu perdais ce trésor? Cet ami.

Son visage s'est durci.

— Je ferais tout ce qui est en mon pouvoir de mortel pour le retrouver.

— Même s'il fallait laisser ton travail inachevé?

— Aucun travail ne pourrait être plus important.

J'ai hoché de la tête d'un air grave. *Aucun travail ne pourrait être plus important.*

Méditant cette phrase, j'ai enjambé le fossé et je suis reparti. Arrivé à la lisière du verger, je me suis arrêté pour observer les Collines obscures qui rougeoyaient comme des charbons ardents au soleil couchant. L'ombre longue de mon bâton pointait vers l'endroit où je m'étais détourné de ma tâche.

J'ai regardé vers le nord. Je reprendrais ma tâche et le chemin des collines d'ici peu, et je ferais revivre jusqu'au dernier brin d'herbe. Mais, tout d'abord, je devais retrouver ma mère. Et, comme Honn, je ferais tout ce qui était en mon pouvoir de mortel pour réussir.

V

LE BOUFFON

L e lendemain, en fin de journée, alors que des rayons de lumière dorée parsemaient de fils brillants les herbes des Plaines rouillées, je me suis arrêté sur une hauteur et j'ai découvert, en contrebas, un groupe de maisons en briques de terre, disposées en cercle. Leurs toits de chaume étaient de la même couleur orangée que la plaine environnante. De longues planches de bois les reliaient entre elles comme des bras d'enfants faisant la ronde. Une bonne odeur de graines grillées au feu de bois me chatouillait les narines.

Cette découverte était plutôt réjouissante, et pourtant j'éprouvais quelque appréhension à entrer dans ce village, car c'était Caer Neithan, la cité des bardes. Je savais que le poète Cairpré avait promis de s'y rendre après le Grand Conseil, pour aider à réparer les dommages causés par Stangmar. Je savais aussi que s'il y avait une personne dans tout Fincayra qui pouvait m'aider à trouver ma mère, c'était justement Cairpré.

Il ne serait pas content de me revoir, car j'étais loin d'avoir terminé mon travail. Mais il avait bien connu Elen aux yeux saphir, lui aussi, puisqu'il l'avait eue comme élève des années auparavant, et j'étais sûr qu'il souhaitait ardemment son retour. Ne m'avait-il pas dit, un jour, que si elle avait appris certaines choses auprès de lui, il en avait appris beaucoup plus auprès d'elle sur l'art de guérir ? Peut-être — je dis bien *peut-être* — connaîtrait-il un moyen de lui faire traverser le rideau de brume qui entourait Fincayra. Alors, l'ayant enfin retrouvée, je pourrais achever mon travail dans les Collines obscures d'un cœur léger.

J'ai descendu la pente, mon bâton à la main et la Harpe sur le dos. Attentif aux bruits du village, je me rappelais le silence de mort qui y régnait lors de ma précédente visite et qui m'avait tellement frappé. Ce silence avait été, d'une certaine manière, plus assourdissant que n'importe quelle tempête.

La cité des bardes était rarement silencieuse. Elle était réputée dans toute l'île pour ses contes et ses chants. Pendant des siècles, elle avait hébergé les conteurs les plus inspirés et accueilli leurs premières représentations. Cairpré lui-même, dont je ne connaissais la renommée de poète qu'à travers ce qu'on m'en avait dit, était né dans une de ces maisons.

Au moment où je m'approchais des portes du village, qui reluisaient d'un éclat doré, les habitants commençaient à sortir de chez eux. La blancheur de leurs longues tuniques contrastait avec les murs de boue séchée et les planches de bois sombres entre les bâtiments. Les bacs à plantes étaient vides sur les rebords des fenêtres. Je m'apprêtais à prendre la Harpe pour les remplir, mais je me suis ravisé, préférant attendre encore avant d'annoncer mon arrivée.

Les gens sortaient, de plus en plus nombreux. Ils étaient très différents les uns des autres par la couleur de peau, l'âge, les cheveux, la forme et la taille. Mais tous avaient un trait commun, outre leurs tuniques blanches : ils semblaient hésitants, incertains. Au lieu de se rassembler sur la place circulaire au milieu des maisons, ils restaient sur le pourtour. Quelques-uns faisaient les cent pas devant leur porte, mais la plupart s'asseyaient sur les planches de bois autour du cercle. Apparemment, ils se réunissaient en vue de quelque chose, mais avec une certaine réticence, me semblait-il.

C'est alors qu'un grand homme maigre, les épaules revêtues d'une cape brune, s'est avancé au centre du cercle. Il portait un curieux tricorne, posé de travers sur sa tête, comme quelqu'un qui aurait bu trop de vin. Des dizaines de petites boules brillantes pendaient du bord de son chapeau. Il s'est mis à agiter ses longs bras d'araignée et les larges manches de sa tunique en braillant des mots que j'avais du mal à saisir.

J'ai compris, alors, ce que signifiaient ces maisons en cercle. Toute la ville était un théâtre ! Et j'arrivais juste au moment où commençait une représentation.

Aux portes du village, j'ai constaté avec plaisir que, contrairement à la fois précédente, aucun garde ne pointait sa lance sur moi pour m'arrêter. Un nouveau panneau, éclairé par le soleil de la fin de l'après-midi et fixé à l'entrée, indiquait simplement :

Caer Neithan, cité des bardes. Bienvenue à tous ceux qui se présentent en amis.

En dessous, j'ai reconnu les deux vers de Cairpré :

Ici, le chant règne en maître,
Et d'histoires on peut se repaître.

À peine avais-je franchi les portes qu'un homme hirsute, aux yeux noirs et aux sourcils broussailleux a sauté d'une des planches et s'est approché de moi. Appuyé sur mon bâton, je l'ai attendu.

— Bonjour, Cairpré.

— Merlin, a-t-il dit tout bas, ouvrant les bras comme pour applaudir de joie.

Puis, regardant par-dessus son épaule l'homme émacié qui déclamait son texte, il a simplement ajouté — sans applaudir :

— Heureux de te voir, mon garçon.

De toute évidence, il croyait mon travail terminé. Ce ne serait pas facile de lui avouer la vérité.

Il a de nouveau jeté un coup d'œil à l'acteur et aux visages sombres, presque larmoyants, des spectateurs.

— Je regrette que tu ne sois pas venu pour une représentation plus gaie.

— Ce n'est pas grave, ai-je murmuré. Je comprends, à ces visages maussades, que cet individu a l'art d'attrister les gens. Qu'est-ce qu'il dit ? Un poème tragique ?

— Non, même pas, dit-il les sourcils bien hauts avant de poursuivre en secouant la tête. Le pauvre, il *essaie* d'être drôle.

— Drôle ?

— Oui, c'est incroyable, n'est-ce pas ?

Au même moment, des tintements et cliquetis discordants nous ont interrompus. Je me suis retourné et j'ai vu l'homme au tricorne secouer frénétiquement la tête. Le bruit venait des boules métalliques de son chapeau. C'étaient des grelots ! Pour faire rire les gens, bien sûr. Quel dommage qu'ils sonnaient plus comme des épées s'entrechoquant que des grelots.

J'ai observé un moment ce curieux personnage, avec ses mains pendantes, ses épaules affaissées et son dos voûté. Ses sourcils froncés, ses yeux et sa bouche plissés lui donnaient un air perpétuellement mécontent. Malgré sa maigreur, il avait le cou flasque et plusieurs doubles mentons, si bien que, quand les coins de sa bouche s'abaissaient, l'effet était multiplié par cinq ou six.

Il a ramené sa lourde cape autour de lui, s'apprêtant, semblait-il, à prononcer un discours. Puis, sur un ton lent et triste, il s'est mis à chanter — ou, plus exactement, à gémir. À sa voix, on aurait cru qu'il pleurait, et son souffle ressemblait à des sanglots. Comme Cairpré et la plupart des villageois, j'ai fait la grimace. Peut-être, en effet, voulait-il être drôle, mais son chant était aussi joyeux qu'un chant funèbre.

Quand sonnent les grelots,
Oubliez tous vos maux !

Vos peines, votre tristesse,
Se changent en allégresse.

Oyez, réjouissez-vous :
Oui, le bouffon est là !

Je gambade, je sautille,
Chacun rit de mes facéties !
Mes grelots tintent gaiement,
Tout avec moi n'est qu'amusement.

Oyez, réjouissez-vous :
Oui, le bouffon est là !

Je me suis tourné vers Cairpré.

— C'est la personne la moins drôle que j'aie jamais entendue. Il ne se rend donc pas compte de l'effet qu'il produit ?

— Je crois que si, a soupiré le poète. Mais il s'obstine. Son nom est Bumbelwy. Depuis son enfance, alors qu'il faisait déjà peur aux oiseaux en chantant, il rêvait de devenir bouffon. Pas juste un gai luron, mais un vrai bouffon, quelqu'un qui pratique le grand art d'habiller la sagesse dans un costume fait d'humour. Bumbelwy le Joyeux, c'est ainsi qu'il s'est lui-même surnommé.

— Bumbelwy le Pénible lui conviendrait mieux.

— Je sais, je sais. Comme je l'ai déjà dit : *il est comme un pain sans levure qui essaie d'atteindre la démesure.*

Les gens du village semblaient tout aussi sombres que Bumbelwy lui-même. La plupart avaient la tête dans les mains et la mine renfrognée. Une fillette aux longs cheveux noirs, échappant aux bras de sa mère, a couru se réfugier dans une maison voisine. La femme est restée assise, mais elle enviait visiblement sa fille.

— Mais pourquoi les gens l'écoutent ?

— Un seul de ses… euh… « récitals humoristiques », comme il dit, peut vous gâcher trois repas à la suite. Mais comme tous les habitants de Caer Neithan, il a le droit de se produire chaque année le jour de son anniversaire. Et nous sommes tous obligés de l'écouter. Même ceux comme moi qui ne vivent pas ici, mais ont le malheur de s'y trouver le mauvais jour.

Avec un geste en direction de la place, il a ajouté — à voix haute, cette fois :

— Quand je pense à toutes les représentations vraiment mémorables qui ont eu lieu dans ce théâtre ! *Le menuilier nocturne. Le Vaisseau de l'Illusion. Le serment de Geraint.*

Il a désigné une petite maison très ancienne.

— Pwyll, dont le sourire désespéré a inspiré à lui seul des volumes de poèmes, a écrit son premier poème, ici. Laon le Boiteux est né là, a-t-il ajouté en me montrant une autre maison avec un porche en bois. Et n'oublions pas Banja, Jussiva le Radieux, Ziffian... Dans cette cité, ils étaient chez eux. Comme tant d'autres bardes célèbres.

Bumbelwy agitait toujours ses grands bras en déclamant.

— Il ne sera jamais un bouffon qu'en rêve, ai-je dit.

Cairpré a hoché la tête d'un air sombre.

— Nous avons tous nos rêves secrets. Mais rares sont parmi nous ceux qui s'accrochent à des rêves si éloignés de leurs vraies capacités ! Jadis, Bumbelwy aurait pu être sauvé par un des Trésors de Fincayra, celui qu'on appelle l'Éveilleur de rêves. Penses-y, Merlin. Ce cor, utilisé par une personne d'une immense sagesse, pourrait faire que le rêve le plus cher de quelqu'un se réalise, même un rêve aussi extravagant que celui de Bumbelwy. C'est pourquoi on l'appelle souvent le Cor des bonnes nouvelles.

Des rides profondes, plus profondes encore que mes propres cicatrices, sont apparues sur le front de Cairpré. Je savais qu'il pensait à Rhita Gawr, qui, en détournant les pouvoirs de l'Éveilleur de rêves, avait réduit au silence tous les habitants du village — le pire des rêves qu'on puisse imaginer pour un poète, un barde ou un musicien. Voilà pourquoi j'avais trouvé la cité des bardes aussi silencieuse qu'un cimetière lors de ma première visite. L'expression tourmentée de Cairpré me disait que, même si cette malédiction avait disparu avec la destruction du château des Ténèbres, son souvenir était toujours bien présent.

Les grelots du chapeau de Bumbelwy ont recommencé à tinter de plus belle, encore plus fort qu'avant. Si je n'avais pas eu mon bâton à la main, je me serais bouché les oreilles.

— Pourquoi n'essayez-vous pas vous-même l'Éveilleur de rêves ? ai-je suggéré à Cairpré.

— Je ne le pourrais pas.

— Pourquoi ?

— D'abord, mon garçon, je ne prendrai rien dans la grotte de la Grande Élusa, et certainement pas les Trésors qui s'y trouvent. Je laisse ça à quelqu'un de beaucoup plus courageux. Ou plus stupide. Mais ce n'est pas la raison principale. En fait, je ne suis pas assez sage pour utiliser le Cor.

— Pas assez sage ? ai-je fait, étonné. Le poète Cairpré est réputé dans tout le pays comme...

— ... comme rimailleur, citateur et idéaliste naïf... *Ne te fais pas d'illusions, je suis plein de confusion.* Je suis assez sage, en tout cas, pour reconnaître que je sais bien peu de choses, ce qui est déjà très important.

— C'est ridicule! J'ai vu votre bibliothèque. Tous ces livres! Vous ne pouvez pas prétendre que vous ne savez rien.

— Je n'ai pas dit que je ne savais rien, mon garçon. J'ai dit que je ne savais pas *assez*. Il y a une différence. Et en croyant que je pourrais disposer du légendaire Éveilleur de rêves, je ferais preuve d'un terrible orgueil — un défaut qui a fait chuter bien des grands de ce monde... Entre autres ton grand-père, d'après ce qu'on dit, a-t-il ajouté plus bas.

— Vous voulez dire... Tuatha?

— Oui. Tuatha. Le plus puissant enchanteur que Fincayra ait connu. Le seul mortel jamais autorisé à se rendre dans l'Autre Monde pour consulter Dagda... et à en être revenu vivant. Même lui était capable d'orgueil. Et ça l'a tué.

La Harpe fleurie m'a soudain paru plus lourde, et la courroie, plus gênante sur mon épaule.

— Comment est-il mort?

Cairpré s'est penché vers moi.

— Je ne connais pas les détails de sa mort. Personne ne les connaît. Je sais seulement qu'il a surestimé ses pouvoirs, et sous-estimé le serviteur de Rhita Gawr le plus redoutable, un ogre borgne nommé Balor. Mais parlons de sujets plus agréables ! a-t-il ajouté en frissonnant. Tiens, parle-moi donc de la Harpe. Tu as travaillé bien vite dans les Collines obscures pour être déjà de retour dans la plaine.

Un peu gêné, je tripotais la tête noueuse de mon bâton, humant l'odeur de la résine qui s'en dégageait. Le parfum me rappelait celui de la femme avec qui j'avais partagé mon enfance. Le moment était venu de dire à Cairpré ce que je voulais faire... et ce que j'avais laissé inachevé.

J'ai inspiré profondément, et je me suis lancé.

— Je n'ai pas fini mon travail dans les Collines.

— Ah bon ? s'est-il étonné. As-tu eu des ennuis ? Rencontré des gobelins en cavale ?

— Non, ai-je dit en secouant la tête. Les seuls ennuis viennent de moi.

Ses yeux profonds m'observaient. Il cherchait à comprendre.

— Que dis-tu ?

— J'ai découvert quelque chose de plus important que ma tâche, ai-je déclaré, soutenant son regard. Je veux retrouver ma mère et la ramener à Fincayra.

Une expression de colère est passée sur son visage.

— Tu nous mettrais tous en danger pour cela ?

— Cairpré, s'il vous plaît, ai-je dit avec un nœud dans la gorge. Je finirai ma tâche, je vous le promets ! Mais j'ai besoin de la revoir. Et le plus vite possible. Est-ce trop demander ?

— Oui ! En agissant ainsi, tu mets toutes les créatures de l'île en danger.

— Elen a renoncé à tout pour moi, Cairpré ! Elle adorait sa vie ici. Elle l'aimait de toute son âme. Et elle l'a quittée à jamais, juste pour me protéger. Quand nous vivions à Gwynedd, j'étais son seul compagnon et son unique ami… bien que je n'aie pas fait grand-chose pour le mériter.

J'ai marqué une pause, songeant à elle, à ses chansons, à ses talents de guérisseuse et à ses yeux d'un bleu si beau.

— Nous avons eu nos problèmes, croyez-moi. Mais nous étions bien plus proches l'un de l'autre que nous le pensions tous deux. Puis, un jour, je l'ai quittée et laissée là-bas, toute seule. Elle doit être malheureuse dans cette pièce froide, entre ces murs de pierre. Elle est peut-être malade. Qui sait dans quelle situation elle se trouve, à présent ?

Ce n'est pas juste pour moi que je veux la faire venir, c'est aussi pour elle.

L'expression de Cairpré s'est légèrement radoucie. Il a posé une main sur mon épaule.

— Écoute, Merlin. Je te comprends. Combien de fois j'ai eu moi-même envie de revoir Elen ! Mais même sans tenir compte des Collines obscures, il me paraît extrêmement dangereux de faire venir quelqu'un de l'extérieur…

— En êtes-vous sûr ? La mer m'a épargné deux fois.

— Ce n'est pas la mer, mon garçon, bien que ce voyage soit déjà très périlleux. Fincayra a ses coutumes, ses rythmes, que les mortels ne peuvent qu'imaginer. Dagda lui-même, dit-on, ne peut pas dire qui a le droit de traverser le rideau de brumes.

— Je n'en crois rien.

Le regard de Cairpré s'est assombri.

— Il y aurait des dangers pour quiconque venant de l'extérieur, et aussi pour l'ensemble de Fincayra. Ce que, peut-être, tu ne comprends pas, a-t-il poursuivi en pesant ses mots, c'est que tout nouvel arrivant, même le plus petit papillon, pourrait changer l'équilibre de la vie à Fincayra et être la cause de destructions incalculables.

— On croirait entendre Domnu, quand elle dit que je serai la ruine de tout Fincayra.

Il a tourné son visage vers les portes du village, qui ne réfléchissaient plus la lumière dorée. Au-delà des portes, les Collines obscures s'étendaient telles les vagues d'un océan tourmenté.

— C'est un risque, en effet. Surtout si tu ne termines pas ce que tu as commencé.

— Vous ne voulez pas m'aider?

— Même si je savais comment, je ne le ferais pas. Tu n'es qu'un gamin. Et plus bête que je ne l'avais cru.

Cette remarque m'a hérissé et j'ai frappé le sol de mon bâton.

— J'ai le pouvoir de faire sonner la Harpe, non? ai-je protesté. Vous-même avez dit au Grand Conseil que j'avais l'âme d'un enchanteur. Alors j'ai peut-être aussi le pouvoir de faire venir ma mère.

Sa main a serré mon épaule comme un étau.

— Ne dis pas de telles choses, même pour plaisanter. Il faut plus que cela pour être un véritable enchanteur. Il faut du courage, de l'intuition, de l'expérience, et aussi des connaissances immenses, en particulier des lois du Cosmos et de tous les arts magiques. Plus encore, il faut une grande sagesse, celle qui vous dit quand utiliser ces arts, et quand ne pas les utiliser. Car un véritable enchanteur n'exerce ses pouvoirs que judicieusement, de la même manière qu'un archer expérimenté décoche ses flèches.

— Je ne parle pas de flèches, je parle de ma mère, Elen. Si vous ne m'aidez pas, ai-je dit, la tête haute, je trouverai un autre moyen.

Cairpré a de nouveau plissé le front.

— Un véritable enchanteur doit avoir encore une chose.

— Quoi donc ? ai-je dit, impatient.

— L'humilité. Écoute-moi bien, mon garçon ! Oublie cette folie. Prends la Harpe et retourne dans les Collines achever ta tâche. Tu n'as aucune idée des risques que tu prends.

— J'en prendrais bien davantage pour la ramener ici.

Il a levé les yeux au ciel.

— Aide-moi, ô Dagda !... Comment te faire comprendre ? a-t-il ajouté à mon intention. Il existe un proverbe, aussi ancien que cette île, qui dit que seul le coquillage le plus sage du Rivage des Coquillages parlants peut guider quelqu'un à travers les brumes. Cela semble assez simple. Cependant, aucun enchanteur — pas même Tuatha — n'a jamais osé essayer. Cela te donne-t-il une idée du danger ?

J'ai souri.

— Non. Mais ça me donne une autre idée.

— Merlin, non ! Ne fais pas cela. En plus de tous les autres dangers, il y en a un qui te concerne, toi, en particulier. Le seul fait de tenter un tel acte de magie indiquera à Rhita Gawr l'endroit exact où tu te trouves… et davantage, je le crains. Quand il reviendra, décidé à conquérir ce monde et les autres, il te poursuivra. Crois-moi.

— Je ne le crains pas, ai-je dit en tirant sur la courroie de la Harpe.

Cairpré a haussé les sourcils.

— Eh bien, tu as tort. Car avec un tel orgueil, tu lui offriras la vengeance la plus douce de toutes. Il fera de toi un de ses serviteurs, comme il l'a fait de ton père.

J'ai eu l'impression de recevoir un coup de poing à l'estomac.

— Vous voulez dire que je ne vaux pas mieux que Stangmar ?

— Je dis que tu es tout aussi vulnérable. Si Rhita Gawr ne te tue pas tout de suite, il essaiera de t'asservir.

Au même moment est apparue l'ombre d'un homme. Je me suis retourné brusquement et j'ai vu Bumbelwy. Absorbés par notre conversation, nous ne nous étions pas rendu compte qu'il avait terminé son récital et qu'il nous écoutait. En s'inclinant maladroitement pour nous saluer, il a fait tomber son chapeau qui cliqueta au sol. Après l'avoir ramassé, il s'est adressé à Cairpré :

— J'ai été mauvais, n'est-ce pas ?

— Pas maintenant, a lancé Cairpré en lui faisant signe de s'éloigner. Je dois parler à ce garçon.

Bumbelwy s'est tourné vers moi.

— Alors, dis-moi, toi. Est-ce que j'ai été mauvais ou non ?

— Oui, oui, vous avez été mauvais, ai-je répondu, pensant qu'ainsi il me laisserait tranquille.

Mais il n'est pas parti. Il a simplement hoché la tête d'un air maussade, faisant tinter ses grelots.

— J'ai donc tout raté. C'est vrai, c'est bien vrai.

— Merlin, a grogné Cairpré. Tiens compte de mes avertissements. Je veux seulement t'aider.

— M'aider ? ai-je rétorqué, les joues en feu. C'est pour ça que, la dernière fois, vous avez essayé de me dissuader d'aller au château des Ténèbres ? Et que vous avez omis de me dire que Stangmar était mon père ?

Le poète a grimacé.

— Je ne t'ai rien dit sur ton père parce que je craignais qu'une telle vérité te fasse du mal. Qu'elle te fasse douter de toi ou même que tu te détestes, après cela. J'ai peut-être eu tort, comme j'ai eu tort de croire que tu ne pourrais pas détruire le château. Mais, cette fois, je ne me trompe pas ! Retourne dans les Collines obscures.

Je me suis tourné vers les portes du village. À présent dans l'ombre, elles faisaient penser à des pierres tombales.

— Je vais d'abord aller au Rivage des Coquillages parlants.

Avant que Cairpré puisse répondre, Bumbelwy s'est raclé la gorge (ce qui a fait frémir ses multiples mentons) et, faisant tournoyer sa cape d'un geste théâtral, il a annoncé tout de go :

— Je t'accompagne.

— Quoi ? me suis-je écrié. Je ne veux pas de vous.

— D'accord, d'accord. Mais je viens quand même.

Avec une lueur ironique dans le regard, Cairpré m'a lancé :

— Tu regretteras ton choix encore plus tôt que je le pensais.

VI

La traversée des brumes

omme le mauvais goût qu'on garde dans la bouche après avoir mordu dans un fruit pourri, Bumbelwy et ses grelots ne me quittaient pas. Sauf qu'avec un fruit, on peut se rincer la bouche et se débarrasser du goût. Avec Bumbelwy, rien de ce que je disais ou faisais ne l'incitait à partir. J'avais beau marcher d'un bon pas et ne pas m'arrêter, même pour jouer de la Harpe, je n'arrivais pas à le semer.

Il m'a suivi quand j'ai franchi les portes de Caer Neithan sous le regard silencieux de Cairpré. Il m'a suivi à travers la plaine, dans les montées et les descentes, campant la nuit avec moi sous un vieux saule, puis repartant le lendemain sous le soleil. Il m'a suivi ainsi jusqu'à la Rivière Perpétuelle.

Tout le long du chemin, il s'est plaint de la chaleur, des cailloux dans ses bottes et de la dure vie des bouffons. Alors que nous approchions du fleuve, il m'a demandé plusieurs fois si j'aimerais entendre sa fameuse devinette sur ses grelots, jurant que ce serait bon pour mon moral. Quand je lui ai dit que je n'avais aucune envie de l'entendre — pas plus que ses grelots —, il a juste boudé un peu, et puis il m'a reposé la même question.

— C'est vraiment une excellente devinette, tu sais, a-t-il insisté. La devinette des reines… euh, pardon, je me suis encore trompé ! C'est la reine des devinettes. Elle est très amusante, tu verras.

Il a marqué une pause, l'air plus sinistre que jamais, puis a précisé :

— C'est la seule que je connais.

Agacé, je marchais à grands pas vers la rivière. Nous approchions de ses rives abruptes et caillouteuses. Les rapides grondaient en contrebas. Au-dessus, des arcs-en-ciel miroitaient dans un nuage de gouttelettes. Le bruit des flots tumultueux est devenu si assourdissant que, pour la première fois depuis mon départ de la cité des bardes, je n'entendais plus les grelots de Bumbelwy, ni ses ennuyeux discours.

Je me suis retourné et j'ai crié :

— Je vais jusqu'à la côte sud. C'est très loin. La traversée de la rivière sera dangereuse. Vous devriez rentrer, maintenant.

— Tu n'as pas besoin de moi ? a-t-il demandé, la mine déconfite.

— Non !

Son visage se plissa une sizaine de fois.

— Bien sûr que tu ne veux pas de moi. Personne ne veut de moi, a-t-il ajouté en me regardant avec insistance. Mais moi, j'ai besoin de toi, et tu as bien de la chance.

— De la chance ? ai-je rétorqué, stupéfait. Quelle erreur ! Ma vie n'est qu'une suite de déceptions et de pertes.

— Je le vois bien. C'est justement pour ça qu'il te faut un bouffon. Pour te faire rire, a-t-il ajouté après une courte réflexion. À propos, est-ce que je t'ai posé ma devinette ?

Furieux, je lui ai flanqué un coup de bâton. Mais il s'est baissé, et le bâton a seulement frôlé sa cape.

— Vous n'êtes pas un bouffon, ai-je crié. Mais une malédiction ! Une misérable malédiction.

— Ça, c'est vrai, c'est bien vrai, a gémi Bumbelwy. Je suis nul comme bouffon. Complètement nul. Le bouffon doit avoir deux qualités : il doit être sage et drôle. Je ne suis ni l'un, ni l'autre.

Une larme a coulé sur sa joue.

— Tu imagines ce que ça signifie ? À quel point c'est douloureux ? Ça me fait mal jusqu'au bout des orteils... Je suis un bouffon qui rend tout le monde triste, y compris moi-même. Voilà mon destin.

— Pourquoi m'avoir choisi, moi ? Vous ne pouviez pas suivre quelqu'un d'autre ?

— Si, sans doute, a-t-il crié pour se faire entendre malgré les eaux tumultueuses. Mais tu semblais si malheureux... Plus malheureux que quiconque j'ai rencontré. Tu seras un bon test pour moi. Si je réussis à te faire rire, alors, je pourrai faire rire n'importe qui.

— Vous ne ferez jamais rire personne. Ça, c'est certain !

Il a redressé le menton — ou plutôt ses mentons — et, d'un geste théâtral, il s'est enveloppé dans sa cape. Ce faisant, il a trébuché sur une pierre, perdu son chapeau et failli glisser dans l'eau. Il a ramassé le chapeau, l'a renfoncé sur sa tête à l'envers. En grognant, il l'a remis dans le bon sens, mais il a trébuché une nouvelle fois et il est tombé par terre. Plus ronchon que jamais, il s'est relevé en essayant d'essuyer la boue qui recouvrait son derrière.

— Bon, alors, a-t-il déclaré, avec un tintement de grelots, je peux au moins te donner le plaisir de ma compagnie.

J'ai levé les yeux au ciel. J'avais presque envie de sauter dans le fleuve pour échapper à ce supplice ambulant. Mais c'était risqué. Le courant, à cet endroit, était beaucoup trop rapide et parsemé de rochers pointus comme des poignards. Je me ferais certainement très mal et, en plus, je pourrais abîmer la Harpe. Où était Rhia, alors que j'avais besoin d'elle ? Elle aurait su parler à l'esprit du fleuve et calmer ses eaux bouillonnantes. Le souvenir de notre séparation me mettait mal à l'aise. C'était pourtant de sa faute plus que de la mienne. Elle s'était montrée si sûre d'elle ! Elle avait dû être ravie de me voir humilié.

J'ai ajusté la Harpe sur mon épaule. Au moins, une fois que j'aurais traversé le fleuve, je ne serais plus entouré de ces terres brûlées qui s'étendaient à l'infini comme le ciel gris, et qui me rappelaient constamment ma tâche inachevée. Au sud, je m'en souvenais, le fleuve s'élargissait. Là-bas, je pourrais traverser. Ensuite, je continuerais jusqu'au Rivage des Coquillages parlants. Avec ou sans Bumbelwy.

À ma grande consternation, ce fut avec. Le bouffon désespérant avec ses grelots et ses grandes manches m'a suivi tout le long, même si nous avons longé une série de cascades, traversé des terrains marécageux et des étendues de pierres. Finalement, nous avons atteint un endroit où l'on pouvait traverser le fleuve sans risque grâce à une série de gros rochers en forme d'œuf qui formaient des bas-fonds en aval. L'eau était glaciale, et le fond mou aspirait mes bottes à chaque pas, comme s'il essayait de me retenir.

Une fois sortis de l'eau, nous avons longé la rive ouest et marché plusieurs heures dans les roseaux, avec, à notre droite, les grands arbres de la Druma, qui formaient une nappe de verdure jusqu'aux Collines embrumées. Des oiseaux colorés — que Rhia aurait su identifier — voletaient parmi les branches. Pendant tout ce temps, je faisais de mon mieux pour oublier le déprimant personnage qui me suivait avec ses grelots.

Enfin, j'ai aperçu une rangée de dunes devant un mur de brume. Mon cœur a bondi dans ma poitrine. Même avec les limites de ma seconde vue, j'ai été frappé par l'intensité des couleurs : le sable doré, les plantes vertes, les coquillages roses et violets, les fleurs jaunes.

Mes pieds se sont enfoncés dans le sable de la première dune. Arrivé sur la crête, j'ai enfin vu la côte et retrouvé le clapotis des vagues. La marée était basse. Sous l'épais rideau de brume, le sable était jonché de palourdes et de moules. J'entendais leurs suçotements auxquels se mêlaient les jacassements et les clapotements des oiseaux aquatiques au long bec. Des milliers de moules minuscules s'agglutinaient sur les parties rocheuses. Il y avait partout d'énormes étoiles de mer rouges, des bulots béants, des méduses, et des crabes qui couraient entre les pattes des oiseaux.

J'ai rempli mes poumons d'air marin et humé l'odeur du varech et du sel. L'odeur du mystère.

J'ai ramassé une poignée de sable que j'ai laissé filer entre mes doigts. Il était fin et chaud. Exactement comme le jour où j'avais échoué à cet endroit même. Fincayra avait été mon refuge après les tempêtes que j'avais affrontées en mer et celles que j'avais sous le crâne.

J'ai pris quelques grains de sable et les ai regardés descendre le long de mes doigts jusqu'à ma paume. Ils scintillaient en roulant et me semblaient presque vivants. Comme ma peau. Comme Fincayra. Je commençais à me rendre compte que je m'étais attaché à cette île. Même si j'y avais souvent été malheureux, j'éprouvais une étonnante attirance pour ses paysages, ses histoires, et pour ses habitants — malgré la façon dont ils m'avaient souvent traité. Et aussi pour quelque chose d'autre, plus difficile à définir.

Cette île était, d'après ma mère, un lieu intermédiaire, un endroit où les créatures immortelles et mortelles pouvaient vivre ensemble. Pas toujours harmonieusement, bien sûr. Mais avec toute la richesse, les pouvoirs et les mystères de deux mondes à la fois. Mi-ciel, mi-Terre. En partie ce monde, en partie l'Autre.

Je suis resté là, m'imprégnant des bruits et des odeurs du rivage. Peut-être qu'un jour je me sentirais vraiment bien dans cette île. Je m'y sentais déjà beaucoup mieux que dans mon village de Gwynedd. Une seule personne me manquait. Pour l'instant, elle était loin… au-delà de la brume et de la côte de Gwynedd.

J'ai pris la Harpe. Je n'en avais pas joué depuis quelque temps. Que pouvais-je produire dans un lieu aussi riche et grouillant de vie ?

J'ai pincé la corde la plus haute. Elle a tinté comme une stalactite de glace qui se casse. Au même moment, sur le versant de la dune, face à la mer, a poussé une grosse fleur rouge en forme de cloche. En la voyant se balancer au vent marin, j'ai eu envie de la toucher, de la sentir.

Mais je n'en avais pas le temps. J'ai déposé la Harpe et mon bâton sur le sable, en m'assurant que Bumbelwy ne les toucherait pas. Déjà assis sur la plage, son chapeau posé à côté de lui, il trempait ses pieds enflés dans les vagues et semblait bien occupé. Au moins, pendant un moment, je n'entendrais pas ses grelots.

Les vagues déferlaient sur la plage et faisaient rouler sur le sable des coquillages de toutes couleurs et de toutes tailles. La grandeur et la beauté de cette plage m'impressionnaient toujours autant que le jour où j'avais été rejeté sur cette côte. Ce jour-là, un coquillage m'avait soufflé des mots à l'oreille que je n'avais pas compris. En trouverais-je un autre aujourd'hui ? Et comprendrais-je ce qu'il dirait ?

Quelque part, là-bas, se trouvait le bon coquillage. L'ennui, c'est que je ne savais pas du tout à quoi il ressemblerait. Je ne connaissais que les paroles de Cairpré. *Il existe un proverbe, aussi ancien que cette île, qui dit que seul le coquillage le plus sage du Rivage des Coquillages parlants peut guider quelqu'un à travers les brumes.*

J'ai commencé mes recherches en partant de la conque mouchetée à mes pieds. J'en ramassais des plats et des ronds avec des coquilles en spirale, mais aucun ne me convenait. Je ne savais même pas très bien comment chercher. Rhia m'aurait sûrement dit quelque chose comme *fais confiance aux baies.* C'est absurde ! Pourtant, je savais que je devais faire confiance en quelque chose. Mais quoi ?

Mon intellect, peut-être ? Oui, ce devait être ça. Maintenant à quoi pouvait ressembler le coquillage le plus sage ? Il devait être superbe, aussi grand en taille qu'en sagesse.

Bumbelwy a crié à cause d'une grosse vague qui s'est écrasée sur lui. Quand elle s'est retirée en entraînant du sable, elle a fait apparaître le bord d'un coquillage rose vif en forme de spirale, plus grand que tous les autres. Il était juste derrière Bumbelwy, qui ne semblait pas l'avoir remarqué. Était-ce celui que je cherchais ? Alors que je m'en approchais, Bumbelwy s'est secoué en maugréant contre l'eau froide, puis s'est accoudé sur le sable. J'ai entendu un craquement — il venait de s'appuyer sur le coquillage. Il a poussé un hurlement et a roulé sur le côté en se tenant le coude. J'ai compris que ma recherche ne faisait que commencer.

Seul le coquillage le plus sage...

J'ai suivi le rivage à la recherche de coquillages présentant les qualités requises. Malgré la grande variété de formes, de couleurs et de textures, aucun ne me semblait assez imposant. De temps en temps, j'en collais un à mon oreille s'il me paraissait proche de ce que je cherchais, mais je n'entendais que les soupirs infinis de la mer.

J'ai fini par arriver ainsi jusqu'à une péninsule rocheuse qui s'enfonçait dans les volutes de brume. Je me demandais si j'allais fouiller parmi les rochers, quand un crabe orange est passé sur la pointe de ma botte. Il s'est arrêté, levant vers moi ses petits yeux, comme pour m'observer. Puis il a poursuivi sa course vers la péninsule et a disparu.

Je ne sais pourquoi, je me suis senti tout de suite attiré par cette petite bête qui, comme moi, errait seule sur ce rivage. Sans réfléchir, je l'ai suivie. La brume m'enveloppait. Je me suis avancé avec précaution dans les rochers, essayant de ne pas glisser. Je ne voyais plus le crabe, mais j'ai aperçu bientôt, sur un rocher plat tapissé d'algues vertes, un coquillage en spirale presque aussi gros que ma tête. Il était d'un bleu profond et brillant, bien que recouvert d'une ombre tremblotante qui en ternissait l'éclat de temps à autre. J'ai pensé que c'était un effet de la brume.

Plus je m'en approchais, plus il me semblait beau. Des lignes d'un blanc étincelant soulignaient ses courbes gracieuses. Ses teintes lumineuses me fascinaient.

Seul le coquillage le plus sage…

Tout à coup, une puissante vague s'est écrasée sur la péninsule. La joue éclaboussée par les embruns, j'ai senti la brûlure du sel sur mes cicatrices. La vague s'est retirée, arrachant le coquillage du rocher. Avant que j'aie eu le temps de le saisir, elle l'a emporté dans un tourbillon de brume.

Maudissant cette vague, je me suis retourné vers le rocher. Le coquillage avait disparu, mais l'ombre, elle, tremblotait toujours sur les algues. J'ai failli descendre pour la voir de plus près, mais j'ai hésité, je ne sais pas pourquoi. À ce moment-là, le crabe orange est sorti de sous un autre rocher. Il a couru sur le sable, s'est faufilé sous une saillie et a réapparu de l'autre côté. Alors qu'il contournait une flaque, il a disparu sous un tas de bois flotté.

Lassé de suivre ses pérégrinations, mon regard s'est posé sur une autre flaque, claire et immobile. Au fond, quelque chose brillait entre les algues : un coquillage marron avec une grosse tache bleue, niché parmi des oursins violets. Il était plutôt ordinaire, mais il m'intriguait. En évitant les aiguilles des oursins, j'ai plongé la main dans l'eau et je l'ai attrapé.

Il tenait parfaitement dans ma paume. On aurait dit qu'il s'y sentait bien. Il était beaucoup plus lourd que je ne l'aurais cru, vu sa taille.

Je l'ai approché de mon oreille. Rien. Il y avait pourtant quelque chose de remarquable dans ce coquillage. Un peu hésitant, j'ai demandé :

— C'est toi, le coquillage le plus sage ?

À ma stupéfaction, j'ai entendu une voix crachoter :

— Tu n'es qu'un imbécile, mon garçon.

— Quoi ? ai-je fait, incrédule. Un imbécile ?

— Oui, un parfait imbécile.

La moutarde m'est montée au nez, mais j'ai gardé mon calme.

— Et toi, qui es-tu ?

— Pas le coquillage le plus sage, loin de là. Mais au moins, je ne suis pas un imbécile.

Si je ne m'étais pas retenu, je l'aurais jeté dans les vagues. Toutefois, l'envie de revoir ma mère était plus forte que ma colère.

— Alors, dis-moi où je peux trouver le coquillage le plus sage.

Le coquillage brun a ri en faisant couler un peu d'eau dans mon oreille.

— Essaie un endroit où l'eau et le bois sont en contact, gros bêta.

Perplexe, j'ai retourné le coquillage dans ma main.

— Les arbres les plus proches sont de l'autre côté des dunes. Il n'y a pas de bois près de l'eau.

— Tu en es sûr ?

— Absolument.

— Encore une bêtise.

Bien que réticent, j'ai parcouru la péninsule du regard. Finalement, j'ai aperçu des morceaux de bois flotté là où avait disparu le crabe. Des algues en décomposition enveloppaient le bois comme de vieux chiffons.

— Tu ne parles pas de ce misérable petit tas, là-bas ?

— Encore une bêtise, a répété le coquillage.

Laissant tomber le coquillage dans la flaque, je me suis dirigé vers l'endroit en question. J'ai enlevé les algues et cherché un coquillage. Rien.

J'allais abandonner quand j'ai remarqué, dans une fente du bois, un petit coquillage couleur de sable en forme de cône. Il aurait facilement tenu sur l'ongle de mon pouce. Quand je l'ai soulevé, une espèce de ver noir a pointé son nez hors de la coquille, puis est vite rentré à l'intérieur. J'hésitais à mettre cette bestiole près de mon oreille et, pour l'écouter, je l'ai tenue un peu à distance. Il m'a semblé entendre un vague murmure.

Alors, je l'ai rapprochée avec précaution. La voix s'est de nouveau fait entendre, entrecoupée de *splashhh* et de *splishhh*, comme si une vague se brisait dans les cavités internes de la coquille.

— Tu — *splashhh* — as bien choisi, Merlin.

Surpris, j'ai répondu :

— Tu connais mon nom ?

— En effet — *splishhh*. Toi, tu ne connais pas le mien. Je m'appelle Washamballa, sage parmi les coquillages.

— Washamballa, ai-je répété, tenant délicatement le petit cône mouillé contre le lobe de mon oreille.

Quelque chose dans sa voix me donnait de l'espoir.

— Sais-tu aussi pourquoi je suis venu ? ai-je demandé.

— Oui — *splashhh* —, je sais cela aussi.

Mon cœur battait la chamade.

— Alors, tu vas m'aider ? La ramèneras-tu à Fincayra ?

Le coquillage s'est tu pendant plusieurs secondes. Enfin, sa petite voix gargouillante a repris :

— Je ne devrais pas t'aider, Merlin. Les risques — *splishhh* — sont trop grands, plus grands que tu ne l'imagines.

— Mais...

— Je ne devrais pas... Cependant, je ressens quelque chose pour toi... c'est plus fort que moi. Tu as encore beaucoup à apprendre — *sploshhh* —, et cela en fait peut-être partie.

Tandis que Washamballa marquait une pause, j'ai écouté sa respiration. Je n'osais plus rien dire.

— Nous pourrions réussir — *splashhh* — mais nous pourrions aussi échouer. Je n'en sais rien, car même un succès peut être un échec déguisé. Tu veux quand même — *splashhh* — essayer?

— Oui.

— Alors, tiens-moi fort contre ton cœur, et concentre-toi sur celle que tu veux revoir.

J'ai pris le coquillage entre mes mains et l'ai serré contre ma poitrine. J'ai pensé à ma mère, à sa table d'herbes odorantes, à ses yeux bleus, pleins de tendresse, à sa bonté, son calme, aux histoires d'Apollon et d'Athéna qu'elle me racontait et au mont Olympe, à la foi que lui inspirait son Dieu et à la confiance absolue qu'elle avait en moi. À son amour, silencieux et fort.

La brume tourbillonnait autour de moi. Les vagues léchaient mes bottes. Mais à part cela, il ne se passait rien.

— Essaie encore — *splishhh*.

Je devinais la tristesse d'Elen à l'idée qu'elle puisse ne jamais revenir à Fincayra, ne jamais voir son fils devenir un homme... lui qui, pendant toutes ces années passées à Gwynedd, avait refusé de l'appeler mère. Un simple mot, un lien puissant. Je m'en voulais de la peine que je lui avais causée.

Peu à peu, sa présence se faisait plus forte. Je sentais ses bras autour de moi, je retrouvais ce sentiment de sécurité qu'ils m'avaient apporté jadis, ces brefs instants où je pouvais oublier les tourments qui nous hantaient. Je humais l'odeur des copeaux d'écorce de cèdre près de son oreiller. J'entendais sa voix qui m'appelait de l'autre côté des océans.

Puis le vent s'est levé. Un vent violent qui m'a projeté sur les rochers et aspergé d'embruns. Il s'est déchaîné pendant plusieurs minutes, me fouettant sans relâche. Soudain, j'ai entendu un craquement retentissant, comme si quelque chose derrière la brume s'était brisé. Les nuages tourbillonnants devant moi ont commencé à prendre des formes étranges. D'abord, j'ai vu un serpent qui semblait se préparer à frapper, mais il s'est changé en fleur. La fleur elle-même a grossi lentement pour devenir un œil.

Puis, au milieu de l'œil, une silhouette s'est profilée. Ce n'était d'abord qu'une ombre qui, très vite, est devenue tangible. En peu de temps, elle a pris l'apparence d'une femme qui avançait à tâtons dans le brouillard. Elle a titubé jusqu'au rivage.

C'était ma mère.

VII

RETROUVAILLES

E lle s'est effondrée sur les rochers humides, les yeux fermés, le visage blême. Ses longs cheveux dénoués, dorés comme la lune en été, collaient à sa robe bleue. Mais elle respirait. Elle était vivante.

J'ai remercié le coquillage d'une petite pression amicale avant de le reposer au milieu des débris de bois. Puis j'ai couru rejoindre ma mère. D'un geste hésitant, j'ai tendu le bras vers elle. Lorsque mes doigts ont touché son visage, elle a ouvert les yeux. Pendant quelques secondes, elle m'a fixé d'un air étonné. Puis Elen aux yeux saphir a cillé. Elle s'est soulevée sur un coude et a parlé de cette voix que je pensais ne plus jamais entendre.

— Emrys ! C'est toi.

La gorge nouée par l'émotion, j'ai répondu :

— C'est moi... mère.

En m'entendant prononcer ce mot, elle a légèrement rougi. Lentement, elle a tendu une main vers moi. Au seul contact de sa peau, pourtant mouillée et froide comme la mienne, une douce chaleur m'a envahi. Elle s'est assise et m'a serré dans ses bras.

Après quelques secondes, elle m'a repoussé doucement et a passé ses doigts sur mes joues et mes yeux couverts de cicatrices. Son regard semblait sonder mon âme à travers ma peau. Elle cherchait sans doute à savoir ce que j'avais ressenti pendant les mois où nous étions séparés.

Soudain, en touchant mon cou, elle s'est écriée :

— Le Galator ! Oh, Emrys. Il a disparu !

J'ai baissé mes yeux aveugles.

— Je l'ai perdu.

Comment pouvais-je lui dire que je l'avais perdu en partant à la recherche de mon père ? Et qu'après l'avoir rencontré, j'avais perdu encore davantage ?

J'ai relevé la tête.

— Mais je t'ai retrouvée. Nous voici ensemble, tous les deux, à Fincayra.

Elle a hoché la tête, au bord des larmes.

— Et j'ai aussi un nouveau nom.

— Un nouveau nom ?

— Merlin.

— Merlin, a-t-elle répété. Comme le faucon.

Avec tristesse, j'ai repensé à mon ami Fléau, le petit faucon qui avait donné sa vie pour sauver la mienne. J'espérais de tout cœur qu'il volait encore quelque part là-haut, dans l'Autre Monde. Encore maintenant, sa présence sur mon épaule me manquait.

Mes autres amis aussi me manquaient. Les amis que j'avais connus un certain temps… puis perdus : Cairpré, Honn, T'eilean et Garlatha, Aylah, la sœur du vent, et même Shim, qui était reparti vers les montagnes depuis des semaines; et, bien sûr, Rhia.

J'ai serré fort la main de ma mère.

— Je ne te perdrai pas une nouvelle fois.

— Moi non plus, je ne veux plus te perdre, a-t-elle répondu avec une expression à la fois triste et aimante.

Je me suis retourné en direction des dunes. Bumbelwy était assis au bord de l'eau, astiquant ses grelots sur sa manche. Il semblait décidé à ignorer les mouettes qui tiraient sans cesse sur sa cape pleine de boue. La Harpe fleurie et mon bâton étaient toujours sur le sable, à l'endroit où je les avais laissés. Non loin de là, la somptueuse fleur rouge se balançait dans la brise.

Je me suis levé et j'ai invité ma mère à me suivre.

— Viens, ai-je dit l'aidant à se mettre debout. J'ai quelque chose à te montrer.

Nous avons traversé la péninsule rocheuse et marché sur la plage de sable fin, en nous tenant par la taille. Je savourais la joie d'être de nouveau avec elle. Rien qu'à l'idée de lui montrer la Harpe et tout ce que je pouvais faire avec cet instrument, mon cœur battait plus vite.

Je sentais mon pouvoir, à présent, comme elle l'avait prédit. Tuatha avait découvert le sien au début de son adolescence. Il paraissait donc normal que ce soit pareil pour moi. N'avais-je pas déjà fait quelque chose que mon grand-père, avec tous ses pouvoirs, n'avait jamais tenté? J'ai souri. Même les brumes mouvantes autour de l'île ne pouvaient me résister.

Arrivée près de la Harpe, ma mère s'est arrêtée, émerveillée. Non par l'instrument, mais par la fleur rouge qui avait poussé sur la dune quelques instants plus tôt. Je connaissais son amour des plantes. Je n'ai donc pas été surpris. La fleur était encore plus belle, maintenant. Sa corolle profonde s'évasait avec grâce sur sa tige souple. Des gouttes de rosée ornaient le bord de chaque pétale, et des feuilles rondes, d'un beau vert vif, lui faisaient comme un collier de pierres précieuses.

— Il faut que je respire le parfum de cette fleur, a déclaré ma mère.

— Bien sûr. D'autant plus que c'est moi qui l'ai créée, ai-je ajouté fièrement.

— C'est vrai?

— Oui. D'un simple geste du doigt. Viens, allons la voir de plus près.

Moi aussi, j'avais envie de sentir cette fleur, d'y plonger mon visage et de me gorger de son nectar. Je n'ai guère prêté attention à l'ombre tremblotante qui passait sur les pétales, persuadé, cette fois encore, que c'était causé par la brume. Par ailleurs, aucune ombre n'aurait pu diminuer la beauté de cette plante.

Ma mère a lâché ma taille et j'ai laissé retomber mon bras. Nous avons continué à marcher en silence sur le sable mouillé, comme hypnotisés par la plante. Je ne songeais à rien d'autre qu'à en respirer le merveilleux parfum. Nous en étions tout près quand la brise marine s'est mise à souffler. Sans nous méfier, nous nous sommes penchés tous les deux sur la fleur.

J'ai hésité. Fallait-il laisser ma mère la sentir d'abord? Ce serait une telle joie pour elle! Puis l'ombre a tremblé de nouveau... et mon désir de humer la fleur est devenu si fort que j'en ai oublié tout le reste. J'ai approché mon visage.

Soudain, une silhouette verte a surgi de derrière la dune. Elle s'est jetée sur moi, m'a fait basculer en arrière et rouler jusqu'au bas de la pente. Je me suis relevé aussitôt pour faire face à mon agresseur.

— Rhia! ai-je fulminé en crachant du sable. Tu veux donc me tuer?

D'un bond, elle s'est remise debout et, m'ignorant complètement, a crié à ma mère :

— Arrêtez! Ne faites pas ça!

Mais Elen n'y a pas prêté attention. D'une main, elle a repoussé ses cheveux en arrière et s'est penchée sur la fleur.

Alors que Rhia remontait la pente à toute vitesse, un cri affreux l'a arrêtée dans son élan. Mon sang s'est glacé dans mes veines. Une masse sombre, jaillie du cœur de la fleur, venait de sauter au visage de ma mère, qui reculait en titubant, se tenant les joues à deux mains. J'ai hurlé :

— Non! Non! ai-je crié au ciel, à l'océan, à la brume.

Mais c'était trop tard. Ma mère a trébuché et dégringolé au pied de la dune. Lorsqu'elle s'est immobilisée, une ombre ondulait sur son visage. Soudain, horrifié, j'ai vu celle-ci se glisser dans sa bouche et disparaître.

~ VIII ~

Le Langage de la blessure

Je me suis précipité vers ma mère. Elle gisait, recroquevillée au pied de la dune. Sa robe bleue et sa joue étaient couvertes de sable mouillé. Le vent de la mer s'est levé, apportant des traînées de brume sur la plage.

— Mère !

— C'est ta mère ? a demandé Rhia, qui venait de me rejoindre. Ta vraie mère ?

— Pour sûr, a répondu Elen d'une voix faible, en roulant sur le dos. Tu vas bien, mon fils ? a-t-elle demandé, ses yeux bleus cherchant mon visage.

Je lui ai essuyé la joue.

— Bien ? me suis-je écrié. Bien ? Je suis anéanti. Complètement anéanti. Je ne t'ai pas amenée ici pour que tu sois empoisonnée !

Elle a toussé violemment, comme pour chasser l'ombre. Mais, ensuite, elle avait l'air encore plus peinée, plus effrayée.

— Il aurait mieux valu la sauver, elle, plutôt que moi, ai-je dit à Rhia.

Elle s'est mise à tirer sur une vigne tissée dans son vêtement.

— Je suis désolée de n'être pas arrivée plus tôt. Je t'ai cherché partout. Quand je me suis arrêtée à Caer Neithan, tu étais déjà parti depuis plusieurs heures. Cairpré m'a appris ce que tu comptais faire et je t'ai rattrapé aussi vite que j'ai pu. Cela doit être horrible, a-t-elle dit en regardant Elen tristement. On doit avoir l'impression d'avaler un mauvais rêve.

— Ça... ça va, a répondu Elen.

Mais son visage disait le contraire. Elle a essayé de s'asseoir, puis elle est retombée sur le sable.

Les grelots ont retenti derrière moi.

— Je sens la mort rôder, a gémi une voix familière.

Je me suis retourné, furieux.

— Allez-vous-en ! Vous êtes aussi nuisible que cette fleur empoisonnée !

Le bouffon s'est incliné encore plus bas que d'habitude.

— Je partage ta peine. Sincèrement. Une chanson humoristique de Bumbelwy le Joyeux allègerait peut-être ton fardeau ?

— Non !

— Alors, une devinette ? Celle des grelots ?

— Non !

— Bon, très bien, a-t-il rétorqué. Dans ce cas, je ne te dirai pas que ce n'est pas la fleur qui l'a empoisonnée. Et je ne te dirai certainement pas que c'était Rhita Gawr, a-t-il ajouté en plissant le front plusieurs fois.

L'angoisse m'a saisi. Ma mère a étouffé un cri. J'ai attrapé Bumbelwy par la manche et je l'ai secoué. Ses grelots ont tinté.

— Qu'est-ce qui vous fait dire ça ?

— *L'ombre de la mort.* J'en ai entendu parler assez souvent pour que même un idiot comme moi s'en souvienne. C'est un des moyens préférés de Rhita Gawr pour se venger.

Elen a frémi.

— Il a raison, a-t-elle gémi. Si ce sortilège ne m'avait pas fait perdre la tête, je m'en serais souvenue plus tôt.

Tandis que la brise se remettait à souffler, elle a ajouté avec une grimace de douleur :

— Mais pourquoi moi ? Pourquoi moi ?

Je me suis senti mal, tout à coup. L'ombre de la mort m'était destinée, je le savais. Mais à cause de moi, de ma stupidité, elle avait frappé ma mère. J'aurais dû écouter Cairpré ! Je n'aurais jamais dû l'amener ici !

— Rhita Gawr réserve cette méthode à ceux qu'il se réjouit particulièrement de voir mourir, a repris Bumbelwy. Car c'est une méthode lente, extrêmement douloureuse. Tellement horrible qu'il n'y a pas de mots pour la décrire. La victime souffre un mois entier — quatre phases de la lune — avant de mourir. Mais les derniers moments, d'après ce qu'on dit, sont pires que tout le mois qui précède.

Elen a replié les genoux contre sa poitrine et gémi de nouveau.

— Ça suffit ! ai-je crié en l'arrêtant du bras. Arrêtez de raconter de pareilles insanités ! Vous voulez donc la tuer plus vite ? Mieux vaut ne pas parler du tout... à moins que vous ne connaissiez le remède.

Bumbelwy s'est détourné, secouant la tête.

— Il n'y a pas de remède.

J'ai ouvert ma sacoche d'herbes.

— Peut-être quelque chose là-dedans...

— Il n'y a pas de remède, a répété le bouffon d'un ton plaintif.

— Mais si, il en existe sûrement un, a objecté Rhia en s'agenouillant auprès de ma mère et en caressant son front. Il existe des remèdes pour tous les maux, même les plus horribles. Il suffit de connaître le langage de la blessure.

Pendant un très bref instant, le visage d'Elen s'est animé.

— Elle a raison. Il y a peut-être un remède.

Elle a observé Rhia un long moment, avant de lui demander d'une voix faible :

— Comment t'appelles-tu, jeune fille ? Et comment sais-tu tant de choses sur l'art de guérir ?

— Les arbres de la Druma me les ont enseignées. C'est ma famille, a-t-elle répondu en tripotant sa manche.

— Et quel est ton nom ?

— La plupart des gens m'appellent Rhia. À part les elfes des bois, qui m'appellent encore par mon nom entier, Rhiannon.

Ma mère a grimacé de douleur — mais pas d'une douleur physique, m'a-t-il semblé. Cependant, elle n'a rien dit. Elle a simplement tourné le visage vers la brume au-delà de la plage.

Rhia, s'approchant d'elle, a demandé à son tour :

— Et vous, quel est votre nom ?

— Elen… Mais aussi mère, a-t-elle ajouté, en me regardant.

Ces mots m'ont fendu le cœur. Elle ne savait pas encore que tout était de ma faute. Que je l'avais amenée sur l'île contre l'avis formel de Cairpré, que j'avais voulu, dans mon ignorance

— non, mon arrogance —, agir comme un enchanteur.

Rhia continuait à lui caresser le front.

— Vous êtes déjà chaude, et ça risque d'empirer.

— Oui, ça va empirer, a renchéri Bumbelwy. Tout ne fait qu'empirer.

— Il faut trouver le remède avant qu'il ne soit trop tard, a dit Rhia en me jetant un regard empressé.

Bumbelwy s'est mis à faire les cent pas sur le sable en agitant les amples manches de sa tunique.

— Il est déjà trop tard. Avec ce genre de chose, il est toujours trop tard.

— Il existe peut-être un traitement que personne n'a encore trouvé, a répliqué Rhia. Il faut essayer.

— Essayez tout ce que vous voulez. Ça ne servira à rien. Non, il est trop tard. Beaucoup trop tard.

Partagé entre l'optimisme de Rhia et le pessimisme de Bumbelwy, je ne savais que penser. Les deux pouvaient se tromper, mais tous deux étaient convaincants. J'avais envie de croire l'une, tout en craignant que l'autre ait raison. Deux mouettes sont passées au-dessus de nous en criant, avant de se poser sur un banc d'étoiles de mer et de moules. Je me suis mordillé la lèvre. Même s'il existait un remède, comment le trouver à temps ? Sur cette plage, loin de tout, avec ces dunes de sable et ces vagues déferlantes pour seul horizon, il n'y avait personne à qui demander de l'aide.

Soudain, une idée m'est venue. Si, il y avait quelqu'un ! D'un bond, je me suis levé et, oubliant les vagues, j'ai couru jusqu'à la péninsule embrumée. J'ai trébuché plusieurs fois sur les rochers glissants, mais le pire, c'est que je n'ai pas retrouvé le tas de bois flotté où j'avais laissé le vieux coquillage... La mer l'avait-elle emporté ? Mon cœur s'est serré. Je ne le retrouverai sûrement jamais !

À quatre pattes, trempé par les embruns, j'ai passé les rochers au peigne fin, retournant les méduses qui me glissaient entre les doigts, fouillant minutieusement les flaques. Enfin, j'ai aperçu un bout de bois et un petit coquillage conique couleur de sable. Était-ce le même ? Vite, je l'ai approché de mon oreille.

— Washamballa, c'est toi ?

Pas de réponse.

— Washamballa, ai-je répété, réponds-moi si c'est toi ! Sais-tu s'il existe un remède contre l'ombre de la mort ?

J'ai entendu, alors, un long soupir mouillé, comme le bruit d'une vague qui se brise lentement.

— Tu as reçu — *sploshhh* — une dure leçon.

— Oui, oui! Mais peux-tu m'aider, maintenant? Dis-moi s'il existe un remède. Ma mère est en train de mourir.

— As-tu toujours — *sploshhh* — le Galator?

J'ai grimacé.

— Non. Je… je l'ai donné.

— Peux-tu le récupérer — *splishhh* — très vite?

— Non, il est chez Domnu.

J'ai senti le soupir désespéré du coquillage dans mon oreille.

— Alors, je ne peux plus rien pour toi — *splashhh*. Car il existe un remède. Mais pour le trouver — *splashhh* —, tu dois aller dans l'Autre Monde.

— L'Autre Monde? Le pays des esprits? Mais la seule façon d'y aller, c'est de mourir!…

J'ai secoué la tête, envoyant valser des gouttes de mes cheveux noirs.

— Je le ferais sans hésiter si ça pouvait la sauver. Mais même si j'effectuais le Long Voyage dont j'ai entendu parler, celui qui mène à l'Autre Monde, je ne pourrais jamais en revenir avec le remède.

— Tu as raison. Durant le Long Voyage, les morts vont — *splashhh* — dans l'Autre Monde, mais ils ne reviennent jamais au pays des vivants.

Alors, j'ai eu une nouvelle idée.

— Attends ! Tuatha, mon grand-père, a trouvé un moyen de se rendre dans l'Autre Monde de son vivant. Pour consulter le grand Dagda, je crois. Est-il possible de suivre le même chemin ?

— C'est le chemin qui l'a tué, finalement — s*ploshhh*. Ne l'oublie pas. Car il a été tué par Balor, l'ogre qui n'obéit qu'à Rhita Gawr. Même maintenant, Balor garde l'entrée secrète, un endroit appelé — *splashhh* — Puits de l'Autre Monde, et il a juré de tuer tout allié de Dagda qui tenterait de passer par là.

— Le Puits de l'Autre Monde ? Est-ce une sorte d'escalier qui mène au pays des esprits ?

— Je ne sais pas. En tout cas — *splashhh* —, c'est ton seul espoir. Car le remède que tu cherches est l'Élixir de Dagda, et seul Dagda peut te le donner.

J'ai à peine remarqué la vague froide qui m'aspergeait les jambes, malgré la brûlure du sel sur ma peau écorchée par les rochers.

— *L'Élixir de Dagda*, ai-je répété lentement. Bon, ogre ou pas, je dois me le procurer. Comment puis-je trouver cet escalier vers l'Autre Monde ?

Le coquillage a poussé un nouveau soupir.

— Pour le trouver, tu dois réussir à entendre une musique enchantée — *splashhh*. La musique de la magie.

J'ai failli lâcher le coquillage.

— De la magie ? Je ne peux pas faire ça !

— Dans ce cas, tu es perdu. Car pour trouver le chemin de Tuatha, il faut connaître les Sept Chants de la Magie.

— De quoi s'agit-il ?

J'attendais sa réponse, face au vent, quand j'ai enfin entendu la petite voix me souffler dans l'oreille :

— Même moi, le plus sage des coquillages, je ne le sais pas. Tout ce que je peux dire, c'est que — *sploshhh* — les Sept Chants ont été gravés par Tuatha lui-même sur un grand arbre de la Druma.

— Tu veux parler d'Arbassa ?

— Oui.

— Je le connais, cet arbre ! C'est la maison de Rhia.

J'ai froncé les sourcils, le souvenir des étranges écritures ressurgissant à ma mémoire.

— Mais cette écriture est incompréhensible. Je n'ai pas pu en déchiffrer un seul mot !

— Tu dois essayer de nouveau, Merlin. C'est la seule chance — *splashhh* — qui te reste pour sauver ta mère. Et encore… c'est une très petite chance.

J'ai pensé à ma mère, au pied de la dune, dont la respiration devenait de plus en plus difficile. À présent, je devais tenter le tout pour le tout pour la sauver. J'ai repensé aux qualités que devait posséder un véritable enchanteur, selon Cairpré. Ces qualités, j'étais certain de ne pas les avoir. Je n'avais quasiment aucune chance de maîtriser les Sept Chants... en tout cas pas dans le peu de temps qui restait avant que l'ombre de la mort ait achevé son œuvre.

— C'est trop, ai-je dit, découragé. Je ne suis pas un enchanteur! Même si je viens à bout des Sept Chants, comment ferai-je pour trouver le Puits de l'Autre Monde, échapper à Balor et grimper jusqu'au royaume de Dagda, le tout en l'espace d'une lunaison?

— Je n'aurais jamais dû — *sploshhh* — t'aider.

J'ai pensé au mince croissant de lune que j'avais aperçu la nuit précédente. Il était si fin que ma seconde vue avait eu de la peine à le trouver. J'avais donc jusqu'à la fin de cette lune, et pas un jour de plus, pour trouver l'Élixir de Dagda. Le jour où la lune mourrait, ma mère mourrait aussi.

À la pleine lune, j'aurais usé la moitié de mon temps. Au dernier quartier, il ne m'en resterait presque plus. Et quand elle disparaîtrait, tout espoir serait perdu.

— Je te souhaite toute la chance — *splashhh* — de Fincayra, a dit le coquillage. Tu en auras besoin — *splashhh*.

∽ IX ∽

ÐU ROMARIN

Comme ma mère était déjà trop faible pour marcher, j'ai fabriqué une civière avec Rhia en tressant des tiges de plantes grimpantes entre mon bâton et la branche d'une aubépine morte. Tout en travaillant, je lui ai raconté ce que le coquillage m'avait appris et lui ai demandé de nous conduire jusqu'à Arbassa. En prononçant le nom de l'arbre, je ne sais pourquoi, j'ai eu un mauvais pressentiment rien qu'à l'idée d'y retourner.

Rhia, elle, n'a paru ni inquiète ni surprise d'apprendre que l'écorce d'Arbassa contenait des secrets que je devais connaître pour trouver le Puits de l'Autre Monde. Habituée, sans doute, à voir Arbassa apporter des réponses à des quantités de questions, elle a juste hoché la tête et continué à nouer les tiges. La civière terminée, nous avons aidé ma mère à s'y allonger. J'ai senti, en lui tâtant le front, que sa température avait augmenté. Mais, si son état s'aggravait, elle ne se plaignait pas plus qu'avant.

On ne pouvait pas en dire autant de Bumbelwy. Nous venions à peine de nous mettre en route, avec lui à l'arrière pour tenir les brancards, quand il a cru nous distraire en improvisant une imitation de coquillage parlant. Au bout d'un moment, il s'est aperçu que son public ne le trouvait pas drôle du tout, et il s'est lancé dans la description détaillée de son chapeau à grelots, qu'il considérait presque l'égal d'une couronne. Sans plus de succès. Alors, il a commencé à se plaindre, affirmant qu'une charge aussi lourde était dangereuse pour son dos fragile et risquait de nuire à ses talents de bouffon. Je n'ai pas réagi, même si j'étais tenté de le faire taire, lui et ses grelots, en lui enfonçant son chapeau dans la bouche.

Rhia conduisait la marche, la Harpe sur l'épaule. Je tenais l'avant de la civière, mais ce qui me semblait le plus lourd à porter, c'était le poids de ma culpabilité. Le seul fait de repasser devant la belle fleur rouge m'a été très pénible.

Avant d'atteindre la Druma, nous avons traversé une prairie verdoyante. Les herbes, entremêlées de petits ruisseaux étincelants, ondulaient comme des vagues à la surface de la mer. Je me disais qu'en d'autres circonstances, cet endroit m'aurait frappé par sa beauté simple et naturelle, ne provenant pas d'un instrument magique ou d'un grand enchanteur.

Nous avons quitté la prairie pour entrer dans la vieille forêt, et tout est devenu sombre. Le sol était couvert d'aiguilles et de brindilles qui craquaient sous nos pas. Des odeurs de résine, tantôt fortes, tantôt douces, parfumaient l'air. Les branches murmuraient, voire jacassaient au-dessus de nous. Des ombres flottaient derrière les arbres.

Je retrouvais l'étrange atmosphère de cette forêt. C'était plus qu'un ensemble d'êtres vivants d'espèces variées. C'était, en vérité, un être vivant à part entière. Elle m'avait fourni mon bâton, un jour. Maintenant, j'en étais certain, elle m'observait avec méfiance.

Je me suis cogné un orteil contre une racine. La douleur m'a fait grimacer, mais je n'ai pas lâché la civière. Même si ma seconde vue s'était améliorée depuis ma dernière visite, la faible lumière me gênait encore. Le soleil n'éclairait que les couches supérieures de ces bois épais, et seuls quelques rares rayons parvenaient jusqu'au sol. Mais je ne pouvais pas me permettre de ralentir mon allure pour m'orienter. Je n'avais pas le temps. Et ma mère non plus.

Avec Rhia pour guide, nous nous sommes enfoncés encore plus dans la forêt. L'étrange impression que les arbres épiaient nos moindres mouvements se renforçait à chacun de mes pas, et les bavardages des branches trahissaient une grande agitation. D'autres créatures semblaient averties de notre présence. De temps à autre, j'apercevais une queue touffue ou une paire d'yeux jaunes. Des cris et même des hurlements résonnaient dans la pénombre. Une fois, tout près, j'ai entendu quelque chose qui grattait, un bruit qui a duré longtemps, comme des griffes s'attaquant à une couche d'écorce — ou de peau.

J'avais mal aux bras et aux épaules, mais les gémissements de ma mère me faisaient encore plus souffrir. Bumbelwy, au moins, semblait assez ému par ses souffrances pour nous épargner ses jérémiades — mais pas ses grelots. Rhia, qui avançait dans les bois avec la légèreté de l'air, se retournait souvent et jetait un coup d'œil inquiet vers la civière.

Après des heures de marche à travers les sombres clairières tapissées de mousse et de fougères, j'avais des élancements douloureux dans les épaules. Mes mains engourdies ne tiendraient pas longtemps à ce rythme. N'y avait-il pas un chemin plus court ? Rhia s'était-elle perdue ? Je me suis raclé la gorge, prêt à le lui demander.

Au même instant, j'ai aperçu de la lumière, en haut, dans les branches. À mesure que nous avancions dans les fougères, qui s'accrochaient à mes chevilles et mes mollets, la lumière est devenue plus intense. Les espaces entre les troncs se sont élargis. Une petite brise à l'odeur de menthe sauvage a rafraîchi mon front couvert de sueur.

Nous sommes entrés dans une clairière herbue. Au centre, au-dessus d'un réseau de solides racines, se dressait Arbassa. Le chêne majestueux paraissait très, très vieux. Son tronc massif était aussi large que cinq ou six arbres réunis. Les premières branches commençaient à une hauteur égale à plusieurs fois ma taille. De là, il s'élevait vers le ciel où il rejoignait les nuages.

Au milieu de ses branches les plus basses était nichée la maison de Rhia. Les plus grosses lui servaient d'armature et leurs rameaux entrelacés formaient les murs, le sol et le toit. Des rideaux de feuilles chatoyantes drapaient toutes les fenêtres. La première fois que je l'avais vue, il faisait nuit et, éclairée de l'intérieur, elle brillait comme une explosion d'étoile.

Rhia a levé les bras et prononcé son nom :

— Arbassa.

Le grand arbre a frémi, répandant sur nous une pluie de rosée. Avec un serrement au cœur, je me suis rappelé la fois où j'ai fait plier le hêtre dans les Collines obscures. Rhia m'avait alors trouvé idiot d'avoir essayé une telle chose. Qu'elle ait eu raison ou pas, je savais maintenant quel idiot j'avais été d'avoir même osé penser faire une telle chose. Nous avons déposé doucement la civière sur l'herbe.

— Du romarin, a dit ma mère d'une voix rendue rauque à force de gémir.

Elen a désigné un buisson à petites feuilles pointues à la lisière de la forêt.

— Rhia, apporte-m'en un peu, s'il te plaît.

Rhia a couru lui en cueillir un brin et le lui a offert.

— Voilà. Ça sent vraiment bon ! Ça me rappelle les aiguilles de pin au soleil. Comment appelez-vous cette plante ?

— Du romarin.

Ma mère a roulé le brin entre ses paumes, d'où s'est exhalé un délicieux parfum. Puis, l'approchant de son visage, elle a inspiré profondément.

Ses traits se sont un peu détendus. Elle a laissé retomber ses mains.

— Les Grecs l'appelaient *étoile de la terre*. N'est-ce pas merveilleux ?

Rhia a hoché de la tête, ses boucles brunes rebondissant sur ses épaules.

— Et c'est bon pour les rhumatismes, n'est-ce pas ?

Elen l'a regardée, étonnée.

— Comment le sais-tu ?

— Mon amie Cwen s'en est servie pour soigner ses mains, a répondu Rhia, puis une ombre est passée sur son visage. Enfin, c'était mon amie *avant*, a-t-elle ajouté.

— Elle a conclu un pacte avec les gobelins, ai-je expliqué. Cela aurait pu nous coûter la vie. C'était une… Comment l'appelais-tu, Rhia ?

— Une sylvaine. Mi-arbre, mi-humaine. La dernière de son espèce.

Rhia a écouté un moment les murmures des feuilles de chêne au-dessus de nous, avant de reprendre :

— Elle s'est occupée de moi quand j'étais bébé. Elle m'a trouvée, abandonnée dans la forêt.

Ma mère a tressailli, mais n'a pas quitté Rhia des yeux.

— Est-ce que… est-ce que ta vraie famille te manque, mon enfant ?

— Oh, non, pas du tout, a répondu Rhia. Les arbres sont ma famille, maintenant. En particulier Arbassa.

Les branches ont de nouveau frémi, nous aspergeant de rosée. J'ai quand même remarqué que, malgré son ton insouciant, ses yeux gris-bleu semblaient tristes. Je ne les avais jamais vus ainsi.

Plissant les sourcils, la bouche et tous ses mentons, Bumbelwy s'est penché au-dessus de la civière et a touché le front de ma mère.

— Vous êtes très chaude, a-t-il dit d'un air sombre. Plus chaude qu'avant. C'est le moment de vous raconter ma devinette. C'est une des plus drôles... En fait, je n'en connais pas d'autres. Je vous la raconte ?

— Non ! me suis-je écrié en le repoussant brusquement. Vos devinettes et vos chansons ne feront qu'augmenter ses souffrances !

Il a fait la moue, laissant retomber tous ses mentons sur l'agrafe de sa cape.

— Ça c'est vrai, c'est bien vrai. Mais un jour, vous verrez, je ferai rire quelqu'un, a-t-il dit en se redressant.

— Vous croyez ?

— Oui. Et peut-être même que ce sera toi.

— D'accord. Et le jour où ça arrivera, je mangerai mes bottes... Allez-vous-en, maintenant. Vous êtes pire qu'une malédiction, une plaie et un typhon réunis.

Elen a changé de position en gémissant. Le regard plein d'angoisse, elle a commencé à dire quelque chose à Rhia, mais, je ne sais pourquoi, elle s'est interrompue pour humer le romarin encore une fois et s'est tournée vers moi.

— Va me chercher de la citronnelle, veux-tu ? Cela soulagera mon mal de tête. Sais-tu où il en pousse ?

— Je ne suis pas sûr. Rhia le sait peut-être.

Rhia, le regard toujours sombre, a fait signe que oui.

— Et de la camomille, si tu en trouves. Il en pousse souvent près des pins, à côté d'un petit champignon blanc avec des poils rouges sur la tige.

— Les arbres m'indiqueront l'endroit. Mais d'abord, nous allons vous faire entrer, a dit Rhia en levant les yeux vers les grandes branches d'Arbassa.

Elle a retiré ses chaussures souples, faites d'écorce tannée, et a mis les pieds dans un creux entre les racines. Avec une phrase qui ressemblait à un long bruissement, elle s'est adressée à l'arbre dans la langue des chênes, et les racines se sont refermées sur ses pieds. Plantée ainsi à côté d'Arbassa, elle ressemblait à un jeune arbuste. Au moment où elle ouvrait les bras pour envelopper le large tronc, une branche feuillue s'est abaissée et l'a soulevée. Les racines se sont séparées, le tronc s'est plissé, et il s'est entrouvert pour laisser passer Rhia. Elle nous a invités à la suivre.

En me baissant pour reprendre la civière, j'ai regardé ma mère. Ses joues et son front étaient parsemés de gouttes de sueur. La souffrance que j'ai vue sur son visage m'a transpercé le cœur. Cependant, j'avais peine à croire que j'en étais le seul responsable.

Bumbelwy a pris l'autre bout de la civière en grommelant. Nous avons traversé le réseau de racines cahin-caha et, alors que j'étais à deux pas de la porte, celle-ci a commencé à se refermer. Exactement comme la première fois. De nouveau, l'arbre refusait de me laisser entrer.

Rhia a crié et agité les mains, manifestant son mécontentement. L'arbre a tremblé. La porte rebelle s'est arrêtée, puis rouverte lentement. Rhia m'a jeté un coup d'œil triste avant d'entrer et je lui ai emboîté le pas, baissant la tête pour ne pas me cogner. La porte à peine franchie, j'ai été frappé par les bonnes odeurs de feuilles d'automne mouillées, et aussi par l'énormité du tronc, encore plus saisissante à l'intérieur qu'à l'extérieur. Malgré la pénombre, je devais quand même faire très attention de ne pas cogner la civière contre les parois et ne pas trop la pencher en montant. Il ne fallait pas que ma mère risque de glisser.

Nous avons grimpé les marches de bois vert avec beaucoup de précaution. L'étrange écriture, faite de runes entremêlées et aussi complexe qu'une toile d'araignée, recouvrait toujours les parois de haut en bas. Et elle restait pour moi incompréhensible. J'ai recommencé à perdre espoir.

Nous sommes enfin arrivés à l'épais rideau de feuilles qui marquait l'entrée de la maison de

Rhia. À l'intérieur, le sol et les meubles étaient faits de branches entrelacées. J'ai reconnu la table basse près de l'âtre, les deux sièges, le placard couleur de miel dont les bords étaient tapissés de feuilles vertes.

Elen a bougé légèrement pour essayer de mieux voir.

— Oh, a-t-elle prononcé dans un souffle. Comme c'est beau !

J'ai fait un signe à Bumbelwy et nous avons posé la civière le plus doucement possible. Quand il s'est redressé, il avait l'air plus détendu. Il a regardé autour de lui, fasciné. Moi, je pensais encore aux inscriptions qui ornaient l'escalier.

Comme si elle l'avait deviné, Rhia m'a touché le bras.

— J'ai des herbes à aller chercher pour ta mère. Quand à toi, a-t-elle ajouté en déposant la Harpe contre le mur, si tu espères encore la sauver, tu as beaucoup de travail.

X

LE SECRET D'ARBASSA

J'ai travaillé dur au cœur d'Arbassa et fait tout mon possible pour trouver la clé de cette énigme. Je n'arrêtais pas de monter et descendre l'escalier à la recherche du meilleur endroit pour commencer. En prenant du recul, je parcourais le mur du regard avec l'espoir de découvrir un plan, une logique quelconque dans ces inscriptions, ou, au contraire, je m'approchais tout près, le front collé contre le bois tiède, pour examiner chaque rune l'une après l'autre. Sans résultat.

Pendant des heures, je me suis penché sur cette mystérieuse écriture, qui, peut-être, m'aiderait à trouver le remède dont Elen avait si désespérément besoin. Tous ces signes gravés avec soin avaient sûrement une signification, mais pour moi ils demeuraient indéchiffrables.

Avec le coucher du soleil, la faible lumière de l'escalier a fini par disparaître complètement. J'ai essayé d'utiliser ma seconde vue, encore moins fiable que d'habitude dans l'obscurité, jusqu'à ce que Rhia m'apporte enfin une lampe d'un genre particulier. C'était une sphère en cire d'abeille grosse comme mon poing. À l'intérieur s'agitaient une dizaine de scarabées qui diffusaient une lumière ambrée, suffisante pour éclairer au moins une petite partie du texte.

J'ai accepté cette lampe avec plaisir, mais je n'ai même pas pensé à la remercier. Pas plus que Bumbelwy quand il m'a apporté deux bols, l'un rempli d'eau, l'autre de grosses noix vertes. Bien qu'il ait trouvé le moyen de trébucher dans l'escalier, me renversant la moitié du bol d'eau dans le cou, je l'ai à peine remarqué, tant j'étais absorbé par mon travail... et par ma culpabilité — car j'avais beau me concentrer, j'entendais les soupirs et les gémissements de la femme, en haut. Celle que j'avais fait venir à Fincayra.

Dehors, je le savais, une pâle nouvelle lune se levait sur la Druma, peignant les branches d'Arbassa d'un faible éclat argenté. Il me restait un mois, moins un jour, pour trouver le remède. L'entreprise était difficile, sinon impossible, mais je ne pouvais pas avancer tant que je n'aurais pas déchiffré cette écriture. Et celle-ci ne semblait pas décidée à livrer son secret.

Avec lassitude, j'ai posé la main contre la paroi de bois. Soudain, j'ai senti une très légère piqûre sur ma paume. Comme une étincelle. Cette sensation très fugitive a pourtant suffi à me convaincre que ce texte avait bien été gravé par le grand enchanteur Tuatha. Savait-il alors que, des années plus tard, son propre petit-fils se donnerait tant de mal pour déchiffrer ces mots mystérieux ? Que ces mots offriraient le seul espoir de découvrir le puits menant à l'Autre Monde et à l'Élixir de Dagda ? Avait-il deviné que ce dernier serait nécessaire pour sauver la vie d'Elen — la femme qui, selon ses prédictions, donnerait naissance à un enchanteur aux pouvoirs plus grands que les siens ?

Drôle d'enchanteur, en vérité ! Qu'avais-je fait de mes pouvoirs avant de disposer d'un instrument magique ? Je n'avais provoqué que des malheurs ! À moi et à ceux qui se trouvaient près de moi. J'avais non seulement détruit mes deux yeux, mais aussi la vie de ma propre mère.

J'ai descendu l'escalier d'un pas traînant. Découragé, je me suis appuyé contre le mur et, du bout du doigt, j'ai suivi les contours de la première rune. Elle ressemblait à une fleur de tournesol un peu carrée avec une longue barbe hirsute. Lentement, j'ai tracé ses courbes tout en essayant une fois de plus d'y trouver un sens.

En vain.

J'ai laissé retomber ma main. C'était peut-être une question de confiance. De croyance. *Je suis né*

pour être enchanteur, non ? me suis-je répété.
*Tuatha lui-même l'a dit. Je suis son petit-fils. Son
héritier.*

J'ai de nouveau touché la première rune.

Mais je ne sentais toujours rien.

Parle-moi, rune ! Je te l'ordonne !

Ma demande restant sans effet, j'ai donné un
coup de poing dans le mur. *Parle-moi, je te dis !
C'est un ordre !*

Une nouvelle plainte douloureuse a résonné
dans l'escalier. L'angoisse m'a saisi. J'ai inspiré lentement et supplié une dernière fois : *Si ce n'est pour
moi, alors fais-le pour elle ! Elle mourra si je ne
découvre pas ton secret.* Une larme a coulé sur ma
joue. *S'il te plaît. Pour elle. Pour Elen. Pour...
ma mère.*

Un bizarre picotement m'a alors chatouillé le
doigt.

Appuyant mon doigt sur la rune, je me suis
concentré plus fort. J'ai pensé à Elen, seule sur le
sol de branches tressées. J'ai pensé à son amour
pour moi, à celui que j'avais pour elle. J'avais l'impression que le bois devenait plus chaud au bout
de mon doigt. *Aide-la, s'il te plaît. Elle m'a tant
donné !*

D'un seul coup, j'ai compris. La première rune
s'adressait directement à mon esprit d'une voix
profonde que je n'avais jamais entendue

auparavant, et pourtant, c'était comme si je la connaissais depuis toujours. *Ces mots doivent être lus avec amour ou pas du tout.*

Ensuite, le reste est venu, une cascade de mots qui coulaient à flots, et je n'avais qu'à me laisser porter par cette rivière : *Les Sept Chants de la Magie, / Une mélodie et plus encore, / Peuvent te conduire vers l'Autre Monde, / Même si tu n'as plus d'espoir.*

Tout excité, j'ai monté l'escalier en lisant les runes les unes après les autres. Je m'arrêtais souvent, me répétant les mots avant de continuer. Quand je suis arrivé en haut, les premiers rayons du soleil s'infiltraient dans l'escalier et tremblaient sur les inscriptions. Pendant la nuit, les Sept Chants s'étaient gravés sur les parois de mon esprit comme elles l'avaient été, jadis, sur celles d'Arbassa.

XI

UNE MÉLODIE
ET PLUS ENCORE

près avoir escaladé la dernière marche, j'ai franchi le rideau de feuilles. Ma mère était toujours allongée par terre, sous une fine couverture de soie argentée, tissée par les papillons de nuit, mais plus sur la civière. En m'entendant entrer, elle a fait un effort pour lever la tête. Rhia était assise en tailleur à côté d'elle, le visage soucieux. Bumbelwy, appuyé contre le mur, m'a regardé d'un air sombre.

— J'ai réussi à lire le texte, ai-je annoncé sans fierté. Maintenant, je dois essayer de suivre ses indications.

— Peux-tu nous en dire un peu plus? Comment commence-t-il? a murmuré Elen.

La lumière de l'aube, à travers les fenêtres, teintait légèrement ses joues pâles. Je me suis agenouillé près d'elle, observant son visage empreint à la fois de douleur et d'amour, et j'ai récité :

Les Sept Chants de la Magie,
Une mélodie et plus encore,

Peuvent te conduire vers l'Autre Monde,
Même si tu n'as plus d'espoir.

— *Même si tu n'as plus d'espoir*, a répété Bumbelwy, fixant son chapeau d'un air absent. Ça, c'est vrai, c'est bien vrai.

Je lui ai lancé un regard noir.

Rhia a pris un petit oreiller qui sentait le pin pour le glisser sous la tête de ma mère.

— Qu'est-ce que ça signifie : *Une mélodie et plus encore* ? m'a-t-elle demandé.

— Je n'en suis pas sûr. Mais, plus loin, il est dit que chacun des Sept Chants fait partie de ce qui est appelé *le grand et glorieux Chant des Étoiles*. Ça a peut-être un rapport avec ça.

— En effet, a confirmé ma mère, puis elle m'a observé pendant un moment. Que disent encore ces inscriptions ?

— Beaucoup de choses, ai-je soupiré. Mais inintelligibles, pour la plupart. Elles parlent de semis, de cercles, de sources de magie cachées… D'après ce que je comprends, ce qui différencie la bonne de la mauvaise magie, c'est l'intention de celui qui s'en sert. Les Sept Chants proprement dits commencent par un avertissement, ai-je ajouté en lui prenant la main.

> *Découvre la vérité dans chaque Chant*
> *Avant de continuer.*
> *Car les vérités, comme les arbres, croissent avec*
>   *le temps;*
> *Mais d'une graine chacune doit germer.*

Je me suis interrompu en me rappelant que même le puissant Arbassa, entre les branches duquel nous étions installés, n'était à l'origine qu'une petite graine. C'était maigre comme encouragement, surtout quand on songeait à la suite.

> *Consacre-toi aux Sept Chants tour à tour;*
> *Les parties engendrent le tout.*
> *Mais n'avance pas avant d'avoir trouvé*
> *L'âme essentielle de chaque Chant.*

— *L'âme essentielle de chaque Chant*, a répété Rhia. Qu'est-ce que ça veut dire, d'après toi?

J'ai touché les branches entrelacées du plancher.

— Je n'en ai aucune idée.

Ma mère a serré ma main faiblement.

— Récite-nous les Chants.

Tout en réfléchissant à la question de Rhia, j'ai récité:

Apprendre à Changer est la première leçon,
Les sylvains y excellent.

Le pouvoir de Lier est la deuxième,
Comme le Lac de la Face le révèle.

Savoir Protéger est la troisième,
À l'exemple des nains dans leurs galeries
      profondes.

L'art de Nommer est la quatrième,
Un secret que les Slantosiens gardent.

Le pouvoir de Sauter est la cinquième,
À Varigal, fais attention.

Éliminer est la sixième,
Le repaire d'un dragon.

Le don de Voir est la dernière,
Le sortilège de l'Île oubliée.

Maintenant tu peux essayer de trouver
Où le Puits de l'Autre Monde est caché.

Mais prends garde ! Ne tente pas le Puits
Tant que les Chants ne sont pas finis.

Car des dangers te guettent à chaque pas,
Balor dont l'œil voit tout est de ceux-là.

Le silence est retombé sur la pièce. Même les grelots de Bumbelwy s'étaient tus.

— Je ne sais pas si je pourrai faire tout ce que demandent les Chants, ai-je avoué tout bas, et revenir ici avant…

— Avant ma mort… a terminé Elen en tendant la main vers ma joue. Comment pourrais-je te persuader de ne pas y aller, mon fils ? Au moins, là-bas, nous serions enfin ensemble.

Elle a laissé retomber son bras.

— Non, c'est moi qui t'ai fait ça, et c'est à moi de trouver le remède. Même s'il y a une chance sur un million que je réussisse.

Son visage a encore pâli.

— Même si tu dois le payer de ta vie ?

Rhia m'a touché l'épaule amicalement. Ce geste m'a alors rappelé le brave faucon que j'avais perdu dans la bataille du château des Ténèbres et que nous avions baptisé Fléau. Aucun autre nom n'aurait pu être plus approprié. Je n'avais pas oublié ses cris dans mon oreille, quand il se perchait sur mon épaule, mais je me souvenais surtout de ses actes de bravoure. Je me suis demandé si son esprit vivait encore dans l'Autre Monde et si je le

125

rejoindrais aussi avec ma mère si je mourais durant ma quête.

Saisie d'un nouveau spasme douloureux, Elen s'est raidie et a serré les poings. Rhia a pris un bol rempli d'une potion jaune qui semblait aussi riche qu'un bouillon de bœuf. Avec précaution, elle a aidé ma mère à en boire quelques gorgées. Quelques gouttes se sont répandues sur le sol. Juste après, elle a fait claquer sa langue bruyamment.

Du haut du placard, un écureuil aux immenses yeux bruns a sauté sur le plancher. En quelques bonds, il était à côté d'elle, une patte sur sa cuisse et la queue frémissante. Sans même attendre d'en avoir reçu l'ordre, il a pris le bol des mains de Rhia, en poussant des *couic-couic-couic* aigus, et l'a emporté entre ses dents.

— C'est Ixtma, a expliqué Rhia à ma mère. Je l'ai trouvé, un jour, dans une clairière près d'ici. Il s'était cassé la patte. Je l'ai soigné et, depuis, il vient souvent me voir. Il est toujours prêt à me rendre service. Je lui ai demandé de hacher de la camomille et de remplir un nouveau bol.

Malgré son état, ma mère avait le rire au bord des lèvres.

— Quelle fille étonnante tu es ! J'aurais aimé avoir plus de temps pour te connaître.

Puis son visage s'est crispé, les ombres des feuilles jouant sur ses cheveux dorés.

— Vous en aurez, a déclaré Rhia. Quand nous serons revenus avec le remède.

— Nous ? ai-je fait, stupéfait. Qui a dit que tu venais ?

— Moi, a-t-elle répondu d'un ton calme. Et tu ne me feras pas changer d'avis, a-t-elle ajouté d'un air déterminé.

— Non, Rhia ! Tu risques ta vie !

— Qu'importe, j'ai décidé de t'accompagner.

Le sol et les murs ont grincé, tandis qu'Arbassa se balançait d'un côté à l'autre. Je me demandais si un vent soudain s'était levé dehors, mais je soupçonnais ce vent d'être venu de l'intérieur.

— Pourquoi diable veux-tu venir ? ai-je demandé.

Rhia m'a regardé d'un drôle d'air.

— Tu te perds si facilement !

— Arrête, veux-tu ? Et ma mère, alors ? Il faut quelqu'un pour…

— Ixtma s'en chargera. Nous avons déjà tout arrangé.

Je me suis mordillé la lèvre. Exaspéré, je me suis tourné vers Elen.

— Toutes les filles sont-elles aussi têtues ?

— Non, a répondu ma mère. Seulement celles qui ont du caractère. Tu me rappelles ma jeunesse, jeune fille, a-t-elle ajouté à l'intention de Rhia. J'étais comme toi.

— Et vous, a répondu Rhia en rougissant, vous me rappelez…

Elle a laissé sa phrase en suspens et a ajouté :

— Je vous le dirai à notre retour.

— Moi, je reste, a annoncé Bumbelwy.

J'ai sursauté.

— Quoi ?

— J'ai dit : Je reste. Pour lui tenir compagnie durant son horrible agonie. Sa mort sera affreuse, réellement affreuse, j'en suis certain. Mais je peux peut-être alléger un peu son fardeau. Je ressortirai mes mélodies les plus gaies, mes histoires les plus drôles. Juste ce qu'il faut pour une personne saisie par l'horreur de la mort.

— Vous n'en ferez rien ! ai-je protesté en tapant du poing sur le sol. Vous… vous venez avec nous.

Les yeux sombres de Bumbelwy se sont arrondis.

— Tu veux vraiment que je vienne ?

— Non, mais vous allez venir quand même.

— Merlin, non ! Je t'en supplie, ne le laisse pas venir avec nous, a dit Rhia en agitant ses bras.

— Ce n'est pas que j'aie envie de sa compagnie. Je veux juste qu'il soit loin d'elle. Ses histoires drôles risqueraient de la tuer en moins d'une semaine.

Elen a tendu vers moi une main tremblante et caressé les cicatrices sur ma joue. Ses yeux bleus me transperçaient du regard.

— Si tu dois partir, je veux que tu entendes ce que je vais te dire. Il faut que tu saches que même si je meurs avant ton retour, tout cela valait la peine d'être vécu rien que pour te revoir.

J'ai détourné le regard.

— Mais ce n'est pas tout, mon fils. Si je n'ai pas appris grand-chose durant mon existence, je sais en tout cas ceci : nous avons tous en nous — y compris moi — à la fois la méchanceté d'un serpent et la douceur d'une colombe.

J'ai repoussé les cheveux qui m'étaient tombé sur le front.

— Un serpent ? Il y en a un en moi, sans aucun doute ! Mais pas chez toi. Ça, je ne le croirai jamais !

Après un long soupir, le regard errant sur les branches entremêlées qui encachaient la salle, ma mère a repris :

— Je vais te le dire d'une autre façon. Tu aimais autrefois les récits de la Grèce antique. Te souviens-tu de l'histoire de la jeune Psyché ?

Intrigué, j'ai fait oui de la tête.

— Eh bien, le mot grec *psyché* a deux significations différentes. Tantôt il signifie «papillon», et tantôt «âme».

— Je ne comprends pas.

— Pense au papillon, mon fils. Le maître de la transformation. De simple chenille, il peut se changer en une des plus belles créatures de la Terre. Eh bien, l'âme peut faire de même.

— Je suis désolé, mère.

— Non, mon fils, ne sois pas désolé. Je t'aime. J'aime tout en toi.

Je me suis penché pour l'embrasser sur le front. Elle m'a fait un sourire hésitant, puis a tourné la tête vers Rhia.

— Quant à toi, mon enfant, prends ceci.

De la poche de sa robe bleue, elle a sorti une amulette faite de brindilles liées ensemble avec un fil rouge.

— Une amulette de chêne, de frêne et d'aubépine. Prends-la. Regarde ces bourgeons gonflés de vie nouvelle. Ils sont sur le point d'éclore, comme toi. Garde-la sur toi, pour te donner du courage, et pour te rappeler qu'il faut te fier à ton instinct. Écoute-le, car il est la voix de la Nature, notre mère à tous.

Rhia, les yeux brillants de gratitude, a pris ce cadeau et l'a aussitôt fixé à sa chemise.

— Je l'écouterai, c'est promis.

— Tu le fais déjà, je crois.

— C'est vrai, ai-je confirmé. Il lui est même arrivé de recommander aux autres de faire confiance à des baies.

Rhia a rougi et tripoté l'amulette d'un air gêné.

— Évidemment, a marmonné Bumbelwy, vous n'avez rien pour moi.

— Pourquoi aurait-elle quelque chose pour vous ? lui ai-je fait remarquer sèchement.

— Mais si, j'ai quelque chose, a protesté Elen d'une voix faible. J'ai un vœu.

— Un vœu ?... Pour moi ? a-t-il fait en s'agenouillant près d'elle.

— Je souhaite qu'un jour vous fassiez rire quelqu'un.

Bumbelwy a incliné la tête.

— Merci, chère dame.

— Merlin, a murmuré ma mère. Peut-être que tes Sept Chants sont comme les douze travaux d'Hercule. T'en souviens-tu ? On les croyait irréalisables. Cependant, il les a accomplis, et il a survécu.

Cela n'a pas suffi à me rassurer, car la tâche la plus difficile pour Hercule fut de porter tout le poids du monde sur ses épaules pendant quelques instants. Et le poids que je portais me paraissait au moins aussi lourd.

 DEUXIÈME PARTIE

XII

TUATHA

La porte du tronc s'est ouverte et je suis sorti d'Arbassa. Mais avant de quitter le sombre escalier, j'ai inspiré encore une fois l'odeur de ses murs et jeté un dernier coup d'œil aux runes gravées jadis par Tuatha. J'ai relu les mots d'avertissement qui m'avaient marqué plus que tous les autres :

> *Consacre-toi aux Sept Chants tour à tour;*
> *Les parties engendrent le tout.*
> *Mais n'avance pas avant d'avoir trouvé*
> *L'âme essentielle de chaque Chant.*

Que pouvait signifier ce dernier vers ? *L'âme essentielle de chaque Chant.* Il paraissait déjà suffisamment difficile de saisir la signification des Sept Chants, mais comprendre l'âme de chacun semblait totalement impossible. Je ne savais pas par où commencer.

Rhia est sortie après moi. Un rayon de lumière qui filtrait à travers les branches d'Arbassa faisait

briller ses boucles brunes. Elle s'est baissée et a
caressé une racine du grand arbre. Quand elle s'est
relevée, nos regards se sont croisés.

— Tu es sûre de vouloir venir ? ai-je demandé.

Elle a hoché la tête et a tapoté une dernière
fois la racine.

— Ce ne sera pas facile. Mais nous devons
essayer.

À ce moment-là, les grelots de Bumbelwy ont
résonné dans l'escalier.

— Avec lui, ce sera encore plus dur, ai-je
ajouté.

— Oui, a renchéri Rhia en penchant la tête
vers le passage de l'arbre. J'aimerais mieux
entendre une harpe désaccordée que ces maudits
grelots. On dirait le son d'une vieille bouilloire
qui dévale une côte.

J'ai pensé à la Harpe fleurie qui m'avait accompagné ces dernières semaines. Plutôt que de ris-
quer de l'abîmer, j'avais décidé de la laisser chez
Rhia, près de l'âtre. Arbassa la garderait bien. Mais
ses accords mélodieux me manqueraient. Et plus
encore.

J'ai étudié le visage de Rhia, aussi triste que
le mien.

— Je n'aurais jamais dû me détourner de ma
mission dans les Collines obscures, ai-je soupiré.

J'ai mis tout Fincayra en danger. Et aussi ma mère, à présent. En vérité, je n'ai jamais mérité la Harpe, ai-je ajouté en enfonçant peu à peu le bout de mon bâton dans la terre. Tu m'as vu me pavaner avec, comme si j'étais un véritable enchanteur. Mais je n'en suis pas un, Rhia. Je n'ai pas assez de pouvoir, ni assez de sagesse.

Elle a levé un sourcil.

— Tu me parais déjà un peu plus sage, pourtant.

— Pas assez pour comprendre l'âme des Chants ! Je ne sais même pas par où commencer.

Soudain, les grosses branches au-dessus de nous ont remué. Toute la ramure s'est secouée, déclenchant une pluie de feuilles et de brindilles. Alors que les autres arbres autour restaient parfaitement immobiles, le grand chêne se balançait comme sous l'effet d'une violente bourrasque.

Effrayé, j'ai pris Rhia par le bras.

— Viens, avant qu'une branche nous tombe dessus !

— Ne dis pas de bêtises, a-t-elle répondu en se dégageant de ma poigne. Arbassa ne ferait jamais ça. Écoute plutôt.

Tout en secouant la tête pour enlever les feuilles dans mes cheveux, j'ai suivi son conseil et je me suis aperçu, en effet, que les branches en s'agitant faisaient un autre bruit. Un son qui se répétait sans cesse. *Tuuuaaathaaa. Tuuuaaathaaa.* Le balancement a ralenti peu à peu et le calme est revenu. L'arbre majestueux se dressait au-dessus de nous, exactement comme avant. Une chose pourtant avait changé. Même si je ne savais toujours rien de l'âme des Chants, j'avais maintenant une idée de l'endroit où je pourrais peut-être apprendre quelque chose.

— La tombe de Tuatha, ai-je dit. Notre recherche commence là.

Rhia s'est mordillé la lèvre.

— Si Arbassa croit que cela pourrait nous aider, alors je le crois aussi. Mais ça ne me plaît pas d'aller là-bas. Pas du tout.

Au même instant, Bumbelwy, l'air encore plus chagrin que d'habitude, a passé la tête par la porte du tronc. Il s'est avancé en titubant, la main sur le ventre.

— Quelle tempête ! Mon pauvre estomac en est tout retourné.

L'homme dégingandé s'est redressé, faisant cliqueter ses grelots.

— Mais n'ayez crainte, n'ayez crainte. Ce genre de temps me suit partout, j'en ai l'habitude.

Rhia et moi nous sommes regardés avec inquiétude.

— Je viens avec vous, s'est-il empressé d'ajouter. Même si, dans mon état, il me sera plus difficile de vous distraire en chemin. Mais enfin, c'est le devoir d'un bouffon d'essayer !

Il a remonté sa cape sur sa tête et s'est mis à sautiller autour des racines d'Arbassa en faisant retentir ses grelots d'un son etouffé.

— En tout cas, mieux vaut essayer avec nous qu'avec ma mère, ai-je dit en fronçant les sourcils.

Bumbelwy a retiré la cape de sur sa tête.

— Oh, ne t'inquiète pas pour elle. Il lui reste encore beaucoup de temps. Elle a presque un mois de douleur persistante avant de mourir.

Il a jeté un regard pensif vers la maison suspendue de Rhia.

— Si tu le souhaites, je peux remonter la faire rire avant de partir.

J'ai levé mon bâton et fait mine de le frapper.

— Imbécile ! Vous n'êtes pas plus capable de faire rire qu'un cadavre en décomposition !

Il a froncé ses sourcils et tous ses mentons.

— Détrompe-toi. Je ferai vraiment rire quelqu'un un jour, tu verras.

— J'ai déjà un goût de botte dans la bouche… ai-je lancé avec ironie en abaissant mon bâton.

La porte d'Arbassa s'est refermée en craquant. J'ai levé les yeux vers l'énorme tronc qui se perdait dans un entrelacs de branches feuillues et moussues. Pendant un moment, j'ai observé le tissage des branches qui formaient une tapisserie vivante. Les feuilles brillaient sous le soleil et la mousse poussait sous chaque branche, les couvrant de fourrure végétale.

— Crois-tu qu'un jour Arbassa m'ouvrira sa porte de son plein gré ? ai-je demandé à Rhia. Peut-être même avec plaisir ?

À ces mots, tout le tronc a frémi, faisant encore pleuvoir sur nous des feuilles et des débris d'écorce.

Rhia a plissé les yeux.

— Arbassa me protège, c'est tout, a-t-elle répondu.

J'ai cherché ses yeux bleu-gris.

— Tu n'es vraiment pas obligée de venir.

— Je sais ! Mais tu es vraiment prêt à te rendre sur la tombe de Tuatha ? a-t-elle dit après avoir serré les lèvres pensivement.

— La tombe du grand enchanteur ? s'est écrié Bumbelwy, inquiet. Personne ne va là-bas. Du moins, personne qui tient à la vie. C'est un lieu hanté, un endroit affreux. Ça, c'est vrai, c'est bien vrai.

— Eh bien, c'est là que nous allons! ai-je rétorqué sèchement.

— En tout cas, je ne peux pas vous y conduire, a protesté Rhia. Je ne sais même pas où c'est.

— Moi, je sais, ai-je répondu. J'y suis allé une fois, peut-être même deux, bien que je doive y retourner pour en être vraiment sûr.

J'ai frotté le dessus de mon bâton, emplissant ainsi l'air de l'odeur du sapin.

— Si tu peux nous conduire jusqu'au grand marécage en dessous des Collines embrumées, je pourrai continuer seul.

Rhia était sceptique.

— Nous perdrons un temps précieux en faisant ça.

— Nous perdrons plus que cela, a déclaré Bumbelwy en secouant sa tête.

— Eh bien tant pis. Allons-y, ai-je dit en frappant le sol de mon bâton.

Avec regret, Rhia a jeté un dernier regard aux branches d'Arbassa, avant de lui tourner le dos et de s'enfoncer dans les bois au-delà des herbes hautes. Je l'ai rejointe, et Bumbelwy nous a emboîté le pas en maugréant contre les tombes hantées et les sorciers rancuniers.

Pendant quelque temps, nous avons suivi une piste tortueuse marquée par des empreintes de renards, d'ours, de loups et d'autres bêtes que je ne pouvais identifier. Puis la piste a disparu et nous avons traversé à grand-peine une plaine jonchée d'arbres abattus par une tempête. Lorsque enfin, les jambes en sang, nous avons retrouvé des bois de pins et de cèdres debout, Rhia nous a entraînés plus haut. Là, les arbres, plus espacés, permettaient au soleil d'arriver jusqu'au sol. Ma seconde vue s'en trouvait améliorée, et je pouvais enfin avancer sans trébucher sur chaque racine ni me cogner à toutes les branches.

Ce n'était pas facile de marcher à la même allure que Rhia. Comme moi, elle était poussée par l'urgence de notre tâche, et peut-être aussi par l'espoir de perdre Bumbelwy dans la forêt. Mais, grâce à ses longues jambes, il n'était jamais loin derrière nous — et ses grelots non plus, hélas. Rhia bondissait, gracieuse comme une biche, courant même, parfois, dans les côtes. Elle me rappelait Atalante, une jeune héroïne grecque imbattable à la course. La comparaison m'a fait sourire et, en même temps, le souvenir de celle qui m'avait raconté son histoire m'a rendu triste.

Je faisais de gros efforts pour ne pas me laisser distancer, et la sueur me piquait les yeux. À mesure que le soleil montait dans le ciel, le terrain est devenu plus humide. Il y avait de la mousse sur les arbres, des petits ruisseaux couraient au ras du sol et la boue nous collait aux pieds. Les flaques se sont multipliées. Bientôt, j'ai reconnu l'odeur de ces terres. Une odeur d'humidité et de pourriture qui était restée gravée dans ma mémoire.

— Par ici, ai-je annoncé, en virant à l'est.

Rhia m'a suivi de sa démarche légère malgré la boue, contrairement à Bumbelwy qui avançait d'un pas lourd et ne cessait de glisser. Je les ai conduits jusqu'à une clairière ombragée. Les bruits de la forêt se sont tus pour faire place à un calme inquiétant, que ne troublait pas le moindre bourdonnement d'insecte.

Je me suis arrêté à la lisière de la clairière. J'ai jeté un coup d'œil en arrière, faisant comprendre aux autres qu'ils devaient rester où ils étaient. Rhia a voulu parler, mais j'ai levé la main pour lui imposer le silence. Lentement, sans bruit, j'ai avancé seul.

Un vent soudain a agité les branches des cèdres. Elles se sont mises à vibrer étrangement, comme si elles entonnaient un chant funèbre. Un chant de pertes et de désirs. Un chant de mort. La clairière s'est assombrie. Je voyais à peine mes bottes sur le sol tapissé d'aiguilles. Autour de moi, la plainte des branches a enflé. Enfin, j'ai aperçu une autre petite clairière entourée du cercle de vieux cèdres qui, je le savais, marquaient l'emplacement de la tombe de Tuatha.

Lentement, très lentement, la clairière s'est éclairée. Mais cette lumière ne venait pas du soleil. Elle venait des vieux cèdres eux-mêmes, dont les branches avaient commencé à briller d'une étrange lueur bleue. Tandis que leurs branches s'agitaient dans le vent comme des barbes de vieillards, je me suis demandé si ces arbres renfermaient l'esprit des disciples de Tuatha, condamnés à veiller sur sa tombe et à pleurer éternellement.

J'étais déjà venu deux fois dans cet endroit. Maintenant, j'en étais sûr. Une fois récemment, et une fois quand j'étais petit, sur le dos d'Ionn, le cheval noir de mon père, pour assister à l'enterrement de Tuatha. J'avais très peu de souvenirs de cet événement. J'en gardais seulement une impression de tristesse.

Mon regard est tombé sur l'étroit tumulus au centre de la clairière. Douze pierres bleues, polies, parfaitement rondes, en bordaient le pourtour. Elles brillaient comme de la glace. En m'approchant, j'ai été frappé par sa longueur. Soit Tuatha avait été enterré avec son chapeau sur la tête, soit il était vraiment très grand.

Les deux sont vrais, impudent jouvenceau.

La voix résonnait à mon oreille. C'était la même que celle que j'avais entendue quand je lisais les runes d'Arbassa. La voix de Tuatha, j'en

144

étais persuadé. Mais malgré ma peur, malgré ma crainte, j'éprouvais un étrange sentiment de nostalgie. Portant toute mon attention sur le tumulus, j'ai exprimé le fond de ma pensée.

— J'aurais aimé te connaître, puissant enchanteur.

Les pierres bleues ont brillé avec plus d'intensité, éclipsant le cercle de vieux cèdres. On aurait dit que des bougies brûlaient à l'intérieur, des bougies dont les flammes jaillissaient de l'esprit même de Tuatha.

Tu veux dire que tu aurais voulu que je te sauve de ta propre folie.

Mal à l'aise, je grattais le sol avec mon bâton.

— Oui, mais j'aurais voulu te connaître aussi juste pour être avec toi, et apprendre avec toi.

Cette occasion nous a été volée, a déclaré la voix, d'un ton amer. *Et sais-tu pourquoi ?*

— Parce que tu as été battu par Balor ?

Non ! a tonné Tuatha, alors que les pierres s'allumaient comme des torches. *Tu as dit comment, pas pourquoi.*

— Je... je ne sais pas, ai-je balbutié.

Réfléchis donc ! N'as-tu pas plus de cervelle que ton père ?

L'insulte m'a fait monter le rouge aux joues, mais j'ai essayé de ne pas montrer mon indignation. Je me suis creusé la tête pour trouver la réponse et je me suis rappelé la mise en garde de Cairpré devant les portes de la cité des bardes.

— Était-ce... l'orgueil?

Oui! a tonné l'esprit de Tuatha. *C'était mon plus grave défaut, et c'est aussi le tien.*

J'ai baissé la tête, sachant qu'il disait vrai.

— Puissant enchanteur, je ne mérite pas ton aide. Mais Elen, oui. Et si je peux avoir quelque espoir de la sauver, il y a une chose que je dois savoir.

La lumière des pierres a vacillé de façon inquiétante.

Comment puis-je être sûr que tu ne l'abandonneras pas, comme tu as abandonné les Collines obscures aux sombres desseins de Rhita Gawr?

J'ai frémi.

— Je te donne ma parole.

Tu l'avais aussi donnée au Grand Conseil.

— Je ne l'abandonnerai pas!

Et devant le cercle de cèdres qui agitaient leurs branches d'un air désapprobateur, j'ai ajouté tout bas:

— Elle compte plus que tout pour moi.

Pendant un long moment, je n'ai rien entendu d'autre que les soupirs des branches. Enfin les pierres bleues ont brillé de nouveau.

Bon, d'accord, jeune novice. Que veux-tu savoir?

Avec précaution, je me suis approché du tumulus.

— J'ai besoin de savoir ce que signifie *trouver l'âme d'un Chant.*

Les pierres sont devenues plus brillantes.

Ah, l'âme d'un Chant. C'est si peu, et pourtant tellement ! Tu vois, jeune débutant, si brefs que t'aient paru les Sept Chants que tu as lus, ils révèlent les sources secrètes des sept arts de base de la magie. Chaque Chant n'est qu'un début, un point de départ, menant à une sagesse et un pouvoir qui dépassent l'imagination. Et de beaucoup ! Chaque Chant contient tant de vers qu'il faudrait plusieurs siècles pour en apprendre seulement quelques-uns.

— Mais l'âme d'un Chant, qu'est-ce que c'est ?

Un peu de patience, petit jeunet ! Les pierres ont semblé s'enflammer. *L'âme est la vérité essentielle du Chant, son premier principe. La trouver est aussi difficile que de capter le parfum d'une fleur des champs de l'autre côté d'un grand lac. On ne peut pas la voir, ni la toucher, et cependant on doit la connaître.*

J'ai secoué la tête.

— Si je comprends bien, c'est difficile même pour un enchanteur. Alors, pour un garçon comme moi...

Les branches se sont agitées vigoureusement quand la voix de Tuatha a repris :

Tu peux encore devenir un enchanteur, petit… Enfin, si tu survis. Mais rappelle-toi ceci : avec le peu de temps que tu as, tu seras tenté de passer certains Chants. Résiste à une telle folie ! N'essaie pas de trouver le Puits de l'Autre Monde tant que tu n'auras pas trouvé l'âme de tous les Chants. Écoute-moi bien : en trouver cinq ou six n'est pas mieux que de n'en trouver aucun. Sans les sept, tu perdras plus que ta quête. Tu perdras la vie.

— Comment saurai-je, grand enchanteur ? Comment saurai-je quand j'aurai trouvé l'âme de chaque Chant ?

À cet instant, une colonne de flammes bleues a jailli des pierres. Elle a grésillé, crépité dans l'air et frappé le sommet de mon bâton comme un éclair. J'ai été ébranlé par la force du coup, mais ne l'ai pas lâché. J'ai seulement senti une légère brûlure dans les doigts.

La voix a de nouveau rempli mes oreilles.

Tu le sauras.

J'ai caressé mon bâton. Il ne me semblait pas différent, et pourtant je savais qu'il l'était. La lumière des pierres s'est mise à diminuer progressivement.

Tu dois partir, jeune novice. Rappelle-toi ce que je t'ai dit. Je te souhaite de vivre pour revoir ma tombe encore une fois.

— S'il te plaît, ai-je supplié, dis-moi encore une chose. Est-il vrai que seul un enfant de sang humain peut vaincre Rhita Gawr et son serviteur Balor ?

La lumière s'était éteinte. Je n'ai plus rien entendu que les tristes soupirs des branches.

— S'il te plaît. Dis-le-moi.

Enfin, les pierres ont brillé.

Il se peut que la prophétie soit vraie, et il se peut qu'elle soit fausse. Mais même si elle est vraie, la vérité a souvent plus d'un visage. Maintenant... va-t'en ! Et ne reviens pas jusqu'à ce que tu aies grandi, en maturité comme en sagesse.

∽ XIII ∽

D'ÉTRANGES COMPAGNONS

Quand j'ai quitté la clairière, les arbres sont redevenus silencieux. J'ai serré mon bâton dans ma main, conscient que, comme moi, il avait été touché par l'esprit de Tuatha. Et que, comme moi, il ne serait plus jamais exactement le même.

Rhia et Bumbelwy sont venus à ma rencontre. Vus ainsi, côte à côte, le contraste entre les deux était saisissant. La première, vêtue de sa tenue forestière, se déplaçait avec la vivacité d'une jeune renarde ; le second, accoutré de sa lourde cape brune et de son inévitable chapeau à grelots, était aussi raide qu'une souche d'arbre. On ne pouvait imaginer compagnons de route plus dissemblables.

Rhia a tendu la main vers moi et enroulé son index autour du mien.

— Alors, qu'as-tu appris ?

— Peu de choses, ai-je répondu en serrant son doigt.

— Ce n'est pas assez, a dit Bumbelwy. Ce n'est jamais assez.

— Où allons-nous, maintenant ? a demandé Rhia, son regard fixé sur les branches sombres derrière moi.

Tout en mordillant ma lèvre, j'ai réfléchi au premier des sept chants.

— Eh bien, je dois trouver l'âme du premier Chant, qui est celle du Changement. Et pour y arriver, je dois rencontrer un sylvain. *Apprendre à Changer est la première leçon, / Les sylvains y excellent...* Mais ne disais-tu pas que Cwen en était la dernière représentante ?

Elle a hoché la tête, tristement. La trahison de Cwen était un souvenir encore douloureux pour elle.

— Oui, c'était la dernière. Et elle est sans doute morte, maintenant. Elle a dû perdre tout son sang quand le gobelin lui a coupé le bras.

— Mais alors, comment trouver l'âme de ce Chant ? ai-je demandé en faisant tourner le bord de mon bâton dans ma main. Il a un rapport avec les sylvains.

— Décidément, tu as le goût des défis, Merlin ! a-t-elle déclaré en passant la main dans ses boucles brunes. Ta seule chance serait d'aller à Faro Lanna, le pays des sylvains. Mais je crains que tu n'y trouves pas grand-chose.

— C'est loin ?

— Oui. À l'extrême sud-ouest de l'île. Et il faudrait traverser toute la Druma, ce qui nous ralentirait. Pour éviter ça, on pourrait couper à travers les Collines embrumées en direction de la côte, puis aller vers le sud… mais ça nous obligerait à passer par le pays des pierres vivantes. Pas très bonne, comme idée !

— Sage avis, jeune dame, a approuvé Bumbelwy. Les pierres vivantes ont un étrange appétit pour les voyageurs… En particulier pour les bouffons, a-t-il précisé avec une certaine émotion.

— Elles doivent avoir l'estomac solide, ai-je lancé, sarcastique. C'est dans cette région qu'habite la Grande Élusa, n'est-ce pas ? ai-je demandé à Rhia.

— Raison de plus pour l'éviter ! s'est écrié Bumbelwy avec des frissons dans la voix. Même les pierres vivantes ont peur de cette araignée géante. Son appétit est pire que le leur. Bien pire.

J'ai pris une grande inspiration ; l'air était parfumé des odeurs des arbres qui nous entouraient.

— Peu m'importe, Rhia, je veux que tu prennes le plus court chemin, par les Collines embrumées.

Mes deux compagnons ont tressailli. Même les cèdres silencieux ont semblé s'émouvoir.

— Tu es sérieux ? s'est inquiétée Rhia.

— Tout à fait, ai-je répondu en repoussant une mèche tombée sur mon front. Si nous pouvions gagner un jour ou même une heure, cela permettrait peut-être de sauver ma mère.

Bumbelwy, le visage tout plissé d'inquiétude, a attrapé la manche de ma tunique.

— Tu ne dois pas faire cela. Ces collines sont très dangereuses.

Je me suis dégagé de sa prise.

— Si vous préférez rester ici avec Tuatha, à votre aise.

Bumbelwy a ouvert des yeux ronds.

— Maintenant, allons-y ! ai-je ajouté en frappant le sol couvert d'aiguilles de mon bâton.

Nous sommes partis vers les marécages. Nous marchions en silence, accompagnés seulement par le bruit des grelots. Au moins, ai-je songé, la Grande Élusa nous entendra venir. Mais nous, l'entendrons-nous ? Et retiendra-t-elle assez longtemps son appétit pour se rappeler qu'elle nous avait accueillis, Rhia et moi, dans sa grotte de cristal ? Je sentais mes jambes faiblir en imaginant ses mâchoires baveuses.

Tandis que nous pataugions dans le sol boueux, les arbres se sont faits plus rares. J'ai reconnu quelques points de repère : un gros rocher en forme de siège recouvert de lichen jaune, le squelette tordu d'un arbre mort, une plaque de mousse orange, un étrange trou triangulaire. Le crépuscule s'assombrissait. Le sol était de plus en plus détrempé et l'eau s'infiltrait dans nos bottes. J'ai entendu les grenouilles au loin, puis les oiseaux aquatiques avec leurs cris sinistres. L'odeur d'humidité et de pourriture est devenue plus forte, et en peu de temps, nous sommes arrivés au bord d'une étendue de hautes herbes, d'arbres morts et de sables mouvants. Le marécage.

Bumbelwy a protesté en agitant ses manches tachées de boue.

— Nous n'allons quand même pas traverser ça maintenant ! Il fait presque nuit.

— Soit nous campons ici, ai-je répondu, soit nous trouvons un endroit plus sec dans les collines. Qu'en penses-tu, Rhia ?

Elle a attrapé une poignée de baies violettes dans un buisson et les a fourrées dans sa bouche.

— Mmm. Elles sont encore bonnes.

— Rhia ?

— Un endroit plus sec, a-t-elle fini par répondre. Quoique les baies, ici, soient savoureuses.

Tandis que résonnait le cri d'une grue, Bumbelwy maugréait.

— Quel choix excitant ! Passer la nuit dans un marécage et se faire étrangler par des serpents

mortels, ou bien dormir devant la porte de la
Grande Élusa et lui servir de petit déjeuner.

— À vous de choisir, ai-je dit.

Et je suis parti. J'ai sauté par-dessus un
vieux tronc pourri et j'ai atterri dans une flaque.
Quelques secondes plus tard, j'ai entendu deux
autres *plouf* derrière moi... en même temps que
les grelots et d'abondantes récriminations.

Pendant un moment, j'ai suivi une langue de
boue séchée qui s'avançait dans le marécage. Mais
elle a vite disparu, ce qui nous a obligés à patauger
de nouveau dans l'eau stagnante et les hautes
herbes. Parfois je m'enfonçais dans l'eau jusqu'aux
cuisses. Des branches flottantes s'accrochaient à
ma tunique comme de longs doigts noirs, tandis
que la boue suintait dans mes bottes et que des
formes étranges s'agitaient dans les profondeurs.

La lumière déclinait de minute en minute. Ce
soir, il n'y aurait pas de lune, car d'épais nuages
commençaient à obscurcir le ciel. Tant mieux,
pensais-je. La lune m'aurait rappelé encore davantage le peu de temps — et d'espoir — qui me
restait.

Nous avons continué à avancer dans la
pénombre. Au bout d'une heure, la lumière a complètement disparu. Un serpent a sifflé quelque
part près de ma botte. J'ai craint, un instant, de
m'être égaré. L'obscurité semblait s'étendre à

l'infini. Je sentais mes jambes devenir de plus en plus lourdes. Puis, peu à peu, le sol s'est raffermi sous mes pieds. Au début, j'ai à peine remarqué le changement, mais au bout de quelque temps, j'ai compris que nous avancions sur un sol rocheux. Les zones marécageuses et leurs odeurs ont disparu. Les cris des grenouilles et des oiseaux se sont éloignés.

Nous avions traversé le marécage.

Épuisés, nous sommes arrivés, titubants, dans une clairière entourée de gros rochers. J'ai décidé que nous passerions la nuit là. Nous nous sommes effondrés sur le sol moussu tous en même temps. J'ai glissé les mains dans les manches de ma tunique pour les réchauffer. Mes yeux se sont fermés et je me suis endormi.

Je me suis réveillé quand une grosse goutte de pluie s'est écrasée sur mon nez, suivie d'une deuxième, puis d'une troisième. Un éclair a illuminé le ciel à l'horizon et le tonnerre a grondé sur la crête. L'averse a commencé et le vent s'est levé. Le nuit est devenue encore plus noire, comme si les nuages s'étaient solidifiés, et des torrents d'eau se sont déversés du ciel. Même si j'avais pu me changer en poisson, je n'aurais pas été plus mouillé. Il ne me manquait plus que des branchies.

Grelottant, je me suis rapproché des rochers, espérant trouver un abri. Je me suis aperçu, alors, que l'un d'eux s'approchait de *moi*.

— Les pierres vivantes ! s'est écriée Rhia. Nous devons…

— Aaaïe ! a hurlé Bumbelwy. Elle est en train de me manger !

J'ai voulu m'éloigner du rocher, mais l'épaule de ma tunique était déjà coincée. J'ai tiré dessus pour essayer de me libérer. Le visage inondé de pluie, j'ai tapé du poing sur la pierre.

Mon poing est resté collé. Impossible de le retirer ! Horrifié, j'ai vu le rocher se refermer autour de ma main… et l'avaler tout entière avec ses lèvres de pierre. J'ai hurlé, mais un coup de tonnerre a couvert ma voix. Dans le noir, trempé jusqu'aux os, je me suis battu de toutes mes forces pour me dégager.

Ensuite, la pierre a englouti mon poignet, mon avant-bras et mon coude. J'avais beau me contorsionner, donner des coups de pied, je n'arrivais pas à me libérer. Je sentais encore mes doigts et ma main, mais la pression augmentait sans cesse. Mes os allaient se briser, écrasés entre les mâchoires d'une pierre vivante.

Soudain, un éclair a illuminé la crête. Au même instant, une énorme silhouette, plus grande que les rochers eux-mêmes, est entrée dans la

clairière. Sa voix, plus forte encore que le tonnerre, s'est élevée au-dessus de l'orage.

— J'ai faiiim, a-t-elle beuglé. J'ai faiiim.

— La Grande Élusa ! a crié Rhia.

Bumbelwy a hurlé une nouvelle fois, comme
un homme sur le point de mourir.

D'un bond, la Grande Élusa a atterri à côté de
moi, ses huit pattes faisant gicler de la boue
de tous les côtés. Malgré la pluie et l'obscurité,
j'ai vu s'ouvrir ses énormes mâchoires avec leurs
rangées de dents pointues, et je me suis débattu
encore plus vigoureusement pour essayer de leur
échapper. Les mâchoires se sont refermées.

Mais pas sur moi ! D'un redoutable coup de
dents, la Grande Élusa a pris une énorme bouchée
de la pierre vivante. Le rocher a tremblé violemment et a lâché mon bras. J'ai dégringolé en arrière.
Avant que j'aie pu comprendre ce qui se passait,
quelqu'un est tombé sur moi alors qu'un éclair
blanc illuminait la crête.

∽ XIV ∾
La grotte de cristal

La lumière dansait autour de moi, avec des scintillements d'étoiles. Et aussi autour de Rhia et Bumbelwy, car nous étions tous empilés les uns sur les autres, bras et jambes mêlés et vêtements déchirés. J'ai écarté de mon visage un pied dégoulinant et je me suis assis. J'étais trempé. Ma main me faisait très mal. Sinon, tout allait bien, même si je ne savais pas où j'étais.

Tout à coup, j'ai reconnu les rangées de cristaux lumineux, les ondes chatoyantes qui vibraient sur les murs, et la pure splendeur des lieux. Des milliers de facettes lisses comme de la glace étincelaient de tous côtés, chacune brillant de sa propre lumière. La grotte de cristal! Une fois encore, j'ai pu constater que je n'avais jamais rien vu d'aussi beau.

Un craquement derrière moi m'a fait tourner la tête. C'était la Grande Élusa. Son vaste corps remplissait presque toute la grotte. Elle venait de mordre dans l'arrière-train d'un sanglier. Tout en mâchant, elle m'observait de ses énormes yeux à

facettes — comme les cristaux. Après avoir avalé
le dernier morceau, elle s'est léché les pattes avec
une surprenante délicatesse.

— Bienvenuuue dans maaa groootte, a-t-elle
mugi.

Bumbelwy, tout tremblant, m'a agrippé par la
manche.

— C-c'est notre t-tour, ap-p-près?

— Mais non! s'est moquée Rhia. Elle nous a
amenés ici pour nous sauver des pierres vivantes.

— P-p-pour nous manger elle-m-même, a
bégayé le bouffon.

— Sileeence, a repris l'araignée géante en
grattant la bosse qu'elle avait sur le dos. J'aaai
assoooouvi ma faaaim pooour l'instaaant. Vooous
aveeez de la chaaance, les pieeerres vivaaantes
sooont looongues à digéreeer. Ce sanglieeer
n'étaaait que le desseeert.

Avec la manche de ma tunique, j'ai essuyé les
gouttes de pluie sur mon visage.

— Merci, ai-je répondu. Mais comment avez-
vous fait pour nous amener ici si vite?

— En sautaaant.

La Grande Élusa s'est rapprochée, et j'ai vu
mon reflet multiplié des dizaines de fois dans les
facettes de ses yeux.

— C'eeest un aaart que tu apprendraaas peut-
êêêtre un jooour.

— Sauter est l'un des Sept Chants que je dois connaître ! Ne me dites pas que je dois apprendre à faire la même chose. Il me faudrait toute une vie.

— Beaucoooup de viiies, a enchaîné l'araignée blanche tout en m'examinant. Surtoooout pooour quelqu'uuun quiii ne peeeut paaas finiiir ce qu'iiil a commeeencé. Oooù aaas-tuuu laissééé la Haaarpe fleuriiie ?

La sueur perlait à mon front.

— Elle est en sécurité, dans Arbassa. Mais je ne peux pas retourner dans les Collines obscures maintenant ! J'ai d'abord un autre problème à résoudre.

— Uuun problèèème dooont tu es la caaause ?

— Oui, ai-je répondu, la tête basse.

— Uuun problèèème que tu peeeux encooore résoooudre.

Lentement, j'ai levé la tête.

— Vous voulez dire que j'ai vraiment une chance de la sauver ?

Une de ses immenses pattes a frappé le sol de cristal.

— Une chaaance minuscuuule est toujoooours une chaaance.

Rhia s'est rapprochée de moi.

— Alors, Elen pourrait survivre ?

— Elle pourraaait, et son fiiils aussiii.

La Grande Élusa s'est raclé la gorge, et ce raclement a résonné dans toute la grotte.

— Maaais il devraaa aaaussiii surviiivre à cette quêêête, et bien d'aaautres, avaaant de trouveeer un joooour sa prooopre groootte de cristaaal.

Mon cœur a fait un bond.

— Ma propre grotte de cristal ? Est-ce réellement possible ?

— Tooout est possiiible.

L'araignée a déplacé son énorme masse sur le côté, laissant apparaître un étalage d'objets étincelants. Les Trésors de Fincayra ! J'ai reconnu l'Orbe de feu, d'un orange lumineux, l'Éveilleur de rêves aux formes si gracieuses, et la grande épée Percelame, dont un tranchant pouvait pénétrer jusqu'à l'âme tandis que l'autre guérissait n'importe quelle blessure. Juste derrière, j'ai aperçu la charrue, capable de labourer un champ toute seule, le Trésor que Honn avait décrit à son fils. À côté, étaient disposés les autres Outils magiques… Il en manquait seulement un, qui avait été perdu.

— Il eeest mêêême possiiible qu'un joooour tu puiiisses être asseeez saaaage pour porteeer un des Trésoooors et ne pas détruiiire pluuus que tu ne crééées.

Ma gorge s'est serrée.

— Tu peeeux me réciteeer les Seeept Chaaants a-t-elle dit d'une voix forte.

Ce n'était pas une demande, mais un ordre.

J'ai hésité un instant, puis, prenant ma respiration, j'ai commencé :

Les Sept Chants de la Magie,
Une mélodie et plus encore,
Peuvent te conduire vers l'Autre Monde,
Même si tu n'as plus d'espoir.

Bumbelwy, qui s'était tapi à l'autre bout de la grotte, a fait sonner ses grelots en secouant la tête d'un air morose. L'araignée l'a fixé de son œil énorme, et il s'est arrêté immédiatement.

J'ai continué à réciter l'avertissement du début. Les yeux de Rhia brillaient comme des cristaux quand j'ai prononcé les mots qui étaient maintenant ancrés dans mon être : *L'âme essentielle de chaque Chant*. Puis j'ai récité les Sept Chants proprement dits. Quand, à la fin, j'ai mentionné l'œil de Balor, la Grande Élusa a changé de position comme si elle était mal à l'aise.

Pendant un moment, personne n'a parlé. Finalement, la voix de la Grande Élusa a résonné de nouveau.

— Tu as peeeur?

— Oui, ai-je murmuré. J'ai peur de ne pas pouvoir tout faire en une seule lunaison.

— Eeest-ce tooout?

— J'ai peur qu'il soit trop difficile de trouver l'âme de tous les Chants.

— Eeest-ce tooout?

Je passais nerveusement la main sur le sol de cristal, dont je sentais les angles aigus.

— J'ai surtout peur du septième Chant, Voir. Mais... je ne sais pas pourquoi.

— Tu le sauraaas si tu arriiives juuusque-làààà.

Utilisant trois de ses pattes, elle a gratté son dos velu.

— Tuuu apprendraaas peeeut-êêêtre un peeeu de magiiie aussiii. Mais c'est dommmaaage, car tu n'apprendraaas rieeen de vraaaiment utiiiile. Par exeeemple à tisseeer une tooooile. Ou à mâcheeer une pieeerre.

Rhia a ri, avant de reprendre un air sérieux.

— Que signifie le vers qui parle de l'œil de Balor?

Les poils blancs de l'araignée se sont hérissés.

— L'ooogre a seulemeeent un œil. Et il tuuue tooous ceeeux qui regaaardent dedaaans, mêêême une secooonde.

Rhia s'est penchée vers moi.

— C'est sans doute comme ça que Tuatha est mort.

— Ouiii, en effeeet, a déclaré la Grande Élusa. Et commeeent tu mourraaas toi aussiii si tu n'y preeends pas gaaarde.

J'ai froncé les sourcils.

— En fait, je ne dépasserai peut-être jamais le premier Chant. Quand vous nous avez trouvés, nous nous rendions à Faro Lanna, dans l'espoir d'apprendre quelque chose qui puisse nous aider. Mais comme les sylvains ont disparu, ce n'est pas vraiment un espoir.

— C'est voootre seeeule chaaance.

— Faro Lanna est très loin d'ici, a dit Rhia d'un don désespéré. Il nous faudra une bonne semaine de marche, même si nous n'avons pas d'autres ennuis.

— Une semaine ! ai-je grogné. Nous n'avons pas tout ce temps.

Une soudaine explosion de lumière blanche a rempli la grotte.

∽ XV ∽

CHANGER

Nous nous sommes retrouvés assis au bord d'une falaise qui tombait à pic sur la mer. En me penchant, j'ai aperçu des risses et des sternes aux ailes argentées qui nichaient dans la paroi. Elles criaient et jacassaient en s'occupant de leurs petits. Un vent frais me fouettait le visage et m'apportait une odeur d'eau salée. Tout en bas, en dessous de moi, la ligne blanche des vagues se fondait dans du bleu puis dans du vert foncé, couleur de jade. De l'autre côté d'une vaste étendue d'eau, je devinais la forme d'une petite île, sombre et mystérieuse. Derrière se dressait le mur de brume qui entourait Fincayra.

Je me suis tourné vers Rhia et Bumbelwy, qui eux aussi scrutaient l'horizon. Dire que, quelques secondes auparavant, nous étions encore dans la grotte de la Grande Élusa ! Nous devions en être très loin, maintenant. C'était vraiment extraordinaire de pouvoir déplacer les gens ainsi ! Elle avait même pensé à transporter mon bâton avec moi. Je me suis dit que je prêterais une attention particulière à la cinquième leçon, Sauter, si j'arrivais jusque-là.

Rhia s'est levée d'un bond.

— Regarde, s'est-elle écriée en montrant du doigt la petite île. Tu la vois ?

Je me suis appuyé sur mon bâton.

— Cette île, là-bas, oui. Elle a l'air presque irréelle...

— Oui, parce que, justement, elle *est* presque irréelle. C'est l'Île oubliée. J'en suis sûre.

J'ai frissonné.

— Le septième Chant ! C'est là que je dois aller apprendre à Voir.

J'ai jeté un bref coup d'œil à Rhia avant de me tourner de nouveau vers l'île, enveloppée de nuées mouvantes.

— Tu l'avais déjà vue auparavant ?

— Non.

— Alors, comment es-tu certaine que c'est l'Île oubliée ?

— Je le sais par Arbassa. C'est le seul endroit de Fincayra qui ne soit pas relié à l'île principale. Personne n'y a mis les pieds depuis une éternité. Même pas Dagda, paraît-il. Et, à part les gens de la mer, qui vivent dans cette crique, personne ne sait comment traverser les puissants courants, et surtout les puissants sortilèges, qui l'entourent.

Je me suis penché pour éviter une mouette qui descendait en piqué juste en face de moi, mais je ne pouvais détacher mes yeux de cette île.

— C'est comme si on voulait écarter tout visiteur. Mais pour quelle raison?

Rhia aussi se posait des questions à propos de cette île.

— D'après certains, ce serait lié à la façon dont les Fincayriens ont perdu leur ailes, jadis.

— Ça c'est vrai, c'est bien vrai! a psalmodié Bumbelwy en s'approchant de nous, toujours accompagné par le bruit des grelots. Ce fut l'épisode le plus triste de toute la sombre histoire de notre peuple.

Cet austère bouffon savait-il donc comment les Fincayriens avaient perdu leurs ailes? J'ai soudain repris espoir.

— Savez-vous comment c'est arrivé? lui ai-je demandé.

Il a tourné vers moi sa longue figure.

— Personne ne le sait. Personne.

Si, Aylah, la sœur du vent. Mais elle n'avait pas voulu me le dire. J'aurais aimé le lui redemander. Mais c'était impossible, aussi impossible que d'attraper le vent. J'étais presque certain qu'elle était partie à Gwynedd, à présent.

Rhia a enfin détaché son regard de l'île.

— Tu veux savoir où nous sommes, exactement ? a-t-elle dit.

— J'ai l'impression de voyager avec un guide, ai-je plaisanté.

— Mais tu as besoin d'un guide, a-t-elle rétorqué avec un petit sourire. Nous sommes à Faro Lanna, la terre habitée autrefois par les sylvains.

Tout en écoutant les vagues déferler en bas, j'ai parcouru le plateau des yeux. De hautes falaises blanches nous entouraient de trois côtés. Mais sur le plateau, à part quelques tas de pierres — peut-être des ruines d'habitations —, on ne voyait que de l'herbe. Au nord, dans le lointain, une ligne vert foncé marquait la lisière d'une forêt. Au-delà, l'horizon se perdait dans une brume violacée — tout ce qu'on pouvait voir, sans doute, des Collines embrumées.

Un papillon brun en piteux état s'est envolé au-dessus de l'herbe et s'est posé sur mon poignet. Ses pattes me chatouillaient, et j'ai secoué la main. Il est allé se poser, cette fois, sur l'extrémité de mon bâton. Ses ailes immobiles se confondaient avec la couleur du bois.

— Je me demande comment nous allons apprendre l'art de Changer, ai-je dit en montrant l'étendue d'herbe devant nous. Si les sylvains ont

bien vécu ici, ils n'ont pas laissé grand-chose derrière eux.

— C'était leur façon de vivre, a répondu Rhia
en ramassant un galet blanc avant de le jeter par-
dessus la falaise. C'étaient des vagabonds, toujours
à la recherche d'un meilleur endroit, d'un lieu où
planter leurs racines, comme de vrais arbres, et
qu'ils pouvaient appeler leur pays. Leurs seules
habitations étaient ici, près des falaises, mais
comme on peut le voir d'après ces tas de pierres,
elles se réduisaient à peu de chose. C'étaient juste
des abris pour les vieillards et les jeunes enfants.
Pas de bibliothèques, de marchés ni de salles de
réunion. La plupart des habitants passaient leurs
journées à errer dans Fincayra, ne revenant ici
que pour avoir des enfants ou mourir.

— Alors, que leur est-il arrivé ?

— Ils ont pris goût à ces explorations, je suppose, et ils ont été de moins en moins nombreux
à revenir. Finalement, comme il n'y avait plus personne pour les entretenir, les habitations sont
tombées en ruine, et peu à peu, les gens eux-
mêmes ont disparu.

— Je ne peux pas leur en vouloir d'avoir aimé
l'errance, ai-je dit en donnant un coup de pied dans
une touffe d'herbe. J'ai moi aussi ce goût-là
dans le sang. Mais on dirait qu'ils ne se sont
jamais sentis nulle part chez eux.

Rhia m'observait, songeuse. Le vent de la mer ébouriffait sa robe de verdure.

— Et est-ce que tu as aussi dans le sang, comme tu dis, le sentiment d'appartenance à un lieu ?

— Je l'espère, mais je n'en suis pas sûr. Et toi ?

Elle s'est raidie.

— Arbassa est ma maison, ma famille. La seule famille que j'aie jamais eue.

— À part Cwen.

Elle s'est mordillé la lèvre.

— Elle a fait partie de ma famille à une époque. Mais c'est fini. Elle a préféré y renoncer pour des promesses de gobelin.

Le papillon a quitté mon bâton. Il a volé jusqu'à Bumbelwy dont le regard sombre était toujours fixé sur l'Île oubliée. Juste avant de se poser, le papillon a changé d'avis et est revenu sur mon bâton. J'ai observé un moment ses ailes brunes — dont l'une était bien abîmée — s'ouvrir et se refermer lentement. Puis je me suis de nouveau tourné vers Rhia.

— Nous devons la retrouver, ai-je déclaré.

— Qui ?

— Cwen. Elle pourrait peut-être me dire ce que ces tas de pierres ne diront pas.

Rhia a fait une grimace dégoûtée, comme si elle venait d'avaler une poignée de baies aigres.

— Alors, nous sommes perdus. Nous n'avons aucun moyen de la retrouver, même si elle a survécu à sa blessure. D'ailleurs, si nous la retrouvions, nous ne pourrions pas lui faire confiance... C'est une traîtresse, a-t-elle craché avec mépris.

En dessous de nous, une énorme vague s'est écrasée contre la falaise, déclenchant les cris des risses et des sternes.

— Je dois quand même essayer ! ai-je insisté. Quelqu'un l'a sûrement vue après son départ. Si les sylvains sont si rares aujourd'hui, l'apparition d'un seul d'entre eux devrait se remarquer.

— Tu ne comprends pas, a-t-elle dit en secouant la tête. Non seulement ils n'aimaient pas rester à la même place, mais ça ne leur plaisait pas non plus de rester dans le même corps.

— Tu ne veux pas dire que...

— Si ! Ils savaient comment changer de forme ! La plupart des arbres changent de couleur en automne, et revêtent de nouveaux atours au printemps... Eux, ils allaient bien plus loin que ça. Ils prenaient la forme d'un ours, d'un aigle ou d'une grenouille. Voilà pourquoi ils sont mentionnés dans le Chant qui concerne le Changement. C'étaient des virtuoses en la matière.

Mes espoirs, déjà fragiles, se sont évanouis entièrement.

— Alors, si elle est vivante, Cwen pourrait ressembler à n'importe quoi.

— Oui, à n'importe quoi.

Bumbelwy, sentant mon désespoir, m'a offert ses services :

— Je peux te chanter une chanson, si tu veux. Quelque chose de léger et joyeux.

Comme je n'avais pas la force de protester, il s'est mis à chanter en balançant son chapeau à grelots en rythme.

La vie est une malédiction sans fin :
Elle pourrait être bien pire !
Mais je suis rempli de joie.
Nul n'est plus joyeux que moi.

Même si la mort n'est pas loin,
Je ne désespère point.
Elle pourrait être bien pire :
La vie est une malédiction sans fin.

Soyez joyeux ! Car il faut le dire
Elle pourrait être bien pire.
Tellement pire que maintenant !
Mais... ne me demandez pas comment.

— Arrêtez ! a crié Rhia. Si vous ressentez vraiment les choses comme ça, vous n'avez qu'à vous jeter du haut de la falaise pour mettre fin à votre malheur.

Bumbelwy a pris sa mine renfrognée.

— Vous n'écoutiez donc pas, tous les deux ? C'est une chanson joyeuse ! Une de mes préférées. J'ai encore raté mon effet, a-t-il soupiré. Comme d'habitude. Attendez, je vais essayer de nouveau.

— Non ! a crié une voix.

Mais ce n'était pas celle de Rhia. Ni la mienne. C'était celle du papillon.

Dans un battement d'ailes affolé, le petit insecte a quitté son perchoir, s'est élevé dans l'air, puis, brusquement, s'est mis à redescendre en tourbillonnant. Juste avant qu'il ne touche l'herbe, on a entendu un grand *crraac* et il a disparu.

À sa place se tenait une silhouette mince, mi-arbre, mi-femme. Ses cheveux, rêches comme de la paille, retombaient sur son visage, encadrant deux yeux sombres en forme de larme. Sa peau ressemblait à de l'écorce. Une tunique brune lui couvrait entièrement le corps, jusqu'à ses pieds larges et noueux comme des racines. Un seul bras dépassait de sa tunique. Sur le plus petit de ses six doigts brillait une bague argentée. La douce odeur de fleur de pommier qui émanait d'elle contrastait étrangement avec l'expression amère de ses traits.

Rhia est restée figée, aussi raide qu'une branche morte.

— Cwen.

— Oui, a murmuré l'apparition, avec un bruissement d'herbe sèche. Je ssssuis Cwen. La même Cwen qui ssss'est occupée de toi lorsssssque tu étais petite, et t'a ssssoignée quand tu étais malade.

— Et qui a essayé de me livrer aux gobelins !

— Cccce n'était pas mon ssssouhait. Ils m'avaient promis de ne pas te faire de mal.

— Tu aurais dû savoir qu'ils mentiraient. Personne ne peut faire confiance à un gobelin. Maintenant, personne n'aura plus jamais confiance en toi.

— Je le ssssais bien, tu ne le vois donc pas ?

Une risse s'est posée sur l'herbe à côté de nous et s'est mise à tirer sur des brins avec son bec. Malgré toute la vigueur qu'elle y mettait, l'herbe ne bougeait pas.

— Regardez, a dit Cwen.

Elle a fait un petit pas vers l'oiseau et, de sa voix la plus douce, lui a demandé :

— Si j'esssssayais de t'aider à conssssstruire ton nid, gentil oiseau, tu me le permettrais ?

La risse a répondu par des cris et des battements d'ailes furieux. Il lui a fallu quelque temps pour se calmer et se remettre au travail. Mais elle continuait à surveiller Cwen du coin de l'œil.

Tristement, celle-ci est retournée vers Rhia.

— Tu vois ? Cccc'est mon châtiment.

— Tu l'as bien mérité.

— Je ssssuis ssssi malheureuse ! Je pensssssais que les choses ne pouvaient pas être pires. Puis, tout à coup, tu es arrivé...

Elle a pointé le doigt sur Bumbelwy.

— Avec ccccette... voix du dessssstin.

Le bouffon a levé la tête, plein d'espoir.

— Vous préférez peut-être les devinettes ? J'en connais une formidable à propos des grelots.

— Non ! a crié Cwen. Ssss'il te plaît, Rhia. Je ssssuis ssssi pleine de remords. Ne peux-tu pas me pardonner ?

Rhia a croisé les bras d'un air décidé.

— Jamais !

J'ai senti un étrange pincement de cœur. Le mot *jamais* sonnait dans mes oreilles comme une lourde porte qu'on claque et qu'on ferme avec un départ. À ma grande surprise, un sentiment de compassion est né en moi. Certes, Cwen avait fait quelque chose de terrible et elle le regrettait.

Mais n'avais-je pas, moi aussi, fait des choses que je regrettais profondément ?

Je me suis approché de Rhia.

— C'est dur, je le sais, lui ai-je dit à voix basse. Mais tu devrais peut-être lui pardonner.

Elle m'a regardé froidement.

— Comment le pourrais-je ?

— Comme ma mère m'a pardonné après ce que je lui ai fait.

Au même instant, les paroles d'Elen à l'heure des adieux me sont revenues en mémoire. *De simple chenille, le papillon peut se changer en une des plus belles créatures de la Terre. Eh bien, l'âme peut faire de même.* Je me suis mordillé la lèvre.

— Cwen a fait quelque chose d'affreux, c'est sûr. Mais elle mérite d'avoir une chance, Rhia.

— Pourquoi ?

— Parce que... elle peut changer. *Tous les êtres vivants peuvent changer, y compris nous.*

Soudain, mon bâton a émis une lumière bleue et le bois a grésillé comme s'il brûlait. Un quart de seconde après, la lumière et le son ont disparu. En faisant tourner le bâton dans ma main, j'ai trouvé une marque bleue — aussi bleue que le ciel au crépuscule — gravée dessus. Elle avait la forme d'un papillon. J'ai su, alors, que l'esprit de Tuatha touchait toujours mon bâton. Et que, sans savoir vraiment comment, j'avais découvert l'âme du Changement.

D'un geste hésitant, Rhia a tendu la main à Cwen. Celle-ci, les yeux brillants, l'a prise dans la sienne. Pendant un moment, elles se sont regardées en silence.

Finalement, Cwen s'est tournée vers moi.

— Comment puis-je te remercccccier ?

— Il me suffit de vous voir réconciliées ainsi.

— Tu es ssssûr que je ne peux rien faire ?

— Non, à moins que tu connaisses le pouvoir de Sauter, ai-je répondu. Maintenant, nous devons nous rendre au Lac de la Face, tout à fait au nord.

— Dix jours de marche, a marmonné Bumbelwy. Non, plutôt douze. Non, quatorze.

Les yeux de Cwen se sont fixés sur moi.

— En cccce qui concerne le Sssssaut, je ne peux pas t'aider, mais pour le Changement, je pourrais t'être utile.

Rhia a retenu son souffle.

— Oh, Cwen, si seulement nous pouvions nager comme des poissons…

— Vous gagneriez plusieurs jours.

J'ai bondi.

— Est-ce possible ?

Un sourire au coin des lèvres, Cwen a pointé son doigt noueux sur Bumbelwy.

— Toi, la voix du dessssstin, tu sssseras le premier.

— Non, a-t-il supplié. Vous n'allez pas faire ça. Ce n'est pas possible.

— *Nageoires et bulles t'accompagneront*, a commencé Cwen, *car, au fond des eaux, tu sssseras un poisssson.*

Tout à coup, Bumbelwy s'est aperçu qu'il avait reculé presque jusqu'au bord de la falaise. Ses larges manches battant dans le vent, il a regardé les vagues en bas, les yeux écarquillés par la peur. Il s'est retourné vers Cwen, et ses yeux se sont encore agrandis.

— S-s'il-vous plaît, a-t-il balbutié. Je *déteste* le p-p-poisson ! Tout v-visqueux, tout m-mouillé ! T-tout…

Crraac.

Un poisson disgracieux, avec d'énormes yeux et un quadruple menton sous sa bouche lippue, a rebondi sur l'herbe avant de plonger par-dessus la falaise. Mais j'avais du mal à rire, car je savais que mon tour allait venir.

～ XVI ～

GRISERIE MARINE

Soudain, il me fut impossible de respirer.

Le vent sifflait à mes oreilles. Je tombais, je tombais sans fin, essayant désespérément d'inspirer un peu d'air. Puis, avec un grand plouf, j'ai heurté l'eau froide. Mes ouïes se sont ouvertes. Des ouïes ! Enfin, je pouvais respirer à nouveau ! Je sentais l'eau filer autour de moi, et aussi passer à travers moi.

Plus de bras, plus de jambes. Mon corps fuselé avait des nageoires, dessus, dessous et sur les deux côtés. L'une d'elles s'enroulait autour d'un minuscule bout de bois — mon bâton, sans doute. Mais qu'étaient devenues ma sacoche, mes bottes et ma tunique ?

Il m'a fallu un moment pour trouver mon équilibre, car lorsque j'essayais de bouger mes nageoires, je basculais sur le flanc. Ma seconde vue a mis encore plus de temps à s'adapter à la pénombre sous-marine. À part la partie supérieure des eaux, peu de lumière descendait. Il n'y avait que des nuances d'ombres.

Après plusieurs minutes d'efforts, néanmoins, j'ai fini par prendre confiance. J'ai dû m'adapter à une nouvelle façon de nager, sans bras et sans jambes, en faisant onduler mon corps tout entier à la manière d'un fouet. Un mouvement auquel participait chaque écaille sur ma peau, depuis les ouïes jusqu'au bout de la queue. Je me suis vite aperçu que je pouvais ainsi avancer dans les vagues à toute allure, vers le haut ou vers le bas, à gauche comme à droite.

Un poisson fin et élancé, moucheté de vert et de brun, est venu vers moi. J'ai tout de suite compris que c'était Rhia, car elle se déplaçait déjà avec autant de grâce que l'onde elle-même. Nous nous sommes salués en agitant nos nageoires. Elle a émis un drôle de petit bruit, comme si elle toussait, et j'ai compris qu'elle riait à la vue de ma nageoire qui enserrait le minuscule bâton.

Au même instant, Bumbelwy, une algue accrochée à la queue, s'est avancé lentement vers nous. Même sans ses grelots, il était facilement reconnaissable. Vu de face, ses mentons lui donnaient l'air d'une anguille affublée d'un jabot. Pour une fois, il était presque drôle, mais à son insu.

Notre première tâche était d'apprendre à rester ensemble. Rhia et moi nagions en tête à tour de rôle, et Bumbelwy toujours derrière. Au bout d'un certain temps, Rhia et moi avons commencé à nager au même rythme. Un sixième sens s'est développé en nous, le même qui lie un banc de poissons entre eux, et après une journée entière de nage, nous nous déplacions presque comme un seul être.

La traversée de vastes forêts d'algues me donnait d'agréables frissons. Sauter dans les vagues était grisant. Je goûtais toutes les sensations, y compris les saveurs des courants. J'étais sensible aussi aux sentiments des êtres que je croisais : à la joie d'une famille de dauphins, aux efforts solitaires d'une tortue en migration ou à la faim d'une jeune anémone de mer. Mais je n'oubliais jamais l'importance de ma quête. Si je prenais plaisir à être une créature marine, je savais que cette expérience n'était qu'un moyen de gagner du temps... et, peut-être, de sauver Elen. En tout cas, je me suis promis que si je survivais à cette quête, si je devenais un jour un véritable enchanteur, et peut-être même le conseiller d'un roi ou d'une reine, je me souviendrais des vertus d'une telle transformation pour mon élève.

Grâce à cette expérience, je découvrais, entre autres, la quantité de nourriture que pouvait fournir la mer : c'était un véritable festin flottant ! Jour après jour, je me gavais d'insectes, d'œufs et de vers. Rhia, de son côté, se révélait experte pour attraper de délicieuses langoustines. Bumbelwy lui-même, à l'exclusion des vers, appréciait les mets délicats des fonds marins.

Tout en nous régalant, nous devions rester sur nos gardes, car nous courions le risque d'être nous-mêmes la proie d'un prédateur. Une fois, alors que je traversais un tunnel de corail jaune, je suis tombé sur un gros poisson très affamé qui m'attendait à la sortie. J'ai eu beau m'enfuir à toute vitesse, il m'aurait sûrement attrapé si un poisson encore plus gros n'avait soudain surgi et fait peur à mon poursuivant. Il m'a semblé, d'ailleurs, que cette créature providentielle — bien qu'à peine entrevue — avait une queue de poisson et un corps d'homme.

Pendant six jours et cinq nuits, nous avons nagé sans nous arrêter en direction du nord. Souvent, la nuit, la pâle lumière de la lune dansait sur les vagues. Mais je n'étais pas sensible à sa beauté. À travers son visage, je voyais celui de ma mère, que j'avais peur de perdre à jamais. Pour la sauver, il me restait moins de trois semaines.

Enfin est arrivé le moment où Rhia a bifurqué vers la côte. Elle nous a emmenés dans un petit delta où, donc, aboutissaient plusieurs cours d'eau. Je devinais, à travers les saveurs salées du vaste océan, la pureté de la neige fondue, l'espièglerie des loutres et la patience inébranlable d'un bosquet de vieux épicéas. Nous avons remonté le courant le plus loin possible. Puis, en me concentrant, j'ai répété l'ordre que j'avais appris de Cwen.

Tout à coup, je me suis trouvé debout dans une cascade, avec de l'eau jusqu'aux genoux, mon bâton dans une main et le bras de Rhia dans l'autre. Juste un peu plus bas, Bumbelwy s'est jeté sur le bord marécageux, toussant et crachant. Il semblait avoir oublié que les gens ne respirent pas bien la tête sous l'eau.

Pendant qu'il reprenait ses esprits, nous nous sommes ébroués et mis au sec. D'après Rhia, ce ruisseau descendait du Lac de la Face. Sans trop tarder, nous avons commencé à escalader la rive caillouteuse. Une forêt inextricable d'aulnes et de bouleaux rendait notre marche difficile. Chaque fois que Bumbelwy s'empêtrait dans des branches, ses grelots tintaient.

Je me suis arrêté, une fois, pour reprendre mon souffle, et j'ai cueilli un champignon à tête chevelue.

— Aussi bizarre que ça puisse sonner, ces petits vers blancs vont me manquer.

Rhia s'est essuyé le front et m'a souri. Elle en a ramassé un à son tour.

— Tu en trouveras peut-être d'autres au Lac de la Face.

— D'où vient le nom de ce lac, tu le sais ?

Elle a réfléchi en mâchant.

— Certains prétendent qu'on l'a nommé ainsi à cause de sa forme, qui ressemble un peu à un visage humain. D'autres disent que c'est à cause du pouvoir de l'eau.

— Quel pouvoir ?

— Si tu te regardes dedans, d'après la légende, tu devras faire face à une vérité importante sur ta vie. Même si c'en est une que tu préférerais ignorer.

LIER

Nous avons continué à grimper à bonne allure le long du cours d'eau, malgré les racines qui nous faisaient trébucher et les épines qui déchiraient nos vêtements. Après plusieurs heures de marche, les jambes couvertes d'égratignures, nous avons débouché sur une jolie vallée entourée de hautes collines boisées. L'odeur piquante des pins flottait au-dessus de nous. Au milieu des arbres, des affleurements de quartz blanc brillaient sous le soleil de fin d'après-midi.

Mais la vallée était étrangement silencieuse. J'avais beau tendre l'oreille, je n'entendais ni chants d'oiseaux, ni cris d'écureuils, ni bourdonnements d'abeilles. Rhia a perçu mon étonnement.

— Les animaux et les oiseaux ne viennent pas dans cette vallée. Personne ne sait pourquoi.

— Alors ils sont plus intelligents que les gens, a fait remarquer Bumbelwy, dont les grelots dégouttaient encore.

Le lac était au centre de la vallée, sombre et immobile. J'ai regardé Rhia descendre jusqu'à la rive. Vu de l'endroit où j'étais, il avait la forme d'un profil d'homme à la mâchoire puissante et arrogante... comme celle de mon père.

Cela m'a contrarié de penser à mon père. Je lui en voulais de n'avoir pas été assez fort pour résister à Rhita Gawr et pour secourir Elen, sa femme, lorsqu'elle avait eu besoin de lui.

Un cri perçant a interrompu mes pensées.

Rhia regardait fixement l'eau sombre. Elle avait les deux mains devant elle, comme pour se protéger, et le dos cambré sous l'effet de la peur. Pourtant, elle ne bougeait pas. Elle avait l'air pétrifiée.

J'ai couru vers elle. Bumbelwy m'a suivi, trébuchant d'abord sur sa cape déchirée puis sur des sortes de tiges qui poussaient au ras du sol. Juste au moment où je la rejoignais, elle s'est retournée. Son teint, habituellement coloré, était d'une pâleur mortelle. Elle a semblé prendre peur en me voyant. Elle s'est mise à trembler et a dû s'appuyer sur mon bras. Je devais m'arc-bouter pour supporter son poids.

— Ça ne va pas ?

— Non, a-t-elle répondu d'une voix faible.

— Tu as vu quelque chose dans le lac ?

Elle a lâché mon bras.

— Ou... oui. Et tu... tu ferais mieux de ne pas regarder.

— Bon, a déclaré Bumbelwy en jetant un regard nerveux vers les eaux sombres. Allons-nous-en.

— Attendez.

Je me suis approché du bord et j'ai vu mon reflet dans l'eau. L'image était si nette que j'ai cru un instant avoir un frère jumeau en face de moi. Qu'y avait-il donc de si effrayant dans un reflet aussi parfait ? Je ne voyais que mes yeux aveugles, noirs comme des morceaux de charbon sous mes sourcils, et mes joues couvertes de cicatrices à cause des flammes dont je sentais presque encore la chaleur. En me caressant les joues, je me suis dit qu'un jour je me laisserais pousser la barbe pour les recouvrir. Une barbe blanche et frisée, comme celle que Tuatha devait porter.

Tout à coup, j'ai sursauté : le garçon dans le lac commençait à avoir une moustache ! D'abord noire, puis grise, puis blanche. En peu de temps, elle s'est allongée, une barbe a envahi tout son visage, et continué à pousser jusqu'aux genoux. Était-ce possible ? Est-ce que le Lac de la Face me disait qu'un jour, comme mon grand-père, je porterais la barbe ? Que je serais, comme lui, un enchanteur ?

L'idée m'a fait sourire. Reprenant de l'assurance, j'ai continué à me mirer dans cette eau noire et immobile. Ce que Rhia avait vu avait manifestement disparu. Je me suis penché un peu plus. Le garçon dans le lac, qui ne portait plus de barbe, s'est lentement détourné de moi. Il a couru vers quelque chose. Non, quelqu'un. Un guerrier musclé, colossal, le front ceint d'un bandeau rouge, a surgi des profondeurs. Quand il s'est approché, je me suis aperçu qu'il n'avait qu'un œil. Un œil énorme et courroucé. Balor !

Avec horreur, j'ai vu l'ogre éviter l'attaque aisément, puis attraper le garçon par le cou et le soulever en l'air. Alors que ses puissantes mains étranglaient sa victime, j'ai senti ma gorge se contracter. Malgré tous mes efforts, je n'arrivais pas à me détourner de cette scène terrifiante. Le garçon se débattait furieusement. Il essayait de ne pas regarder dans l'œil meurtrier de l'ogre, mais le pouvoir de cet œil l'attirait. Finalement, il a succombé. Après un dernier soubresaut, ses jambes sont retombées, inertes, et son corps est resté suspendu sans vie entre les mains du monstre.

Je me suis effondré, haletant. La tête me tournait. J'étouffais. À chaque respiration, je me mettais à tousser sans pouvoir m'arrêter.

Rhia et Bumbelwy se sont approchés de moi. Rhia m'a pris la main, tandis que Bumbelwy me tapotait le front avec compassion. Peu à peu, ma toux s'est calmée. Mais avant qu'aucun de nous

LIER

n'ait pu parler, quelqu'un, de l'autre côté du lac, nous a interpellés d'un ton joyeux.

— Alors, a lancé une voix rauque, vous trouvez les prophéties du lac difficiles à, si je puis dire, avaler ? Ou bien, a-t-elle ajouté en riant, vous sentez-vous juste, si je puis dire, émus ?

Reprenant mes esprits, j'ai parcouru le lac du regard. Près de ce qui ressemblait au nez du lac, j'ai aperçu une immense loutre poilue, de couleur argentée, à part son visage qui était blanc. Elle flottait nonchalamment sur le dos, troublant à peine la surface de l'eau.

J'ai pointé l'animal.

— Là, une loutre.

Rhia n'en croyait pas ses yeux.

— Je pensais que personne ne vivait ici.

— Je vis où je loutre bien.

La loutre a fait jaillir un jet d'eau entre ses deux dents.

— Vous venez nager avec moi ? a-t-elle proposé gaiement.

— Pas question, a déclaré Bumbelwy, en agitant ses longues manches comme des nageoires, ses grelots envoyant ainsi des gouttes d'eau dans son visage. J'ai assez nagé pour tout le reste de ma vie.

La loutre s'est approchée de nous tranquillement en se tapotant le ventre de ses deux pattes avant.

— Alors, peut-être puis-je vous chanter une de mes chansons sur l'eau ? J'ai une voix, si je puis dire, *fluide*.

Son rire rauque a de nouveau résonné sur le lac.

Je me suis relevé en m'aidant de mon bâton.

— Non, merci. Le seul Chant qui nous intéresse n'a pas de rapport avec l'eau. À propos, vous ne savez rien, par hasard, sur la magie des Liens ?

Rhia m'a fait les gros yeux.

— Voyons, Merlin ! Tu ne la connais pas, cette loutre ! Elle pourrait…

— Je suis une experte sur le sujet, a-t-elle dit. C'est mon passe-temps favori. Enfin, en dehors du plaisir de flotter sur le dos et de regarder les nuages.

— Tu vois ? ai-je soufflé à Rhia. Elle pourrait nous être utile. Et je ne vois personne d'autre par ici qui puisse nous aider.

— Je ne lui fais pas confiance.

— Pourquoi ?

— Je ne sais pas… c'est juste une impression. Une intuition, en fait.

— Au diable tes intuitions ! Le temps presse !

J'ai scruté la rive en quête d'une autre créature susceptible de nous aider. Il n'y en avait pas.

— Pourquoi nous mentirait-elle ? Nous n'avons aucune raison de nous en méfier.

— Mais...

— Quoi encore ? ai-je grogné.

— C'est... oh, et puis, en voilà assez, Merlin ! Je ne peux pas l'expliquer.

— Dans ce cas, je suis mon idée, pas tes impressions. Moi, je pense qu'une créature vivant seule dans ce lac doit avoir des connaissances particulières. Peut-être même des pouvoirs particuliers.

Je me suis tourné vers la loutre qui s'était encore rapprochée.

— Je dois trouver l'âme essentielle de l'art de Lier. Veux-tu m'aider, amie loutre ?

Elle a penché la tête, puis lancé un jet d'eau dans ma direction.

— Pourquoi t'aiderais-je ?

— Parce que je te le demande, c'est tout.

Elle a fait des bulles dans l'eau.

— Oooh, ça me chatouille les oreilles...

Elle a fait d'autres bulles.

— Tu dois me donner, si je puis dire, de meilleures raisons que cela.

— Parce que la vie de ma mère est en jeu ! ai-je répondu, agacé, en plantant mon bâton dans le sol.

— Mmm, a fait la loutre. Ta mère ? Autrefois, j'avais une mère, moi aussi. Elle nageait affreusement lentement. Bon, je peux peut-être t'aider. Mais juste pour l'essentiel.

— Je n'en demande pas plus, ai-je dit, le cœur battant.

— Alors arrache quelques tiges à tes pieds, a repris la loutre en s'approchant encore du bord.

— Des tiges?

— Bien sûr, a répondu la loutre, en décrivant lentement un cercle dans l'eau. Pour apprendre à tisser des liens, tu dois lier quelque chose. Allez, dépêche-toi! Je n'ai pas que ça à faire. Demande à tes charmants compagnons de t'aider.

Rhia fronçait toujours les sourcils, tout comme Bumbelwy, évidemment.

— Voulez-vous bien m'aider?

À contrecœur, ils ont accepté. Les tiges, bien que souples, étaient épaisses, lourdes, couvertes de petites épines et difficiles à attraper. Nous avons eu beaucoup de mal à les arracher, et encore plus à les démêler.

Enfin, plusieurs longues tiges, trois ou quatre fois plus grandes que moi, étaient posées à mes pieds. Bumbelwy s'est assis, épuisé, le dos au lac. Rhia, à côté de moi, considérait la loutre avec méfiance.

En me redressant, j'ai senti une douleur entre les omoplates. J'avais dû me froisser un muscle à force de tirer sur ces plantes.

— Voilà qui est fait, ai-je annoncé. Et maintenant?

La loutre nageait toujours en rond.

— Maintenant, attaches-en une autour de tes jambes et en serrant, si je puis dire, le plus possible.

— Merlin! a dit Rhia, inquiète, la main posée sur l'amulette d'Elen.

Ignorant son avertissement, je me suis assis et j'ai enroulé une des tiges autour de mes chevilles, de mes mollets et de mes cuisses. Malgré les épines, j'ai réussi à l'attacher avec un triple nœud.

— Bien, a soupiré la loutre en bâillant. À présent, fais la même chose avec tes bras.

— Mes bras?

— Tu veux apprendre comment on lie, oui ou non?

Je me suis tourné vers Rhia.

— Tu m'aides?

— Non.

— S'il te plaît! Nous perdons un temps précieux.

Elle a haussé les épaules.

— Bon, d'accord. Mais ça ne me plaît pas.

La loutre a émis un soupir de satisfaction en regardant Rhia me lier les mains, puis les attacher sur ma poitrine.

— C'est presque fini, a-t-elle dit.

— J'espère bien ! ai-je lancé. Ces épines me meurtrissent la chair.

— Allez, encore une. Tu verras, tu seras, content.

La loutre a mis une patte dans l'eau et aspergé Bumbelwy.

— À toi, maintenant, paresseux ! Enroules-en une autour de son corps. Arrange-toi pour couvrir tous les endroits encore visibles, y compris sa tête. C'est un enchantement délicat. Tout doit être fait parfaitement dans les règles.

Bumbelwy m'a interrogé du regard.

— J'y vais ?

— Allez-y, ai-je répondu en serrant les dents.

La mine sombre, Bumbelwy m'a enveloppé comme un cocon. À la fin, seules ma bouche et une partie d'une oreille restaient visibles. J'étais allongé par terre, incapable de bouger, prêt, enfin, à apprendre ce qu'était l'âme du Lien.

Les mâchoires serrées, j'ai demandé :

— Et maintenant ?

La loutre a émis un petit rire.

— Maintenant que te voilà captif, je vais te donner, si je puis dire, les renseignements que tu m'as demandés.

— Vite, s'il te plaît.

Une tige s'enfonçait dans ma hanche. J'ai essayé de rouler sur l'autre côté, mais j'étais totalement immobilisé.

La loutre a craché de l'eau en l'air, comme une fontaine.

— La première règle, comme pour tout, est, si je puis dire, de ne jamais se fier à un filou.

— Quoi?

La loutre se tordait de rire en se tenant le ventre.

— Et c'est d'ailleurs pour ça qu'on m'appelle le Filou du Lac.

Là-dessus, elle est partie vers la rive opposée.

— J'espère que je ne vous ai pas, si je puis dire, *retenus* trop longtemps, a-t-elle lancé en s'éloignant.

J'en ai hurlé de rage. Mais que pouvais-je faire d'autre? Il a fallu deux fois plus de temps pour me détacher que pour m'attacher — et ce n'est pas peu dire. Quand j'ai pu enfin me relever, le soleil avait presque disparu derrière les collines.

— J'ai perdu toute une journée, ai-je gémi en faisant des va-et-vient. Toute une journée! Comment ai-je pu faire confiance à cette loutre?

En plus, j'avais des éraflures partout, sur les mains, la hanche et le front.

Rhia ne disait rien, mais n'en pensait pas moins.

Je lui ai fait face.

— Tu n'aurais jamais dû venir avec moi ! Tu aurais mieux fait de rester à Arbassa. Au moins, tu serais en sécurité.

Elle m'a fixé de ses yeux gris-bleu.

— Je ne veux pas être en sécurité. Je veux être avec toi.

J'ai écrasé une tige.

— Je me demande bien pourquoi.

— Parce que… j'en ai envie. Malgré ce que m'a appris le lac, a-t-elle ajouté en fixant tristement les eaux sombres.

— Qu'est-ce qu'il t'a appris ?

Elle a poussé un gros soupir.

— Je n'ai pas envie d'en parler, a-t-elle répondu.

J'ai repensé à l'œil de Balor qui m'était apparu dans l'eau, et j'ai fini par lâcher :

— Bon, d'accord. Mais je ne vois toujours pas pourquoi tu veux rester.

Quelque chose dans le ciel a attiré son attention, et j'ai suivi son regard. Deux formes évoluaient à l'horizon. Je les voyais à peine, mais j'ai tout de suite compris ce que c'était : un couple de faucons, volant à l'unisson, en parfaite harmonie, comme Rhia et moi avions nagé dans l'eau.

— Ils sont beaux, n'est-ce pas ? a dit Rhia. Ils sont comme les faucons de la Druma. Non seulement ils volent ensemble, mais ils construisent un nid ensemble, un nid qu'ils partageront toute leur vie.

J'ai tout de suite compris. Ce qui liait les faucons l'un à l'autre, et ce qui me liait à Rhia, n'avait rien à voir avec les tiges, les cordes ni les chaînes d'aucune sorte. Je me suis retourné vers elle.

— Après tout, Rhia, il existe sans doute des liens invisibles… et peut-être que… *les liens les plus forts sont ceux du cœur.*

Tout à coup, une flamme bleue a jailli de mon bâton. Quand la flamme a disparu, j'ai découvert une nouvelle marque sur le bois, près du papillon. C'était un couple de faucons, unis dans un même vol.

∽ XVIII ∽
La Lumilule

La flamme bleue de mon bâton s'était à peine éteinte que je pensais déjà au troisième Chant, celui de la Protection. J'ai contemplé la vallée boisée qui nous entourait. Pour commencer, il faudrait franchir de hautes collines et des bois épais. Mais ce ne serait que le début. Car le troisième Chant nécessitait un autre long voyage. Savoir Protéger est la troisième, / À l'exemple des nains dans leurs galeries profondes.

Nous devions nous rendre au pays des nains ! On allait rarement dans leur royaume, avait expliqué Rhia, et presque jamais par choix. Car les nains, pacifiques à l'égard de leurs voisins, ne laissaient pas entrer chez eux n'importe qui. Tout ce qu'on savait de leur royaume souterrain, c'était que les entrées se situaient quelque part près de la source de la Rivière Perpétuelle, sur le plateau au nord des Collines embrumées. Pour atteindre notre destination, cette fois, nous n'avions pas le choix : nous devions marcher.

Même en voyageant toute la journée d'un bon pas et encore longtemps après le coucher du soleil, il nous a fallu presque une semaine pour traverser les collines. Nous nous nourrissions essentiellement de pommes sauvages, de noix de cajou, d'une tige sucrée découverte par Rhia et, de temps à autre, d'un œuf ou deux pris dans le nid d'une grouse peu vigilante. Nous n'avons plus rencontré de pierres vivantes, mais d'autres difficultés nous ont ralentis. Des tourbillons de vapeurs nous enveloppaient constamment et nous bouchaient la vue, y compris sur les hauteurs. Pendant la traversée d'un marécage, Rhia a perdu une chaussure dans des sables mouvants. Nous avons passé une grande partie de l'après-midi à chercher un sorbier pour qu'elle puisse en fabriquer une nouvelle avec l'écorce tannée de cet arbre. Deux jours plus tard, nous avons franchi un col enneigé, après avoir marché toute la nuit de pleine lune.

Enfin, trempés et épuisés, nous sommes arrivés sur les hauts plateaux où le fleuve prend sa source. Une multitude de fleurs jaunes étoilées tapissait le sol, et leur parfum embaumait l'air. Un peu plus tard, nous avons atteint la Rivière Perpétuelle. Nous avons suivi son cours tortueux vers le nord, à travers une succession d'alpages verdoyants.

Rhia s'est arrêtée en bordure d'une prairie où paissait un couple de licornes couleur crème, pour me montrer, au loin, des montagnes enneigées.

— Regarde, Merlin. Derrière ces sommets se cache Varigal, la cité des géants. J'ai toujours eu envie de la voir, même maintenant, bien qu'elle soit en ruine. Arbassa dit que c'est là que se trouvent les traces de la première civilisation de Fincayra.

— Dommage, ce sont des nains et non des géants que nous voulons voir. Les géants devront attendre le cinquième Chant, celui qui parle de Varigal. Si nous y arrivons.

Le soleil était couché depuis un moment quand un disque lumineux a émergé des nuages. La lune décroissait, et il lui manquait déjà un bon morceau. J'ai accéléré l'allure. Plus de la moitié de mon temps était écoulé et je n'avais éclairci que deux des mystérieux Chants. Comment pourrais-je jamais dénouer les cinq restants, passer dans l'Autre Monde, me procurer l'Élixir et retourner auprès d'Elen, tout cela en moins de deux semaines ? Même un véritable enchanteur échouerait.

À la lueur de la lune, nous avons escaladé tant bien que mal une nouvelle côte, en nous accrochant aux racines et aux buissons pour ne pas dégringoler. La Rivière Perpétuelle, qui n'était alors qu'un torrent avec ses chutes et ses plans d'eau, scintillait à nos côtés dans la lumière argentée. Enfin, nous sommes arrivés en haut. Devant nous s'étendait une immense prairie, partagée en deux par le ruban brillant de la rivière.

Bumbelwy s'est affalé près du cours d'eau.

— Je n'en peux plus. J'ai besoin de repos. Et aussi de nourriture. Un bouffon a besoin de forces.

À bout de souffle, je me suis appuyé sur mon bâton.

— C'est votre public qui a besoin de forces.

— Ah, oui. Ça, c'est vrai, c'est bien vrai, a-t-il répondu en s'essuyant le front. En plus, je meurs de chaud avec cette cape! Elle me fait transpirer même après le coucher du soleil. Pendant ces chaudes journées que nous avons eues, c'était un vrai supplice.

J'ai secoué la tête, perplexe.

— Alors, pourquoi ne pas l'abandonner?

— Parce que, sans elle, je risquerais de geler. Il pourrait neiger d'un moment à l'autre, dans une heure, une minute, une seconde!

Rhia et moi avons échangé des regards amusés. Puis Rhia s'est penchée pour sentir les fleurs étoilées. Elle en a cueilli une grosse poignée qu'elle m'a donnée en souriant.

— Goûte-les. La fleur astrale est la nourriture du marcheur. Il paraît que des voyageurs égarés n'ont vécu que de ça pendant des semaines.

J'ai mordu dedans. Les fleurs avaient un bon goût de miel, mais assez fort, presque comme s'il avait été brûlé.

— Mmm. Tu sais qui serait content ? Notre vieil ami Shim.

— Oui. Ou, comme il dirait, *certainement*, *tout à fait*, *absolument*...

Rhia a tendu les fleurs à Bumbelwy, qui était maintenant allongé sur le dos.

— Shim adore le miel autant que moi ! Même avant de devenir un géant, il en mangeait des quantités énormes. Je me demande si nous le reverrons un jour, a-t-elle ajouté en soupirant.

Agenouillé au bord de la rivière, j'ai pris de l'eau dans le creux de mes mains pour me rafraîchir. Alors que j'approchais l'eau de mon visage, j'y ai vu soudain le reflet tremblant de la lune. J'ai sursauté, mouillant ainsi ma tunique.

— Tu as vu quelque chose ? m'a demandé Rhia, inquiète.

— Juste le rappel de tous les dégâts que j'ai causés.

Elle m'a observé un moment. Puis, d'une voix si douce que je l'entendais à peine par-dessus le bruit du courant, elle a dit :

— Il reste que tu as quand même une âme d'enchanteur.

D'un geste rageur, j'ai donné une grande tape sur l'eau, qui nous a éclaboussés tous les deux.

— Je préférerais de loin avoir simplement une âme de garçon ! Quand j'utilise ces... désirs, ces pouvoirs, cette sorcellerie, je déclenche toujours des catastrophes. À cause de moi, ma mère est sur le point de mourir. À cause de moi, les Collines obscures sont à l'abandon, à la merci de Rhita Gawr et de ses gobelins. Et à cause de moi, mes propres yeux sont aveugles, hors d'usage !

Bumbelwy s'est redressé sur un coude, dans un tintement de grelots.

— Quel désespoir, mon garçon ! Puis-je t'offrir mon aide ? Tiens, j'ai une devinette...

— Non ! me suis-je écrié. Surtout pas !

Je me suis tourné vers Rhia.

— Domnu est peut-être une vieille sorcière et une voleuse, mais elle avait raison. Je suis probablement la pire catastrophe qu'ait jamais connue Fincayra.

Rhia n'a rien répondu. Elle s'est penchée pour boire dans le courant, puis elle a relevé la tête et s'est essuyé le menton.

— Non, a-t-elle enfin déclaré. Je ne le crois pas. Je ne sais pas comment l'expliquer. C'est plutôt... comme pour les baies... Une intuition.

Tu as pu faire sonner la Harpe, du moins pendant quelque temps. Et le coquillage parlant a fait ce que tu demandais.

— J'ai juste trouvé le bon coquillage, c'est tout. Ensuite, il s'est servi de son propre pouvoir pour faire venir ma mère ici.

— Même si tu as raison, tu oublies Tuatha. Il ne t'aurait pas permis de lire les Sept Chants si tu n'avais aucune chance de les maîtriser et d'aller dans l'Autre Monde.

J'ai laissé retomber ma tête.

— Tuatha était un grand enchanteur, un vrai. Il m'a dit, en effet, qu'un jour je pourrais en devenir un, moi aussi. Mais même les enchanteurs commettent des erreurs. Non, c'est seulement au moment de ma mort que j'irai dans l'Autre Monde. Et d'ici là, ma mère sera morte elle aussi.

Rhia a enroulé son doigt encore mouillé autour du mien.

— Il reste la prophétie, Merlin. D'après elle, seul un enfant de sang humain peut vaincre Rhita Gawr et ceux qui le servent.

J'ai regardé la vaste prairie qui s'étalait de l'autre côté du fleuve. L'herbe luisait à certains endroits sous les rayons de la lune, mais la plus grande partie était enveloppée d'ombres. Quelque part, là-bas, se trouvait le royaume des nains. Et, plus loin, le Puits de l'Autre Monde, l'entrée secrète du pays des esprits gardé par l'ogre Balor.

J'ai retiré ma main.

— Cette prophétie, Rhia, ne vaut pas plus que la personne à laquelle elle se réfère. Et puis, je veux seulement sauver ma mère, pas me battre avec les guerriers de Rhita Gawr. Même ça, je doute de pouvoir le faire...

J'ai attrapé un galet et je l'ai lancé dans le cours d'eau argenté.

— Ah, misère ! s'est lamenté Bumbelwy, le visage aussi sombre que la prairie. Vous voyez enfin ce qu'il y a de sage dans ce que je m'évertue à vous répéter.

Ces mots m'ont hérissé.

— Je ne vois pas une once de sagesse dans tout ce que vous racontez.

— Ne le prends pas mal, s'il te plaît. Je veux simplement te faire remarquer qu'il te reste une seule chose à faire : abandonner.

Rouge de colère, j'ai saisi mon bâton et je me suis levé.

— Ça, misérable bouffon, c'est la seule chose que je ne ferai pas ! Même si je suis certain d'échouer dans ma quête, je ne renoncerai pas par lâcheté. Ma mère mérite mieux que cela.

J'ai jeté un regard sur la prairie éclairée par la lune qui s'étendait devant nous et j'ai dit à Rhia :

— Viens si tu veux. Le royaume des nains ne doit pas être très loin d'ici.

— Oui, a-t-elle répondu après une longue inspiration. Mais ce serait de la folie d'essayer de le trouver maintenant. Nous avons besoin de quelques heures de repos. Et cette prairie, Merlin, est pleine de dangers. Je le sens. En plus, les tunnels des nains sont sûrement cachés, par la terre si ce n'est par la magie. Ils seront difficiles à trouver, même de jour.

— Abandonnez, a insisté Bumbelwy qui cueillait d'autres fleurs astrales.

— Jamais ! ai-je grogné.

Là-dessus, pivotant sur mon bâton, j'ai tourné les talons.

— Merlin ! Ne pars pas ! s'est écriée Rhia en tendant les bras vers moi. Ne fais pas attention à lui. Attends le jour. Tu pourrais te perdre.

J'aurais craché du feu, si je l'avais pu.

— Attends le jour si tu veux ! Moi, je peux me débrouiller tout seul.

Et je suis parti d'un pas décidé au milieu des hautes herbes qui fouettaient ma tunique. La lune zébrait la prairie de griffures lumineuses, mais la plus grande partie restait dans l'obscurité.

Puis, plus loin, ma seconde vue a détecté une plaque plus sombre que le reste. Comme il n'y avait ni rocher ni arbre susceptibles de faire de l'ombre, j'ai pensé que c'était peut-être un tunnel, ou du moins un trou. Pas assez fou pour marcher dedans, j'ai tourné à gauche.

Brusquement, la terre a cédé sous mes pieds. Je n'ai même pas eu le temps de crier que, déjà, je plongeais dans le noir.

Quand je me suis réveillé, j'étais recroquevillé en boule sous une lourde couverture qui sentait la fumée. Quelqu'un me portait sur son dos en grognant. Qui et où ? Je l'ignorais. J'avais les bras et les jambes liés avec de grosses cordes, et un morceau de tissu était enfoncé dans ma bouche. En dehors des grognements en dessous de moi, je n'entendais pas d'autres bruits que les battements de mon cœur. Ballotté comme un sac de grain, je me sentais de plus en plus hébété et contusionné. Mon supplice n'en finissait pas.

Enfin, les secousses ont cessé. On m'a traîné sur un sol de pierre lisse, et je suis resté là, face contre terre. La tête me tournait. On m'a retiré la couverture. Avec beaucoup d'efforts, j'ai réussi à rouler sur le dos.

Une assemblée de nains, aucun n'arrivant plus haut que ma ceinture, me fixaient avec des yeux aussi rouges que des flammes. La plupart avaient des barbes hirsutes, et tous portaient à la ceinture des poignards ornés de pierreries. Debout sous une rangée de torches grésillantes, les pieds fermement plantés sur le sol, leurs bras musclés croisés sur la poitrine, ils avaient l'air aussi inébranlables que les murs. L'un d'eux, dont la barbe était parsemée de poils gris, se dressait avec raideur. J'en ai déduit que c'était l'un des nains qui m'avaient amené.

— Coupez ses liens, a ordonné une voix cassante.

Aussitôt, des mains puissantes m'ont retourné, ont coupé les cordes, et on m'a retiré le tissu de la bouche. J'ai remué mes bras engourdis, ma langue desséchée, et j'ai réussi à m'asseoir.

Apercevant mon bâton à côté de moi, j'ai tendu le bras pour l'attraper, mais un nain a levé le pied et m'a écrasé le poignet. Mon cri a résonné entre les murs de pierre.

— Doucement!

C'était la même voix cassante. Mais, cette fois, j'ai vu d'où elle venait : d'une naine trapue assise sur un trône de jade, incrusté de pierres précieuses et posé sur une saillie au-dessus du sol. Elle avait une tignasse rousse, le teint pâle et des boucles d'oreilles faites de coquillages blancs qui cliquetaient quand elle bougeait. Son nez était presque aussi gros que celui de Shim avant qu'il ne devienne un géant. Elle portait une robe noire ornée de runes et de formes géométriques brodées en fil doré, plus un chapeau pointu assorti. Dans une main, elle tenait un bâton, presque aussi grand que le mien.

Je m'apprêtais à me redresser, lorsque la naine m'a arrêté d'un geste.

— N'essaie pas de te lever ! Tu ne dois pas te mettre à ma hauteur. Et n'essaie pas non plus d'attraper ton bâton.

Elle s'est penchée vers moi, faisant cliqueter ses boucles d'oreilles.

— Un bâton, c'est dangereux, tu sais. Même entre les mains d'un enchanteur parvenu comme toi, Merlin.

— Comment connaissez-vous mon nom ? ai-je demandé, sidéré.

Elle s'est gratté le nez.

— Personne ne connaît ton nom véritable. Même pas toi, c'est clair.

— Mais vous m'avez appelé Merlin.

— Oui, a-t-elle dit avec un rire sonore, qui a semblé raviver les flammes des torches dans la grotte. Et tu peux m'appeler Urnalda. Mais aucun des deux noms n'est un nom véritable.

Stupéfait, j'ai insisté :

— Mais comment avez-vous su que vous pouviez m'appeler Merlin ?

— Ah, voilà une meilleure question. Les coquillages me l'ont dit, a-t-elle répondu en touchant du doigt une de ses boucles d'oreilles. Tout comme le coquillage t'a dit des choses. Mais tu es si têtu que tu ne les as pas toutes entendues…

J'ai changé de position, mal à l'aise.

— En outre, tu es entré sans autorisation, a-t-elle ajouté en agitant les bras. Et je déteste cela.

À ces mots, plusieurs nains ont sorti leur poignard. L'un d'eux, avec une cicatrice sur le front, s'est mis à rire bruyamment. Le son s'est répercuté partout dans la salle souterraine. Urnalda m'a observé un long moment en caressant son bâton.

— Néanmoins, je pourrais peut-être décider de t'aider.

— C'est vrai ?

J'ai jeté un coup d'œil sur les nains qui grognaient, déçus. Alors, me rappelant mon expérience avec la loutre, je me suis méfié.

— Pourquoi m'aideriez-vous ?

— Parce qu'un jour, si tu réussis, tu porteras un chapeau comme le mien.

Que voulait-elle dire ? J'ai regardé son chapeau plus attentivement. Sa pointe était penchée d'un côté. Plus bas, des dizaines de petits trous laissaient dépasser des cheveux. Mais à part la broderie d'argent, qui aurait pu être plus jolie si elle avait représenté des étoiles et des planètes plutôt que des runes, je n'avais jamais vu un chapeau aussi ridicule. Pourquoi aurais-je envie de posséder un pareil couvre-chef ?

La naine a plissé les yeux, comme si elle lisait dans mes pensées. D'une voix plus grave, elle a déclaré :

— C'est un chapeau d'enchanteur.

J'ai tressailli.

— Je ne voulais pas vous insulter.

— Tu mens.

— Bon, d'accord, désolé de vous avoir insultée.

— Tu dis vrai.

— Est-ce que vous m'aiderez ?

Urnalda a tapoté son bâton d'un air songeur avant de répondre enfin par un seul mot :

— Oui.

Un nain à la barbe noire, debout près du trône, s'est mis à maugréer. Aussitôt, elle s'est tournée vers lui, la main levée, prête à le frapper. Il s'est tu, pétrifié. Lentement, elle a laissé retomber son bras. Au même instant, le nain a perdu sa barbe. Il a poussé un cri perçant et, de honte, il a caché ses joues nues avec ses mains, tandis que ses compagnons s'esclaffaient en montrant la barbe par terre.

— Silence ! a lancé Urnalda, frémissante de colère, ce qui fit trembler ses boucles d'oreille et le trône. Ceci t'apprendra à contester mes décisions.

Puis elle s'est de nouveau adressée à moi.

— Je t'aiderai, car, contre toute attente, tu es encore capable de survivre. Peut-être même de devenir un enchanteur. Et si je t'aide maintenant, a-t-elle ajouté en plissant les yeux, tu pourras m'aider à ton tour, plus tard.

— Je le ferai. Je vous le promets.

Les torches ont grésillé, et leurs flammes vacillantes ont donné l'impression que les murs eux-mêmes vibraient. Urnalda s'est penchée en avant, ce qui a fait grandir son ombre derrière elle.

— Une promesse est une chose sérieuse.

— Je sais. Si vous m'aidez à trouver l'âme du troisième Chant, je ne l'oublierai pas.

Urnalda a claqué des doigts.

— Apportez-moi une lumilule et une pierre à découper, avec un marteau et un burin.

Toujours sur mes gardes, je lui ai demandé :

— Qu'est-ce que c'est, une lumilule ?

— Ne bouge pas.

Le silence a rempli la grotte. Pendant plusieurs minutes, plus personne n'a bougé. Seules les torches continuaient de grésiller. Puis j'ai entendu un bruit de bottes. Deux nains se sont approchés du trône, dont l'un était courbé sous une énorme pierre noire qui devait peser deux fois plus lourd que lui. Sur un signe d'Urnalda, il a baissé les épaules et laissé tomber son fardeau.

Le deuxième nain portait un marteau et un burin dans une main, et un petit objet brillant dans l'autre. On aurait dit une coupe de cristal renversée. Dessous dansait une lumière vacillante. Sur un hochement de tête d'Urnalda, il a déposé les outils près de la pierre. Puis il a posé délicatement la coupe sur le sol, en prenant soin de retirer sa main rapidement comme si quelque chose à l'intérieur risquait de s'en échapper.

Urnalda a pouffé de rire et les flammes des torches ont brillé plus fort.

— À l'intérieur de cette cage de cristal, il y a une lumilule, une des créatures les plus rares de Fincayra.

Elle m'a regardé avec un sourire au coin des lèvres qui ne m'a pas plu.

— Le troisième Chant concerne la Protection, n'est-ce pas ? Pour apprendre ce que tu dois savoir, tu dois trouver le meilleur moyen possible de protéger la lumilule.

J'ai jeté un regard inquiet sur le marteau et le burin.

— Vous voulez dire que je dois tailler une cage... dans cette grosse pierre ?

Urnalda s'est gratté le nez d'un air songeur.

— Si c'est le meilleur moyen de protéger la fragile créature, alors tu dois le faire.

— Mais cela va prendre des jours, ou même des semaines !

— Les nains ont passé de nombreuses années à creuser les tunnels et les cavernes de notre royaume.

— Mais je n'ai pas beaucoup de temps.

— Silence.

Elle m'a montré le trou dans le plafond, d'où sortait une lumière tamisée.

— Ce tunnel, comme celui où tu es tombé, nous fournit de l'air et de la lumière. Il y en a des centaines, tous aussi lisses que le sol sur lequel tu es assis. Et, en surface, ils sont cachés par un enchantement. Voilà pourquoi les nains sont si bien protégés. Voilà pourquoi tu es venu ici apprendre l'âme du troisième Chant.

— Vous êtes sûre qu'il n'y a pas d'autre moyen ? ai-je protesté.

Les boucles d'oreilles se sont balancées d'un côté à l'autre.

— Il n'y a pas d'autre manière d'apprendre cette leçon. Tu as pour mission de protéger cette petite créature. Maintenant, commence.

Urnalda a quitté la pièce dans un cliquetis de coquillages, suivie de son entourage. J'ai regardé les torches sur les murs, et les ombres projetées par le trône qui grandissaient, rétrécissaient et grandissaient de nouveau. Ce trône, comme les murs, avait été taillé dans la pierre. Cette même pierre que les nains, au cours des siècles, avaient travaillée pour en faire un royaume.

Et maintenant, c'était mon tour.

∽ XIX ∽

PROTÉGER

Le marteau et le burin luisaient à la lueur des torches. J'ai empoigné les outils et je me suis approché de la pierre noire. Elle m'arrivait presque à la taille. J'ai levé le marteau et frappé un premier coup. Ma main, mon bras, ma poitrine en ont été secoués. Le bruit du marteau résonnait encore quand j'ai frappé un deuxième coup, puis un troisième.

Pendant que je travaillais, le temps passait, mais sans ses rythmes habituels. Car dans la salle du trône souterraine d'Urnalda, je n'avais qu'un point de repère pour savoir si c'était le jour ou la nuit : la bouche d'aération au plafond. La nuit, avec le clair de lune, je voyais au-dessus de ma tête un rond de lumière argentée et, le jour, un rond de lumière dorée.

Mais qu'il fasse jour ou nuit, pour moi, c'était pareil : les torches, au mur, grésillaient à longueur de temps, et je donnais des coups de marteau sans interruption : sur le manche du burin, sur la pierre noire directement et, de temps à autre, sur mon pauvre pouce enflé. Le marteau résonnait au rythme de ma respiration. Des éclats de pierre volaient en l'air, parfois dans ma figure. Je continuais quand même, m'arrêtant seulement pour manger la bouillie épaisse que me servaient les nains, ou pour faire un petit somme sur une couverture.

Trois nains barbus me gardaient à toute heure. L'un se tenait debout au-dessus de mon bâton posé sur le sol, les bras croisés sur la poitrine. Outre son poignard, il portait à la ceinture une hache à double tranchant. Les autres, postés de part et d'autre de l'entrée du tunnel, tenaient une grande lance munie d'une lame de pierre rouge sang. Ils avaient tous des têtes sinistres, et c'était encore pire quand Urnalda entrait dans la salle.

Elle restait assise sur son trône pendant des heures à m'observer. Elle semblait perdue dans ses pensées, malgré le bruit du marteau. Ou peut-être essayait-elle de sonder les miennes. Je l'ignorais, et je m'en moquais. Tout ce que je savais, c'est que je n'abandonnerais jamais, comme l'avait suggéré Bumbelwy. Quand je songeais à ce qu'il avait dit, ou à la santé de ma mère, des étincelles jaillissaient de la pierre. Mais j'étais de plus en plus conscient que mon temps était limité — comme l'étaient aussi mes talents de tailleur de pierre.

La lumière de la lumilule tremblotait et dansait, jouant sur la pierre noire pendant que je travaillais. Petit à petit, de plus en plus d'éclats se sont détachés. À la longue, j'ai réussi à creuser une rainure. Si mon pouce, mes mains couvertes d'ampoules et mes bras tenaient bon, je l'élargirais assez pour pouvoir recouvrir la lumilule. Combien de temps cela me prendrait-il encore ? À en juger par la bouche d'aération, deux jours et deux nuits étaient déjà passés.

Pendant tout mon travail, j'entendais dans ma tête l'ordre d'Urnalda : *Tu as pour mission de protéger cette petite créature.* De temps en temps, en frappant sur le burin, je me demandais si ces mots dissimulaient un indice. Existait-il un autre moyen de protéger la lumilule ? Quelque chose qui ne m'était pas venu à l'esprit ?

Non, me disais-je, c'était impossible. Urnalda elle-même avait dit que c'étaient les tunnels qui assuraient la sécurité des nains. Si la pierre n'est pas éternelle, elle est plus solide que n'importe quoi d'autre. Le message était clair. *Je dois construire une cage de pierre, comme les nains ont construit ce royaume souterrain. Je n'ai pas le choix.*

Tout en tapant sur le burin pour fendre la pierre, je rêvais cependant d'un moyen plus facile. Je songeais à Percelame dans la bataille du château des Ténèbres! Je ne m'étais pas servi de mes mains pour faire voler la grande épée, mais des pouvoirs cachés de mon esprit. Sans savoir comment, j'avais fait appel à la magie du Saut. Comme la Grande Élusa quand elle nous avait expédiés au pays des sylvains. Ne pourrais-je pas utiliser de nouveau ce pouvoir? Faire travailler le marteau et le burin pour moi et ainsi ménager mon dos, mes bras endoloris et mon pouce couvert d'ampoules?

— Ne sois pas stupide, Merlin.

J'ai levé la tête. Urnalda m'observait du haut de son trône de jade.

— Que voulez-vous dire?

— Je veux dire : ne sois pas stupide! Si tu as réussi à faire voler Percelame, tu ne le dois pas qu'à toi-même. Cette épée est l'un des Trésors de Fincayra. Elle possède ses propres pouvoirs.

Elle s'est penchée vers l'avant, faisant cliqueter ses boucles d'oreille.

— C'est elle qui t'a maniée, plus que tu ne l'as maniée toi-même.

J'ai lâché le marteau, qui est tombé avec un grand fracas sur le sol de pierre.

— Comment pouvez-vous dire cela? C'est moi qui l'ai fait! Je me suis servi de l'épée! Avec mon propre pouvoir. Comme j'ai...

Urnalda a eu un petit sourire narquois.

— Finis ta phrase.

— Comme j'ai utilisé la Harpe fleurie, ai-je repris tout bas.

— Précisément.

Sous la lumière vacillante des torches, elle m'examinait en se grattant le nez.

— Tu apprends lentement, mais il y a encore peut-être quelque espoir pour toi.

— Si je comprends bien, vous ne parlez pas seulement de mon talent de tailleur de pierre.

Elle a remonté son chapeau en riant.

— Non, bien sûr. Je parlais de ton don de Vision. Rien d'étonnant à ce que, de tous les Chants, ce soit celui-là que tu craignes le plus.

J'ai pâli.

Sans me laisser le temps de prononcer un mot, elle a enchaîné :

— Tu apprends lentement aussi avec la pierre. Tu ne t'en sortirais jamais dans les tunnels si tu étais un nain. C'est pourquoi je doute que la prophétie se réalise.

— Quelle prophétie ?

— Qu'un jour tu reconstruiras un grand cercle de pierres, aussi grand qu'*Estonahenj*.

— Moi ? Reconstruire un monument de cette taille ? Quelle idée ! C'est comme si on me disait que je transporterais la Danse des géants, pierre par pierre, à travers l'océan jusqu'à Gwynedd.

Les yeux rouges d'Urnalda ont brillé étrangement.

— Oh, la prophétie dit que tu feras cela aussi. Tu ne transporteras pas *Estonahenj* jusqu'à Gwynedd, mais dans un pays voisin appelé Logres, ou Gramarye par certains. Cette prophétie est encore moins vraisemblable que l'autre.

J'ai soufflé sur ma paume couverte d'ampoules et attrapé le marteau.

— Assez parlé, maintenant, ai-je déclaré. Je dois reprendre mon travail. Et achever cette cage, comme vous me l'avez ordonné.

— C'est un mensonge.

Je suis resté figé, le marteau en l'air.

— Un mensonge ? Pourquoi ?

Les boucles d'oreilles en coquillages d'Urnalda ont cliqueté doucement, tandis que des ombres sautillaient autour de la pièce.

— Je ne te l'ai pas ordonné, Merlin, car cet ordre n'est pas venu de moi.

— C'est bien vous qui m'avez donné cette pierre.

— Oui, c'est vrai.

— Et vous m'avez dit de protéger la lumilule.

— Cela aussi est vrai.

— C'est-à-dire de faire quelque chose de plus solide que la coupe de cristal.

— C'est toi qui en as décidé ainsi, pas moi.

Lentement, et avec quelque hésitation, j'ai laissé retomber le marteau. Je l'ai posé, ainsi que le burin, et je me suis approché du cristal. La créature qui se trouvait à l'intérieur a tremblé comme une petite flamme.

— Urnalda, puis-je vous poser une question sur la lumilule ?

— Je t'écoute.

— Vous avez dit que c'était l'une des créatures les plus rares de Fincayra. Comment peut-elle survivre ? Rester en sécurité ?

Sur le visage d'Urnalda, éclairé par les torches, est apparu un petit sourire en coin.

— Elle se protège en se promenant au soleil, là où on ne peut pas la voir. Ou, la nuit, en dansant dans des endroits où les rayons de la lune rencontrent l'eau.

— En d'autres mots... en étant libre.

Les boucles d'oreilles ont cliqueté doucement, mais Urnalda n'a rien dit.

J'ai allongé le bras vers la coupe de cristal et, les doigts posés sur sa surface lumineuse, j'ai senti la chaleur de la créature à l'intérieur. D'un geste rapide, j'ai retourné la coupe.

Une tache de lumière, pas plus grosse qu'un pépin de pomme, s'est mise à voler dans la vaste salle. J'ai entendu un très léger bourdonnement quand elle est passée près de ma tête. La lumilule s'est élevée rapidement jusqu'au plafond, s'est enfilée dans le tunnel d'aération et a disparu.

Urnalda a tapé du poing sur le bras de son trône. Les deux nains qui gardaient l'entrée ont aussitôt abaissé leur lance, la pointe dirigée contre moi.

— Pourquoi as-tu fait cela? a protesté Urnalda en tapant encore du poing.

Un peu hésitant, j'ai pris ma respiration.

— Parce que même une cage de pierre finirait pas se désagréger. *La meilleure façon de protéger quelque chose est de lui rendre sa liberté.*

Au même instant, une flamme bleue a jailli de mon bâton. Le nain qui le surveillait a crié et bondi en l'air. Avant même qu'il soit retombé, j'ai aperçu la nouvelle marque, gravée dans le bois. C'était une pierre fissurée.

∽ XX ∽

Des rivières
fraîches et chaudes

Lorsque j'ai retrouvé les autres, non loin de l'endroit où je les avais quittés, cela faisait plus de trois jours que nous étions séparés. Les herbes de la prairie ondulaient sous la brise. En me voyant approcher, Rhia a couru à ma rencontre. Son visage s'est détendu dès qu'elle a vu la troisième marque sur le bâton.

Elle m'a pris la main.

— J'étais si inquiète, Merlin.

Ma gorge s'est serrée.

— Avec raison, sans doute. Tu m'avais dit que je risquais de me perdre, et c'est ce qui m'est arrivé, je crois.

— Tu as quand même retrouvé ton chemin.

— Oui, mais ça m'a pris du temps. Il ne me reste plus que dix jours.

Bumbelwy nous a rejoints. Il a failli se prendre les pieds dans sa cape en sautant par-dessus le ruisseau. Malgré ses sourcils toujours froncés, il avait l'air sincèrement content de me voir et il m'a serré la main chaleureusement, en faisant sonner ses grelots. Puis, comme je sentais qu'il allait me proposer de nouveau sa devinette, je lui ai faussé compagnie pour reprendre ma marche. Rhia et lui m'ont suivi et nous nous sommes rapidement éloignés du royaume des nains. Mais il nous restait une longue distance à parcourir.

Car le quatrième Chant, Nommer, avait un rapport avec les Slantosiens, les mystérieux habitants d'un village à l'extrême nord-est de Fincayra. Nous n'aurions plus à franchir de cols enneigés, mais il nous faudrait traverser les Plaines rouillées dans toute leur largeur, et cela nous prendrait plusieurs jours. Ensuite, il faudrait trouver un passage dans les falaises des Gorges des Aigles, avant d'affronter la partie nord des Collines obscures. Tous ces endroits étaient remplis de dangers, mais c'était les Collines obscures qui m'inquiétaient le plus.

Pour traverser les plaines, nous nous levions chaque jour à l'aube, quand les premiers oiseaux et les dernières grenouilles chantaient en chœur. Nous nous arrêtions juste de temps à autre pour cueillir des baies ou des racines. Une fois, grâce à Rhia qui savait parler aux abeilles, nous avons mangé un peu de rayon de miel. Elle savait aussi où trouver de l'eau et nous conduisait vers des sources cachées. Le paysage ne semblait pas avoir de secrets pour elle — pas plus que mes pensées. La lune nous éclairait assez pour marcher de nuit, mais elle diminuait rapidement, et le temps dont nous disposions également.

Enfin, après trois longues journées, nous avons atteint les Gorges des Aigles. Nous nous sommes assis sur le bord rocheux d'où l'on pouvait voir les parois striées de larges bandes horizontales, rouges, marron et roses. Des pitons blancs étincelants dépassaient de la paroi opposée. Tout au fond, une rivière peu profonde serpentait au pied des falaises.

Malgré mon épuisement, j'ai senti un regain d'énergie quand je me suis souvenu du cri de l'aigle des Gorges au début du Grand Conseil de Fincayra. Si seulement je pouvais monter haut dans le ciel comme un aigle ! Je pourrais voler au-dessus de ces gorges à la vitesse du vent. Comme je l'avais fait, il y a bien longtemps, me semblait-il, sur le dos de Fléau.

Mais je n'étais ni un aigle, ni un faucon. Comme Rhia et Bumbelwy, je devrais descendre dans la gorge à pied et trouver un chemin pour remonter de l'autre côté. Avec ma seconde vue, j'ai suivi la ligne des falaises, à la recherche d'un passage. Nous étions, en tout cas, assez au nord pour que les parois ne soient pas complètement infranchissables. Plus au sud, elles formaient un gouffre béant qui s'enfonçait au cœur des Collines obscures.

Rhia marchait devant. De nous trois, c'était elle qui avait le pied le plus sûr. Elle a découvert dans la falaise une série de saillies étroites qui nous ont permis de descendre dans la gorge par paliers, tantôt en glissant sur le dos, tantôt en escaladant des rochers qui s'effritaient sous nos pieds. Finalement, trempés de sueur, nous avons atteint le fond.

La rivière, quoique boueuse, était bien plus fraîche que nous. Bumbelwy, qui étouffait sous sa grosse cape, a plongé droit dedans. Rhia et moi l'avons suivi. Agenouillés sur les pierres rondes qui tapissaient le lit de la rivière, nous nous sommes aspergé la tête, les bras, et éclaboussés les uns les autres. À un moment, j'ai cru entendre le cri lointain d'un aigle quelque part au-dessus de nous.

Après nous être bien rafraîchis, nous avons entamé l'ascension de l'autre paroi. Très vite, j'ai dû passer mon bâton dans ma ceinture et m'aider de mes deux mains. À mesure que la pente devenait plus raide, les récriminations de Bumbelwy augmentaient. Toutefois, il ne relâchait pas ses efforts et continuait à grimper derrière Rhia, utilisant les mêmes prises qu'elle.

Lors de l'escalade d'un éperon rocheux particulièrement abrupt, j'ai ressenti des douleurs dans les épaules. Je me suis penché en arrière, espérant apercevoir le sommet de la paroi. Mais je n'ai vu au-dessus de moi que des falaises désespérément hautes. En dessous, la rivière n'était plus qu'un mince filet d'eau au fond de la gorge. Pris de vertige, je me suis cramponné à la roche. Certes, je n'avais aucune envie de grimper, mais l'idée de dégringoler jusqu'en bas me tentait encore moins.

Rhia, qui se trouvait à ma gauche, m'a soudain appelé.

— Regarde ! Un sharr. Sur le rocher rose, là.

Avec précaution, pour ne pas perdre l'équilibre, j'ai suivi son regard. Un petit animal brun, ressemblant à un chaton, était couché en boule et ronronnait doucement. À la différence d'un chat, il avait un museau pointu garni de moustaches soyeuses et deux ailes fines comme du papier repliées sur le dos, qui frémissaient à chaque ronronnement.

— Il est mignon, hein ? a dit Rhia. On ne trouve les sharrs que dans des endroits élevés et rocailleux comme ici. Je n'en avais vu qu'un seul jusqu'à maintenant, mais de beaucoup plus loin. Ils sont très craintifs.

En entendant sa voix, le sharr a ouvert ses yeux bleus. Il l'a observée, d'abord sur la défensive, puis il s'est détendu et remis à ronronner. Lentement, Rhia a changé d'appuis. S'accrochant à la falaise d'une main, elle a tendu l'autre vers le petit animal.

Je l'ai mise en garde.

— Attention, tu risques de tomber.

— Chut, tu vas lui faire peur.

Le sharr a légèrement bougé, posant ses pattes sur le rocher comme s'il se préparait à se lever. Chaque patte avait quatre doigts. Quand la main de Rhia s'est approchée de lui, il s'est mis à ronronner plus fort.

Il m'a semblé, alors, que ses pattes avaient quelque chose de particulier. J'étais incapable de dire quoi, et pourtant, elles ne me paraissaient pas tout à fait… normales.

Tout à coup, j'ai vu l'anomalie : elles étaient palmés, comme des pattes de canard. Pourquoi une créature de ces hautes falaises rocheuses aurait-elle eu les pattes palmées ? Et j'ai compris.

— Ne le touche pas, Rhia ! C'est un spectre changeant !

Mais le sharr avait déjà commencé à se transformer. À une vitesse fulgurante, les ailes se sont évaporées, les yeux bleus ont rougi, la fourrure s'est changée en écailles, et au corps de chat s'est substitué celui d'un serpent armé de dents comme des poignards. L'air a crépité. Une pellicule sèche et transparente s'est détachée, semblable à une peau de serpent en train de muer. Tout cela en un clin d'œil. Rhia a juste eu le temps de baisser la tête avant que la créature lui saute à la figure, la gueule ouverte et toutes griffes dehors. Avec un cri sauvage, elle est passée par-dessus sa tête et a plongé dans la gorge.

Mais, en passant, le spectre changeant a eu le temps de donner un coup de queue sur la joue de Rhia, ce qui l'a déséquilibrée. Pendant une seconde, elle est restée accrochée au rocher avec une seule main. Puis la pierre a lâché, et elle est tombée en plein sur Bumbelwy.

Le bouffon a hurlé. Ses doigts, agrippés à la roche, sont devenus blancs. Par miracle, il a tenu bon et réussi à arrêter sa chute. Mais elle s'est retrouvée agrippée à son dos, la tête en bas, cherchant désespérément à se redresser.

— Tenez bon, Bumbelwy ! ai-je crié.

— Je fais de mon mieux, a-t-il gémi. Mais ce n'est jamais assez.

Brusquement, la pierre à laquelle il se tenait a lâché à son tour. Tous deux ont hurlé. Ils ont glissé le long de la paroi, cherchant frénétiquement à se raccrocher à quelque chose, jusqu'à ce qu'une étroite saillie arrête leur chute. Et ils sont restés là, suspendus au-dessus de la gorge.

Comme une araignée maladroite, je suis descendu cahin-caha, avec mon bâton qui se balançait à ma ceinture. Rhia et Bumbelwy, en dessous de moi, geignaient de douleur. Le chapeau du bouffon, couvert de poussière rouge, était à côté de lui. Rhia a essayé de s'asseoir, puis elle est retombée. Son bras gauche pendait, inerte.

En me faufilant le long de l'étroit rebord, j'ai enfin réussi à la rejoindre et l'ai aidée à s'asseoir. Elle a étouffé un cri quand j'ai frôlé son bras tordu. Ses yeux ont cherché les miens.

— Tu m'as prévenue... juste à temps, a-t-elle articulé péniblement.

— Dommage que je ne l'aie pas fait quelques secondes plus tôt...

Un coup de vent nous a saupoudrés de poussière. J'ai attendu qu'il se calme et j'ai pris une pincée d'herbes dans ma sacoche, dont j'ai tamponné la joue de Rhia.

— Comment as-tu deviné que c'était un spectre changeant ?

— À cause de ses pattes palmées. Tu te rappelles quand nous avons trouvé l'alleah dans la forêt ? Tu m'as fait remarquer que les spectres changeants ont toujours quelque chose de particulier... Comme beaucoup de gens, sans doute, ai-je ajouté, songeant à moi-même.

Rhia a essayé de lever le bras et grimacé de douleur.

— La plupart des gens ne sont pas si dangereux.

Avec beaucoup de précaution, je me suis glissé de l'autre côté pour examiner son bras.

— Il a l'air cassé.

— Et oublions le pauvre Bumbelwy, a gémi le bouffon. Je n'ai rien fait d'utile. Rien du tout.

Malgré la douleur, Rhia a esquissé un sourire.

— Bumbelwy, vous avez été formidable. Si mon bras n'était pas en si mauvais état, je vous embrasserais.

Pour le coup, le sévère bouffon a cessé de gémir et a rougi très légèrement. Puis, voyant le bras de Rhia, non seulement il a froncé les sourcils, mais tout son visage s'est plissé, y compris ses mentons.

— Ce n'est pas joli joli. Tu seras handicapée à vie. Tu ne pourras plus jamais manger ni dormir.

— Je ne le crois pas, ai-je dit.

Tout doucement, j'ai posé le bras blessé sur les genoux de Rhia, et je l'ai tâté pour chercher la fracture.

Elle a fait une grimace.

— Qu'est-ce que tu peux faire ? Il n'y a rien par ici — oh, ça fait mal ! — qui puisse servir

d'attelle. Et avec un seul bras — oh! — je n'arriverai jamais à sortir d'ici.

— Jamais, a répété Bumbelwy en écho.

J'ai secoué la tête, faisant ainsi tomber plusieurs cailloux de mes cheveux.

— Rien n'est impossible.

— Bumbelwy a raison, a repris Rhia. Tu ne
peux pas arranger ça — aïe! Même ces herbes…
ne serviront à rien. Merlin, laisse-moi ici. Continue… sans moi.

J'ai serré la mâchoire.

— Il n'en est pas question! J'ai appris ce qu'est
un lien. Nous sommes ensemble, toi et moi,
comme les deux faucons dans le vent.

Une petite étincelle a brillé dans ses yeux.

— Mais comment? Je ne peux pas m'accrocher… sans mon bras.

J'ai redressé mes épaules endolories et inspiré
profondément.

— J'espère bien réussir à le guérir.

— Ne sois pas ridicule, a dit Bumbelwy, en
s'approchant. Pour ça, il faudrait une attelle, une
civière et une armée de guérisseurs. C'est impossible, je vous dis.

J'ai senti la fracture et posé doucement mes
mains dessus. J'ai fermé les yeux — même si cela
ne faisait aucune différence pour moi. En me
concentrant de toutes mes forces, j'ai imaginé la

lumière, chaude et apaisante, qui s'accumulait dans ma poitrine. Mon cœur débordait de lumière. J'ai laissé couler cette lumière le long de mes bras, de mes doigts, et ces rivières invisibles ont inondé Rhia de leur chaleur.

— Ohhh, comme c'est bon! a-t-elle soupiré. Qu'est-ce que tu fais?

— Juste ce qu'une amie pleine de sagesse m'a dit un jour de faire. J'écoute le langage de la blessure.

Elle a souri, en s'adossant au rocher.

— Ne te fais pas d'illusions, a prévenu Bumbelwy. Si tu te sens mieux maintenant, c'est seulement parce que tu te sentiras dix fois plus mal après.

— Ça m'est égal, vieux rabat-joie! Mon bras va déjà mieux.

Elle a commencé à le lever, mais je l'ai arrêtée.

— Non, attends! C'est trop tôt.

Tandis que la lumière chaude continuait à se répandre par l'extrémité de mes doigts, je me suis concentré sur les os et les muscles. Patiemment, je sentais chaque fibre de tissu avec mon esprit. Je touchais chacune avec douceur, l'incitant à retrouver sa force, à se reconstituer. Un par un, je baignais les tendons et les muscles, les lissant, les remettant en place. À la fin, j'ai retiré mes mains.

Rhia a levé son bras. Elle a remué les doigts. Puis elle a jeté ses deux bras autour de mon cou, en me serrant avec la force d'un ours.

— Comment as-tu fait ça ? a-t-elle demandé en me relâchant.

— À vrai dire, je ne sais pas. Mais je pense que c'est un nouveau couplet du Chant du Lien, ai-je dit en tapotant le bout de mon bâton.

— Tu as vraiment trouvé l'âme de ce Chant. Ta mère serait fière de toi.

À ces mots, j'ai sursauté.

— Viens ! Il nous reste moins d'une semaine. Je veux être au village des Slantosiens demain matin.

∾ XXI ∾

LE CRI

orsque nous avons quitté la gorge, le soleil venait de se coucher. L'obscurité gagnait les éperons rocheux, et les Collines obscures, en face de nous, étaient de plus en plus sombres. Le cri d'un aigle solitaire a retenti tout près. Il m'a rappelé encore une fois celui qui avait marqué le début du Grand Conseil, et le fait que ces collines auraient été ramenées à la vie si j'avais tenu ma promesse avec la Harpe fleurie.

Les rochers plats sous nos pieds ont bientôt fait place à un sol sec et friable. Le sol des Collines obscures. À part le bruissement de feuilles de quelques arbres desséchés, nous n'entendions que le crissement de nos bottes, les grelots de Bumbelwy et le martèlement de mon bâton sur le sol.

La nuit n'était pas loin. Je savais que les bêtes courageuses qui avaient pu revenir dans ces collines depuis la destruction du château des Ténèbres avaient dû trouver des endroits sûrs pour se cacher. Car c'était l'heure où les gobelins, les spectres changeants et autres créatures de l'ombre pouvaient être tentés de sortir de leurs cavernes. J'ai frémi en me rappelant qu'au moins une créature de ce type avait osé apparaître en plein jour. Rhia, comme toujours très perspicace, a deviné mes craintes et m'a serré doucement le bras.

La nuit est tombée pendant que nous poursuivions notre ascension parmi des squelettes d'arbres dont les branches s'entrechoquaient dans le vent. Il devenait difficile de s'orienter à cause des gros nuages qui cachaient en grande partie les étoiles et le quartier de lune. Même Rhia marchait plus lentement dans l'obscurité. Bumbelwy ne se plaignait pas ouvertement, mais il bougonnait de plus en plus. Mes jambes fatiguaient. Mes pieds buttaient souvent contre des pierres ou des racines mortes. Dans ces conditions, nous risquions de nous perdre, plus que d'être attaqués.

Quand, enfin, Rhia nous a signalé un petit ravin — les restes d'un ancien ruisseau —, j'ai adhéré à son idée qu'il serait sage de nous reposer jusqu'à l'aube. Quelques minutes plus tard, nous étions tous les trois allongés sur le sol. Rhia a trouvé un rocher rond qui pouvait lui servir d'oreiller. Bumbelwy, pour sa part, s'est couché en boule en déclarant :

— Je pourrais dormir sur un volcan en éruption.

Conscient du danger, j'ai essayé de rester éveillé, mais j'ai fini par m'endormir comme les autres.

Un cri strident a retenti. Réveillé en sursaut, je me suis assis en même temps que Rhia. Retenant notre souffle, nous avons écouté : nous n'entendions rien d'autre que les ronflements de Bumbelwy. De la lune ne subsistait qu'une faible lueur derrière les nuages. Sa lumière effleurait à peine les collines environnantes.

Le cri a retenti de nouveau. Un cri de pure terreur. Rhia a eu beau essayer de m'arrêter, j'ai attrapé mon bâton et je suis sorti du ravin. Elle m'a suivi dans la pente. J'ai essayé de voir le plus loin possible avec ma seconde vue, attentif aux moindres mouvements. Rien ne bougeait.

Tout à coup, j'ai aperçu une silhouette massive qui traversait les rochers en dessous de nous. Même si je n'avais pas vu le casque pointu, j'aurais deviné tout de suite de quoi il s'agissait : un guerrier gobelin. Sur son épaule, une petite créature se débattait tant qu'elle pouvait. Elle n'en avait sans doute plus pour longtemps.

Sans prendre le temps de réfléchir, j'ai dévalé la pente à toute vitesse. Le gobelin s'est retourné, a jeté sa proie et, avec une rapidité stupéfiante, il a tiré son épée. Les yeux flamboyants de colère, il l'a levée au-dessus de sa tête. Je n'avais pas d'autre arme que mon bâton. Alors, j'ai pris mon élan et foncé sur lui. Mon épaule a heurté son armure de plein fouet. Il est tombé à la renverse. Ensemble, nous avons roulé et rebondi sur le sol rocailleux.

Quand je me suis arrêté au bas de la pente, la tête me tournait encore. Mais le gobelin avait récupéré plus vite. Debout au-dessus de moi, il grondait férocement, l'épée toujours à la main — une main à trois doigts. La lune est sortie des nuages, jetant sur la lame des reflets sinistres. Au moment où l'épée s'abattait sur moi, j'ai roulé sur le côté et elle s'est plantée dans le sol, fendant une vieille racine. Le gobelin a grogné de rage et a de nouveau brandi son arme.

J'ai essayé de me relever, mais j'ai trébuché sur un bâton. C'était le mien! En désespoir de cause, je l'ai pris pour me protéger le visage. Le gobelin s'est élancé vers moi. Je savais que mon mince bâton n'arrêterait pas le coup, mais je ne pouvais rien faire d'autre.

Au moment où la lame heurtait le bois, une explosion a secoué le coteau et une grande flamme bleue s'est élevée vers le ciel. L'épée est montée avec elle en tournoyant, telle une branche emportée par une bourrasque. Le gobelin, rugissant de douleur, est tombé en arrière et s'est écroulé sur le sol. Il a respiré bruyamment et essayé de se relever avant de retomber, immobile comme une pierre.

Rhia a accouru vers moi.

— Merlin, tu es blessé ?

— Non, ai-je répondu, en tâtant l'entaille creusée par l'épée. Grâce à ce bâton, et au pouvoir que Tuatha lui a donné.

Rhia s'est agenouillée. La lune jetait des reflets argentés dans ses boucles brunes.

— Je pense que c'est grâce à toi autant qu'à ton bâton.

J'ai secoué la tête, les yeux rivés sur la forme inerte du gobelin.

— Arrête, Rhia. Tu sais bien que ce n'est pas vrai.

— Si, je le crois. Et je pense que tu le nies parce que tu voudrais de tout ton cœur que ce soit vrai.

Je l'ai regardée avec stupéfaction.

— Tu me déchiffres, de la même façon que j'ai déchiffré les runes sur les murs d'Arbassa.

Elle a ri de son rire cristallin.

— Mais il y a encore des choses que je ne comprends pas. Par exemple, pourquoi, au lieu de te cacher, t'es-tu jeté sur le gobelin quand tu l'as vu ?

Avant que j'aie pu répondre, une petite voix a parlé derrière nous.

— Tu dois être magique.

Nous nous sommes retournés. Accroupi par terre, un petit garçon au visage rond nous observait. Il devait avoir tout au plus cinq ans. J'ai aussitôt compris que c'était la malheureuse créature dont le cri nous avait réveillés. Ses yeux, brillants comme de petites lunes, semblaient pleins de respect et d'admiration.

— La réponse, la voilà, ai-je dit à Rhia.

J'ai fait signe au garçon d'avancer.

— Viens ici. Je ne te ferai pas de mal.

Il s'est levé lentement, s'est approché, hésitant, puis s'est arrêté.

— Tu es magique gentil ou magique méchant ?

Rhia a étouffé un rire.

— Il est très magique gentil, a-t-elle répondu en serrant l'enfant dans ses bras. Sauf quand il fait sa tête de méchant.

Comme je faisais mine d'être fâché, le petit garçon a froncé les sourcils, ne sachant que penser. Il s'est échappé des bras de Rhia et a commencé à reculer dans l'ombre de la pente.

— Ne l'écoute pas, ai-je protesté, puis je me suis redressé en m'appuyant sur mon bâton. Je suis un ennemi des guerriers gobelins, tout comme toi. Je m'appelle Merlin. Elle, c'est Rhia. Elle vient des bois de la Druma. Et toi, comment t'appelles-tu ?

Le garçon m'a examiné, en se tapotant la joue d'un air pensif.

— Tu dois être magique gentil, pour pouvoir tuer un gobelin juste avec ton bâton. Je m'appelle Galwy, et je vis depuis toujours avec ma famille dans le même village.

— Le seul village près d'ici est...

— Slantos, a-t-il dit, et mon cœur a battu plus vite. Je ne voulais pas rester en dehors du village après la tombée de la nuit, je vous le jure ! a-t-il ajouté, penaud. C'est juste que les écureuils jouaient, et je les ai suivis. Quand je me suis aperçu qu'il était tard...

Il a regardé le corps du gobelin avec colère et je me suis approché de lui pour le rassurer.

— Il a voulu me faire du mal.

— Maintenant, tu ne risques plus rien.

Il a penché la tête et m'a dit avec des yeux brillants :

— Je crois que tu es vraiment magique gentil.

∞ XXII ∞

LE PAIN D'AMBROISIE

Q uand nous sommes retournés au ravin, Bumbelwy ronflait encore — preuve qu'il avait effectivement un bon sommeil. Rhia et moi avons utilisé une partie de sa cape pour en couvrir Galwy. L'enfant était si fatigué qu'il tenait à peine debout. Puis, nous sentant nous-mêmes épuisés, nous nous sommes allongés à notre tour. Mon bâton serré dans la main, je me suis vite endormi.

Peu après, les premiers rayons du soleil m'ont chatouillé le visage. Quand je me suis réveillé, Bumbelwy essayait déjà d'impressionner le jeune Galwy avec ses talents de bouffon. Mais, à en juger par l'expression du garçon, il n'avait pas beaucoup de succès.

— Voilà pourquoi on m'appelle Bumbelwy le Joyeux, expliquait-il. Je vais te montrer un autre de mes talents.

Galwy le regardait fixement. On aurait dit qu'il allait pleurer. Bumbelwy a resserré sa cape autour de lui et fait sonner ses grelots en secouant la tête.

— Je vais te raconter la fameuse devinette des grelots.

Rhia allait protester, mais j'ai levé la main.

— Écoutons donc cette maudite devinette. Il nous en parle depuis si longtemps !

Elle a souri.

— J'imagine qu'on le devrait. Es-tu prêt à manger tes bottes si l'un de nous rit ?

— Oui, je suis prêt, ai-je répondu, en m'humectant les lèvres comme si je m'en régalais d'avance. Ensuite, avec un peu de chance, nous trouverons quelque chose de meilleur au village des Slantosiens.

Bumbelwy s'est éclairci la voix, faisant ainsi remuer ses mentons, avant d'annoncer :

— Je suis prêt.

Il a marqué une pause, osant à peine croire qu'il avait enfin la permission de poser sa devinette.

— Nous attendons, ai-je dit. Mais nous n'attendrons pas toute la journée.

Le bouffon a ouvert la bouche, l'a refermée, puis l'a rouverte et refermée de nouveau.

Je me suis penché en avant.

— Alors ?

Bumbelwy a haussé les sourcils, consterné, et s'est raclé la gorge une fois de plus. Il a tapé du pied, fait tinter ses grelots, mais n'a pas prononcé un mot.

— Alors, cette devinette, vous nous la dites, oui ou non?

Le bouffon a secoué la tête d'un air sombre.

— Cela fait si longtemps, a-t-il marmonné. Tant de gens m'ont empêché de la dire! Et maintenant qu'on me le permet, je ne m'en souviens plus. C'est trop bête! C'est vraiment trop bête.

Rhia et moi avons levé les yeux au ciel. Galwy, lui, avait un sourire jusqu'aux oreilles. Il s'est tourné vers moi.

— Vous voulez bien me ramener au village? Avec vous, je me sens en sécurité.

J'ai donné à Bumbelwy une petite tape sur l'épaule.

— Un jour, peut-être, cette devinette vous reviendra.

— Si cela m'arrive, je parie que je ne saurai même pas la raconter.

Quelques instants après, nous marchions en direction du soleil levant, Rhia et moi en tête, comme d'habitude, sauf que, cette fois, je portais Galwy sur mes épaules. Bumbelwy, plus sombre que jamais, restait en arrière.

À mon grand soulagement, nous avons bientôt amorcé une longue descente, laissant derrière nous les pentes desséchées et les rochers des

Collines obscures. Je ne pouvais m'empêcher de penser à ce gobelin que nous avions rencontré. J'avais la désagréable impression que c'était seulement l'un des premiers guerriers de Rhita Gawr à émerger de sa cachette. Et je n'oubliais pas non plus le peu que j'avais fait pour rendre cette terre habitable.

Nous sommes entrés dans une grande plaine herbeuse. Des oiseaux siffleurs et des insectes bourdonnants ont fait leur apparition, tandis que des arbres à feuilles en forme de main devenaient de plus en plus nombreux. Une famille de renards à la queue touffue a croisé notre chemin. Dans les branches d'un saule, j'ai aperçu un écureuil avec de grands yeux qui m'a rappelé Ixtma, l'ami de Rhia… et la femme mourante dont il avait la charge.

Le village s'est d'abord annoncé par une odeur.

Une odeur de céréales grillées, qui devenait plus intense à chaque pas et me rappelait que je n'avais pas mangé de pain frais depuis bien longtemps. J'avais presque le goût des céréales dans la bouche : celui du blé, du maïs et de l'orge.

D'autres arômes se mêlaient à ces effluves : quelque chose d'acidulé, comme les fruits orange que Rhia et moi avions dévorés sous les branches du shomorra, ou de frais, comme la menthe écrasée qu'Elen mettait souvent dans son thé, ou encore de doux, comme le miel que les abeilles fabriquaient avec les fleurs de trèfle, et bien d'autres saveurs encore, épicées, corsées ou, au contraire, douces. Mais dans cette odeur, il y avait aussi comme un sentiment, une attitude, et même… une idée.

Lorsque nous avons enfin pénétré dans la vallée des Slantosiens et que sont apparues leurs maisons brunes, l'odeur est devenue envahissante. Je me suis mis à saliver en me rappelant le pain de Slantos que j'avais goûté, une fois, dans l'antre souterrain de Cairpré. Comment l'avait-il appelé ? Le *pain d'ambroisie*. La nourriture des dieux — les Grecs en auraient sûrement convenu. Je me rappelais avoir mordu dans la croûte, dure comme du bois. Mais après l'avoir mâchée un moment, il s'en était dégagé une saveur piquante et, aussitôt, je m'étais senti plus grand et plus vigoureux, à tel point que, pendant un moment, j'avais même oublié la douleur entre mes omoplates.

Puis je me suis rappelé quelque chose d'autre. Tout en mangeant de ce pain, Cairpré m'avait mis en garde. *Personne en dehors de chez eux n'a jamais goûté à ces excellents pains et ils gardent jalousement le secret de leurs recettes.* Sentant la peur monter en moi, j'ai serré mon bâton. Si les Slantosiens n'étaient même pas disposés à partager leurs recettes, comment diable aurais-je pu leur demander de partager l'âme du quatrième Chant, l'art de Nommer ?

Dès qu'il a aperçu les portes du village au loin, Galwy a poussé un cri de joie. Il a sauté de mes épaules et couru devant nous, en agitant les bras comme les ailes d'un jeune oiseau. De la fumée s'échappait de nombreuses maisons. C'étaient des constructions basses, de tailles variées, faites de briques brunes et de mortier jaune. Elles ressemblaient à de grosses miches de pain beurré. Cette comparaison m'a fait sourire.

Bumbelwy, qui était resté silencieux toute la matinée, s'est léché les babines.

— Vous croyez qu'ils donnent un croûton de pain aux visiteurs ou qu'ils renvoient les gens l'estomac vide ?

— À mon avis, a répondu Rhia, ils n'ont pas l'habitude de recevoir de la visite. Les seules personnes de ce côté-ci des gorges sont en...

Elle s'est interrompue en jetant un coup d'œil vers moi. En repoussant une mèche qui était tombée sur mon visage, j'ai fini sa phrase pour elle.

— ... en prison, dans les cavernes, au sud d'ici. C'est ce que tu voulais dire. Comme Stangmar, qui fut jadis mon père.

Rhia m'a regardé d'un air compatissant.

— Il est toujours ton père.

— Plus maintenant, ai-je rétorqué en accélérant le pas. Je n'ai plus de père.

— Je sais ce que tu ressens. Je n'ai moi-même pas connu mon père, ni ma mère.

— Au moins, tu as Arbassa, et le reste de la Druma. Comme tu l'as dit toi-même, c'est ta vraie famille.

Elle n'a rien répondu.

Lorsque nous sommes arrivés aux portes de bois, fixées à deux énormes épicéas, un garde est sorti de l'ombre. Secouant la maigre chevelure blonde qui lui retombait sur les oreilles, il nous a jeté un regard mauvais. Son épée était toujours dans son fourreau, mais il avait la main sur le pommeau. Les ennuis n'allaient pas tarder, je le sentais.

Avec méfiance, il a examiné mon bâton.

— Est-ce le bâton magique qui a tué le gobelin ?

— Vous êtes déjà au courant ? ai-je dit, étonné.

— La moitié du village l'est déjà, a grogné le garde. Le jeune maître Galwy le raconte à tous ceux qu'il rencontre.

— Alors, vous nous laissez passer ?

Le garde a secoué la tête.

— Je n'ai pas dit cela. Comment savoir si tu ne l'utiliseras pas pour faire du mal à des gens du village ?

Mon bâton l'inquiétait, visiblement.

— Vous voyez bien que je ne m'en sers pas contre vous.

— Il faut trouver une meilleure raison que celle-là, a-t-il poursuivi en caressant nerveusement son épée, le visage crispé. Tu pourrais être un espion qui cherche à percer nos secrets, ou un éclaireur des gobelins, que sais-je.

Rhia s'est énervée.

— Dans ce cas, pourquoi aurait-il tué le gobelin, hier soir ?

— C'était peut-être une ruse, fillette.

Il a passé ses doigts dans ses cheveux qui commençaient à fuir son crâne.

— Alors, dites-moi. Pourquoi un garçon, une fille et un...

Il s'est interrompu pour regarder Bumbelwy.

— ... et un mendiant, ou je ne sais quoi, viendraient-ils jusqu'ici ? Pas par hasard, je suppose.

— Non, ai-je répondu prudemment. Votre village est réputé partout pour son pain. Mes amis et moi aimerions apprendre à en fabriquer.

— Je suppose que ce n'est pas le seul but de votre voyage, a répondu le garde en me jetant un regard perçant.

Me souvenant de l'avertissement de Cairpré, j'ai avalé ma salive.

— Je ne demande rien qui ne soit donné
librement.

Le garde a levé les yeux vers les branches de
l'épicéa au-dessus de lui, comme s'il en attendait
quelque conseil. Il a inspiré lentement, puis nous
a répondu :

— Bon, d'accord. Je vais vous laisser entrer…
non pour ce que vous m'avez dit, car sur ce point,
j'ai encore des doutes. Mais parce que vous êtes
venus en aide au jeune maître Galwy.

Il a reculé dans l'ombre de l'épicéa pour nous
laisser passer. J'ai senti son regard soupçonneux
posé sur moi, mais je ne me suis pas retourné. Les
autres non plus.

Les portes à peine franchies, j'ai aperçu un
haut bâtiment au milieu du village. Des enfants
criaient, sautaient, jouaient tout autour, tandis
qu'un flot d'adultes allaient et venaient, chargés
de seaux, de paniers et de pots, comme une
colonie de fourmis. Puis j'ai remarqué d'étranges
ondulations sur la surface dorée de cette construction. On aurait dit qu'elle bougeait, qu'elle
était vivante.

À part quelques-uns qui montraient mon
bâton du doigt en chuchotant, la plupart des habitants du village semblaient trop occupés pour
faire attention à nous. J'ai enjambé un groupe d'enfants qui s'amusaient par terre avec des bâtons et

je me suis approché avec précaution de l'édifice.
Il semblait être la source, du moins en partie, de
la délicieuse odeur qui émanait de ce village. Sa
surface bougeait, effectivement. Un épais liquide
doré s'écoulait lentement par un orifice au
sommet et descendait le long de plusieurs rigoles
en spirale jusqu'à un grand bassin au pied du bâtiment. Les gens venaient puiser dans ce liquide
avec des seaux et repartaient rapidement. En
même temps, d'autres versaient de la farine, du
lait et divers ingrédients dans les nombreux ori-
fices qui entouraient la base.

— Une fontaine... une fontaine de pain ! me
suis-je exclamé.

— De pâte, tu veux dire, a rectifié Rhia, penchée au-dessus du bassin. Ils doivent utiliser ce
liquide doré comme pâte pour certains de leurs
pains. Ça ressemble à du miel, mais en plus épais.

— On l'utilise pour tous nos pains, en fait.

Nous nous sommes retournés. L'homme qui
s'adressait à nous était en train de remplir
deux grandes cruches à la fontaine. Il était blond
et grassouillet, avec de bonnes joues rouges, et il
avait les oreilles légèrement en pointe, comme
beaucoup de Fincayriens. Sa voix, cependant,
comme son visage, était particulière, à la fois

méprisante et joyeuse. Il devait être l'un ou l'autre. Mais je ne savais pas lequel.

Une fois les cruches remplies à ras bord, il les a sorties du bassin. Il nous a observés un moment, en les appuyant sur son gros ventre.

— Vous êtes des voyageurs, c'est ça ? Nous n'aimons pas les voyageurs.

Ne sachant pas s'il plaisantait ou non, je lui ai parlé franchement.

— J'aimerais apprendre à faire du pain. Pouvez-vous m'aider ?

— Je pourrais, a-t-il répondu d'un ton bourru — ou taquin. Mais je suis trop occupé en ce moment. On verra ça un autre jour.

Le voyant s'éloigner, je lui ai couru après.

— Je n'ai pas d'autre jour ! ai-je insisté. Vous ne voulez pas m'enseigner un peu de votre art ?

— Non, a-t-il déclaré. Je vous ai dit que…

Il a trébuché et est tombé sur deux garçons dépenaillés de l'âge de Galwy qui se disputaient un pain moucheté de bleu. Une des cruches est tombée et s'est cassée en mille morceaux, englués dans le liquide doré.

— Regarde ce que tu as fait !

Avec des grognements qui, cette fois, n'avaient rien d'amical, il s'est baissé pour ramasser les morceaux. J'ai voulu l'aider, mais il m'a chassé d'un geste de la main.

— Va-t'en! Je n'ai pas besoin de ton aide.

Je suis retourné tristement vers la fontaine à pain, ne prêtant même plus attention aux riches arômes qui continuaient de se répandre dans l'air. Rhia, qui avait assisté à la scène, avait l'air consternée. Elle savait comme moi que tous les efforts que nous avions faits jusque-là ne serviraient à rien si nous ne trouvions pas ce que nous étions venus chercher.

En passant devant les deux garnements, qui se ressemblaient comme des frères jumeaux, j'ai vu que leur dispute menaçait de tourner en vraie bagarre. L'un des deux a essayé de marcher sur le pain, près du pied de l'autre. Avec un hurlement furieux, celui-ci a foncé sur son adversaire.

J'ai glissé mon bâton dans ma ceinture et je me suis interposé entre les deux. J'en ai attrapé un par le col de sa tunique, le second par l'épaule, et j'ai fait de mon mieux pour les tenir à distance l'un de l'autre. Tous deux criaient et se débattaient, essayant de me donner des coups de pied dans les jambes. Au bout d'un moment, n'en pouvant plus, je les ai relâchés et, vite, je me suis emparé du pain.

— C'est pour ça que vous vous battez? ai-je dit, en tenant le pain à bout de bras.

— Il est à moi! a crié l'un.

— Non, à moi! a protesté l'autre.

Tous deux se sont précipités pour l'attraper, mais je l'agitais au-dessus de leurs têtes, hors de leur portée, sans me soucier de leurs cris furieux. Il était sale mais encore chaud, et il sentait la mélasse.

— Vous voulez savoir comment vous pourriez en avoir tous les deux?

Un des gamins a penché la tête, sceptique.

— Comment?

J'ai jeté discrètement un coup d'œil par-dessus mon épaule.

— Je vous le dirai à condition que vous gardiez le secret.

Les deux ont réfléchi, puis hoché la tête en même temps.

Je me suis agenouillé, et je leur ai dit quelque chose tout bas. Les yeux écarquillés, ils ont écouté attentivement. Ensuite, je leur ai tendu le pain. Ils se sont assis, et quelques secondes après, chacun mangeait son morceau.

— Pas mal.

J'ai levé les yeux et vu l'homme grassouillet qui me regardait, étonné.

— Dis-moi, mon garçon. Comment as-tu fait pour qu'ils acceptent de partager ce pain?

Je me suis levé, j'ai sorti mon bâton de ma ceinture.

— C'est simple. J'ai simplement proposé que chacun morde dedans à tour de rôle. Et, ai-je ajouté avec un petit sourire, je leur ai dit que s'ils n'y arrivaient pas, c'est moi qui mangerais le pain.

L'homme a émis un bruit guttural, entre rire et grognement. En tout cas, il m'a semblé qu'il me regardait maintenant avec respect. Mais peut-être était-ce de l'inquiétude. C'était difficile à trancher. Très vite, il m'a ôté ce doute.

— Si tu veux apprendre comment on fait du pain, a-t-il déclaré, suis-moi.

∾ XXIII ∾

NOMMER

L'homme s'est dirigé vers un des bâtiments en forme de miche de pain de l'autre côté de la place publique du village. Avant d'entrer, il a jeté les morceaux de la cruche qui s'était brisée dans un seau près de la porte. Puis il s'est essuyé la main sur sa tunique brune, déjà bien tachée, et il a tapoté le mur d'un geste presque affectueux.

— Tu as déjà vu des briques comme celles-là ?

— Non. Sont-elles fabriquées avec une terre spéciale ?

Il a semblé grognon. Ou peut-être était-il amusé ?

— En fait, elles sont fabriquées, non pas avec de la terre, mais avec une farine spéciale, à partir d'ingrédients qui lui donnent une dureté particulière. Connaître les ingrédients, mon garçon, est la première règle à retenir pour faire du pain.

La façon dont il a dit *connaître les ingrédients* m'a fait penser qu'il ne s'agissait pas seulement de reconnaître différentes sortes de céréales et d'herbes. Quoique très tenté de lui demander des explications, j'ai retenu ma langue par crainte de l'indisposer.

— Ces briques, a-t-il poursuivi, sont cuites six fois afin de les rendre plus solides. Elles me survivront cent ans.

Rhia, qui nous avait suivis, regardait le mur, émerveillée.

— J'ai déjà mangé du pain dur, mais jamais à ce point-là.

L'homme s'est tourné vers elle. Soudain, il s'est mis à rire si fort que les secousses de son ventre ont fait gicler du liquide doré de la cruche qui était encore intacte.

— Elle est bien bonne, celle-là, fille des bois.

Rhia a souri.

— Vous pouvez m'appeler Rhia.

— Et moi Merlin.

L'homme a hoché la tête.

— Et moi, je suis Pluton.

— Pluton, ai-je répété. N'est-ce pas un nom grec ? De l'histoire de Déméter et la première récolte de blé ?

— Mais oui, mon garçon. Comment sais-tu cela ?

— C'est ma mère qui me l'a raconté, ai-je répondu, la gorge sèche.

— Comme la mienne, alors. Tous les enfants de Slantos connaissent les histoires de moisson et de confection de pain de nombreux pays. Et on donne souvent aux enfants des noms empruntés à ces histoires. Bien sûr, ce n'est pas mon nom véritable, a-t-il ajouté avec un air ambigu.

Rhia et moi étions intrigués. Me rappelant les commentaires d'Urnalda à propos des noms véritables, j'avais envie d'en savoir plus. En outre, je voulais comprendre quel était le lien entre l'art de la fabrication du pain et l'art magique de Nommer. Mais, cette fois encore, je me suis abstenu. La situation avait pris un tour positif, et je ne voulais pas tout gâcher. Mieux valait attendre un autre moment pour apprendre l'art de Nommer.

Pluton a soulevé le loquet de la porte.

— Entrez, tous les deux.

Au moment de le suivre, je me suis souvenu de Bumbelwy. Où était-il passé ? Un coup d'œil derrière moi m'a vite renseigné : il était près de la fontaine à pain. Appuyé contre la base de la construction, il semblait fasciné par le liquide doré. Des enfants, intrigués sans doute par son chapeau à grelots, s'étaient rassemblés autour de lui. Il ne risquait guère de nous causer des ennuis, et comme je ne voulais pas abuser de l'hospitalité de Pluton, j'ai décidé de le laisser là.

Dès notre entrée dans le bâtiment, une nouvelle vague d'arômes nous a submergés. J'ai senti l'orge grillée, un doux parfum de rose et plusieurs épices que je ne parvenais pas à identifier. La pièce centrale ressemblait à la cuisine d'une auberge en pleine effervescence, avec des marmites bouillantes sur le foyer, des herbes, des racines et des copeaux d'écorce séchés suspendus au plafond, des sacs de grain et de farine sur les étagères. Six ou sept personnes s'affairaient à la cuisson, remuant, versant, coupant, mélangeant... Elles donnaient l'impression d'aimer leur travail et de le faire avec le plus grand sérieux.

Le soleil entrait à flots dans la pièce par des rangées de fenêtres étroites. Mais la principale source de lumière était le foyer lui-même, un ensemble de fours en pierre et de feux qui couvraient presque un mur entier. Le combustible utilisé n'était pas du bois, mais des espèces de gâteaux plats et gris — encore une mystérieuse recette des Slantosiens, sans doute.

Au-dessus du foyer, assez haut pour qu'on ne puisse pas l'attraper, était accrochée une énorme épée, à la poignée noircie par la fumée. Le fourreau de métal était rouillé et la ceinture de cuir, rongée. Quelque chose dans cette épée m'a donné envie de l'examiner de plus près. Mais pris dans le tourbillon d'activité, je n'y ai plus pensé.

Une grande fille, avec des joues comme des pommes et des cheveux noirs jusqu'aux épaules, s'est approchée de Pluton. Elle ne ressemblait à aucune des personnes que j'avais rencontrées dans le village, à cause de ses cheveux, et aussi de sa silhouette longue et fine. Ses yeux, noirs comme les miens, pétillaient d'intelligence.

Elle a attrapé la cruche de liquide doré, puis s'est immobilisée en nous apercevant.

Pluton a fait un petit geste de la main dans notre direction.

— Voici Merlin, et voici Rhia. Ils sont là pour apprendre à fabriquer du pain.

Puis, désignant la fille, il a ajouté d'un ton brusque, ou simplement distrait :

— C'est mon apprentie, Viviane. Elle est venue chez moi quand ses parents, que j'avais connus au cours de mes voyages dans le Sud, sont morts dans une terrible inondation. C'était il y a combien de temps, maintenant…

— Six ans, maître Pluton.

Elle a pris la cruche avec autant de soin qu'une mère tenant un nouveau-né. Nous observant toujours d'un œil méfiant, elle a demandé à Pluton :

— Vous n'êtes pas inquiet de les voir ici ?

— Si, bien sûr. Mais pas plus que je ne l'étais à ton sujet, a-t-il précisé en l'observant attentivement.

Elle s'est raidie, puis n'a plus rien dit.

— En outre, a poursuivi Pluton, j'ai entendu parler d'un garçon qui a tué un redoutable gobelin guerrier avec un simple bâton. Il a sauvé un de nos enfants. Ce n'est pas toi, par hasard ? m'a-t-il demandé en penchant la tête.

Un peu gêné, j'ai hoché la tête. Il a alors pointé mon bâton.

— Et ça, c'est ton arme ?

J'ai fait oui, de nouveau.

— Une arme bien légère face à un gobelin… à moins, bien sûr, qu'elle ait quelque chose de magique.

À ces mots, Viviane a retenu son souffle. Ses yeux de charbon ont fixé mon bâton. Instinctivement, je l'ai tourné pour cacher les marques.

Un homme est passé avec un plateau de pains tout chauds. Pluton en a pris un recouvert d'une croûte dorée, qu'il a partagé en deux avant d'en humer l'odeur. Puis il a donné une moitié à chacun de nous.

— Mangez, maintenant. Il faut prendre des forces.

Sans nous faire prier, nous avons mordu dans la croûte avec gourmandise. Pendant que nous savourions le goût du beurre, du maïs, de l'aneth et d'autres choses encore, nos regards se sont croisés. Les yeux de Rhia étincelaient comme le ciel sur la mer au lever du jour.

Pluton s'est tourné vers Viviane.

— Nous ne leur confierons que des tâches simples : tourner, mélanger et couper. Pas de recettes.

Il a ramassé deux seaux en bois couverts de farine et les a donnés à Rhia.

— Tu peux remplir ces seaux, l'un d'orge, l'autre de blé, qui sont dans les sacs, là-bas. Puis tu les porteras à la meule, dans la pièce derrière les grandes étagères. Tu verras ainsi comment on broie le grain et comment on tamise la farine.

Il a épousseté sa tunique.

— Et toi, mon garçon, tu vas apprendre à manier le hachoir. Là-bas, à la table où on prépare le « pain du cœur ».

Viviane a paru surprise.

— Vous êtes sûr, maître ?

— Oui. Il peut tout à fait hacher des graines.

Ignorant son regard inquiet, il s'est tourné vers moi :

— Si tu fais bien ton travail, je te montrerai autre chose. Je pourrai même te laisser goûter un peu de « pain du cœur ». Il te donnera des forces et du courage.

— Merci, mais celui que vous m'avez donné me suffit. Il est délicieux.

Sa face ronde rayonnait.

— Comme je le disais, l'important est de bien connaître les ingrédients, a-t-il commencé avec un sourire mystérieux. Tu auras besoin d'un hachoir pour les graines, et nous en manquons en ce moment. Ah, tiens, en voilà un sur la table. Viviane, tu pourrais l'accompagner et lui montrer comment on fait. Je viendrai tout à l'heure voir comment il s'en sort.

À ces mots, la fille s'est égayée. Elle s'est glissée habilement entre Rhia et moi et, d'une voix bien plus douce que précédemment, elle m'a confié tout bas :

— La plupart des gens m'appellent Viviane, mais mes amis m'appellent Nimue. Je ferai tout ce que je peux pour t'aider, et avec grand plaisir.

Un sourire a envahi son visage aux couleurs des pommes.

— Ah, merci, Viv... je veux dire, Nimue, ai-je bafouillé.

Étais-je simplement flatté par l'attention qu'elle me portait, ou y avait-il chez cette fille quelque chose d'autre qui faisait battre mon cœur ?

Rhia, les yeux soudain plus sombres, l'a écartée d'un coup de coude.

— Tu peux commencer par lui apporter un hachoir, lui a-t-elle lancé, en me jetant un regard sévère.

Son intrusion m'a contrarié. Contre quoi voulait-elle encore me mettre en garde ? Elle me traitait de nouveau comme un enfant.

— Viens avec moi, a dit Nimue.

Elle est passée près de Rhia, m'a pris la main et a fait glisser ses doigts le long de mon bras. J'ai senti une étrange chaleur m'envahir tandis qu'elle m'emmenait vers une table couverte de légumes, de graines, de racines et d'herbes. Une femme âgée, assise au bout de la table, triait les ingrédients en plusieurs tas. À l'autre extrémité, un jeune homme à la barbe naissante épluchait une énorme noix qui ressemblait à un gland géant.

— Commençons par là.

Nimue m'a conduit vers le milieu de la table. Elle m'a passé un saladier rempli de légumes violets de forme carrée, qui sortaient de la cuisson et fumaient encore. À l'aide d'un vieux couteau qu'elle a pris dans un bloc de bois, elle a habilement ouvert un légume en deux et en a retiré une graine rouge foncé, plate et brillante. Puis, posant sa main chaude sur la mienne, elle m'a montré le geste rapide qui me permettrait de hacher la graine en tout petits morceaux.

— Eh bien, a-t-elle dit gentiment, laissant sa main s'attarder sur la mienne. Tu en as de la chance, tu sais. Ce pain est une des grandes spécialités de maître Pluton. C'est très rare qu'il permette à un étranger de participer à sa préparation, surtout pour le hachage des graines essentielles. Il doit voir quelque chose de particulier en toi, a-t-elle ajouté avec un sourire charmant.

Elle m'a serré doucement la main avant de retirer la sienne.

— Je reviendrai te voir dans un petit moment.

En repartant, elle a aperçu mon bâton appuyé contre la table.

— Ton bâton va tomber. Tu veux que je le mette en lieu sûr ?

Je ne sais pourquoi, un vague frisson m'a parcouru. Après tout, elle voulait juste me rendre service.

— Non, merci. Il est très bien, là.

— Oh, mais je ne voudrais pas qu'il soit abîmé. Il est si beau...

Elle allait le toucher, quand la vieille femme a cogné son genou contre la table. Le bâton a glissé sur le côté et il est tombé contre ma hanche. Je l'ai repris et glissé dans ma ceinture.

— Voilà, il est à l'abri, maintenant, lui ai-je dit.

Il m'a semblé voir une lueur de colère dans ses yeux, mais si fugitive que j'aurais pu me tromper. D'ailleurs, elle est partie aussitôt, et après quelques pas, elle s'est retournée et m'a fait un grand sourire.

Je n'ai pu m'empêcher de lui sourire aussi. Puis je me suis attelé à ma tâche. J'ai pris un légume violet sur la table. Encore fumant, il était facile à couper. Avec précaution, j'ai retiré la graine brillante. Alors que je commençais à la hacher, la lame usée du couteau s'est fendue. Quelle poisse ! Je l'ai reposé.

Je devais m'acquitter de ma tâche correctement. Pas faire n'importe quoi ! Pluton me mettait à l'épreuve, j'en étais sûr. Pourquoi, sinon, m'aurait-il laissé une telle responsabilité ? Il avait même promis de me montrer autre chose, si j'exécutais bien mon travail. Et si j'échouais, je n'arriverais jamais à gagner sa confiance. J'ai cherché désespérément une autre lame.

En vain. Tous les autres couteaux étaient utilisés. Je me suis levé, mon bâton à la ceinture, et j'ai regardé partout : sur les étagères, près du foyer, sous les tables.

En pure perte.

Puis mon regard est tombé sur l'épée ternie suspendue au mur. Elle serait dure à manier et son pommeau crasseux, difficile à tenir. Mais, au moins, c'était une lame.

Non, me suis-je dit, c'est une idée ridicule. On n'avait jamais vu personne se servir d'une épée pour hacher des graines. Je me suis mordillé la lèvre et j'ai continué à chercher. Aucun couteau nulle part. Le temps passait, et Pluton viendrait bientôt voir où j'en étais. Je me suis de nouveau tourné vers l'épée.

Avisant une petite échelle appuyée contre la plus haute étagère, je l'ai placée près du foyer, et je suis monté jusqu'au dernier échelon. Malgré cela, je n'arrivais pas à atteindre le pommeau de l'épée. J'ai cherché s'il y avait dans la pièce quelqu'un d'assez grand pour l'attraper à ma place, mais tout le monde était occupé.

J'ai fait une nouvelle tentative, en me mettant sur la pointe des pieds. J'y arrivais presque ! J'ai allongé le bras au maximum... mais non. Je n'y arrivais pas.

J'ai maudit cette épée. Pourquoi l'avait-on accrochée si haut ? Pour être de quelque utilité, il aurait fallu qu'on puisse l'atteindre. Et elle m'aurait bien servi, en ce moment... Et pas seulement pour hacher les graines. Ce n'était pas uniquement le « pain du cœur » qui était en jeu, mais beaucoup plus que cela. Si je ne gagnais pas la confiance de Pluton, je ne pourrais pas sauver Elen.

Je me suis concentré sur la vieille épée. Si seulement je pouvais la faire voler jusqu'à moi, comme j'avais fait jadis avec Percelame ! Mais Urnalda me l'avait bien dit : cela n'avait été possible que parce que l'épée elle-même était magique.

À ce moment-là, j'ai remarqué des éraflures sur la poignée. Peut-être n'étaient-elles là que par hasard... ou peut-être représentaient-elles autre chose : des runes, des lettres... Était-il possible que cette épée ait un pouvoir magique ? Je savais, bien sûr, que c'était très peu probable. Pourquoi une épée magique aurait-elle été accrochée là, rouillée, inutilisée, dans un village perdu où l'on ne faisait que du pain ?

Mais ces runes semblaient me faire signe. Peut-être racontaient-elles l'histoire de cette épée. Ou, si vraiment elle était magique, peut-être donnaient-elles des instructions pour s'en servir. Pour la faire voler jusqu'à moi !

Avec l'aide de ma seconde vue, j'ai essayé de déchiffrer ces éraflures. Sous les couches de poussière et de suie, j'y ai trouvé un rythme, une structure. Il y avait des lignes droites, des courbes, des angles. Faisant appel à toute mon énergie, j'ai suivi les entailles cachées.

J'ai réussi à lire la première lettre ! Puis... la deuxième, la troisième, la quatrième, la cinquième... et ainsi de suite jusqu'à la fin du mot.

Car c'était tout ce qu'il y avait sur la poignée : un mot unique et étrange.

J'ai prononcé le mot, pas à haute voix, mais dans ma tête. Je l'ai prononcé lentement, avec application, en savourant la richesse du nom. Et, à son tour, l'épée m'a parlé. De son passé grandiose et de son futur, encore plus grandiose. *Je suis l'épée de la lumière, passée et présente. Je suis l'épée des rois, de jadis et de l'avenir.*

Soudain, elle s'est détachée du mur et toute trace de saleté a disparu. Le pommeau en argent a retrouvé son éclat d'origine. De même que le fourreau en métal poli et la ceinture en cuir incrustée de gemmes pourpres. Avec autant de grâce qu'une feuille portée par le vent, elle est venue se poser dans mes mains.

C'est seulement à ce moment-là que je me suis aperçu que toute la salle était devenue silencieuse. Personne ne bougeait, et tous les regards étaient fixés sur moi.

L'angoisse m'a saisi, car j'étais sûr que désormais je serais traité d'espion. Que Rhia et moi serions bannis. Ou pire.

Pluton, l'air contrarié ou étonné, je ne savais pas, s'est avancé vers moi. Les mains sur les hanches, il m'a observé un moment.

— Au début, je n'avais pas une très haute opinion de toi. C'est certain.

— Je... je suis désolé pour votre épée.

Poursuivant son idée, il n'a pas prêté attention à ce que je disais.

— Mais je dois avouer que tu me surprends, comme une bonne boule de pâte qui lève au-delà de toute espérance. Tu avais juste besoin de temps.

— Vous voulez dire... que je peux m'en servir ?

— Tu peux même la garder ! a-t-il lancé d'une voix forte. Elle est à toi.

Je tombais des nues. Rhia me regardait avec fierté. Nimue, les mains sur les hanches, m'observait autrement... Plutôt avec une sorte d'envie.

— Mais je n'ai fait que lire son nom. Elle s'appelle...

— Chut ! a fait Pluton. Un nom véritable ne doit jamais être prononcé à haute voix, sauf si c'est absolument nécessaire. Tu es devenu le maître de cette épée en reconnaissant son nom véritable. Maintenant, tu dois garder ce nom fidèlement.

J'ai contemplé la pièce autour de moi, éclairée par le feu du foyer, et remplie d'odeurs de farine fraîchement moulue, de pain en train de cuire et de milliers d'épices.

— Je crois avoir compris. Ici, dans ce village, vous apprenez le nom véritable de tous les ingrédients avant de les utiliser. Cela vous permet de maîtriser leurs pouvoirs et ensuite d'en imprégner vos pains. Voilà pourquoi vos pains sont emplis de magie.

Pluton a hoché la tête lentement.

— Jadis, il y a fort longtemps, cette épée est arrivée ici portée par un vol de cygnes enchantés. On prédisait qu'un jour elle volerait elle-même comme un cygne jusqu'aux mains d'une personne qui lirait son nom véritable. Parce que nous sommes, de tous les habitants de Fincayra, ceux qui attachent le plus de valeur au pouvoir des noms véritables, l'épée nous a été confiée. Jusqu'à ce jour. Désormais, c'est ton tour.

Il a attaché la ceinture autour de ma taille et ajusté le fourreau.

— Utilise cette épée avec sagesse et à propos. Et mets-la en lieu sûr. Car il a été prédit aussi qu'un jour elle appartiendrait à un grand roi... un roi qui connaîtrait un règne tragique. Malgré tout, son pouvoir serait si grand qu'il la tirerait d'un fourreau de pierre.

J'ai regardé Pluton dans les yeux.

— Alors lui aussi connaîtra son nom véritable. *Car un nom véritable possède un pouvoir véritable.*

Au même instant, mon bâton a grésillé et une lumière bleue en a jailli. Une nouvelle marque est apparue. Elle avait la forme d'une épée. Une épée dont je connaissais le nom.

∽ XXIV ∽

pas d'ailes,
pas d'espoir

'est seulement après avoir goûté neuf
variétés de pain différentes (y compris le
pain d'ambroisie, encore meilleur que dans mon
souvenir), que nous nous sommes arrachés à la
cuisine de Pluton. Pour finir, le maître boulanger
a fourré un « pain du cœur » tout frais dans ma
sacoche et nous a raccompagnés jusqu'à la porte.

En sortant, nous avons trouvé Bumbelwy
affalé au pied de la grande fontaine à pain. Le
bouffon se tenait le ventre en gémissant. Son
visage, jusqu'au dernier menton, était verdâtre. Sa
cape était maculée de traînées de pâte dorée. Il en
avait partout, accrochée à ses cheveux, ses oreilles
et même ses sourcils. Son tricorne posé sur la
tête, et pour une fois silencieux, était également
couvert de pâte.

— Ohhh, a-t-il gémi. Mourir d'indigestion !
Quelle fin douloureuse !

Malgré moi, j'avais envie de rire. Mais je me
suis rappelé l'engagement que j'avais pris et qui

m'obligerait à manger mes bottes s'il réussissait à me faire rire. Alors, je me suis retenu.

Nous avons appris, à travers ses explications haletantes entrecoupées de gémissements, qu'il était resté près de la fontaine à pain, à observer et respirer l'épais liquide qui en sortait. Au bout d'un moment, n'en pouvant plus, il s'était penché pour mieux sentir les bonnes odeurs. Puis, des deux mains, il avait puisé un peu de cette merveilleuse pâte dans le bassin pour la verser directement dans sa bouche. Comme il en aimait le goût, il en avait repris, et encore repris. Ce qu'il ignorait, et qu'il avait compris trop tard, c'est que la pâte avait seulement commencé à lever. Et elle a continué à lever… dans son estomac. Ce qui s'est terminé par un mal de ventre si horrible qu'il n'arrivait même pas à le décrire.

J'ai posé mon bâton contre la fontaine et je me suis assis à côté de lui. Rhia nous a rejoints, s'assoyant les bras autour des genoux, la faisant ressembler à un bosquet vert et brun. Les gens du village passaient à toute allure, poursuivant leurs tâches avec la détermination d'une armée.

J'ai soupiré en songeant que nous avions bien un but, nous aussi, mais pas la même vitesse. Et nous avions encore un long chemin à parcourir.

Rhia a tendu le bras vers moi.

— Tu t'inquiètes pour le temps, n'est-ce pas ? La lune décroît rapidement… Il ne reste pas plus de cinq jours, Merlin.

— Je sais, je sais. Et pour le Chant du Saut, nous devons aller jusqu'à Varigal. Nous devrons traverser de nouveau les Gorges des Aigles et il faut s'attendre à des problèmes dans les Collines obscures. Plus de problèmes, je le crains, qu'un bâton et une épée, même magiques, ne peuvent en affronter, ai-je dit en passant un doigt sur le fourreau qui pendait maintenant à ma taille.

Rhia a hoché la tête en direction de Bumbelwy.

— Et lui, qu'est-ce qu'on en fait ? Il ne peut même plus s'asseoir…

J'ai observé le pauvre homme gémissant recouvert de pâte.

— Je vais peut-être te surprendre, mais je n'ai pas le cœur de le laisser. Il a fait vraiment tout ce qu'il a pu pour toi, sur la falaise.

Elle a souri tristement.

— Non, tu ne me surprends pas.

— Alors, que faisons-nous ? Si seulement je pouvais voler, ai-je dit en étirant mes épaules douloureuses.

Rhia a avalé un morceau de pain d'ambroisie.

— Comme les Fincayriens de jadis, avant qu'ils perdent leurs ailes.

— Il me faudrait plus que des ailes, a dit Bumbelwy en roulant sur le côté. C'est d'un nouveau corps dont j'ai besoin.

J'ai observé mon bâton, appuyé contre la base de la fontaine. Quatre images y étaient gravées : un papillon, un couple de faucons, une pierre fendue, et maintenant une épée. Nous avions fait du chemin, et pourtant tous nos efforts n'auraient servi à rien si je ne découvrais pas les âmes des autres Chants très rapidement.

Je me les suis récités dans ma tête, essayant d'y trouver une lueur d'espoir :

Le pouvoir de Sauter est la cinquième,
À Varigal, fais attention.

Éliminer est la sixième,
Le repaire d'un dragon.

Le don de Voir est la dernière,
Le sortilège de l'Île oubliée.

Maintenant tu peux essayer de trouver
Où le Puits de l'Autre Monde est caché.

Rien qu'en songeant aux vastes distances à parcourir, je me sentais découragé. Même si j'avais des ailes, comment pourrais-je jamais y arriver ?

Sans compter les épreuves qui restaient à affronter : trouver le Puits de l'Autre Monde, éviter l'ogre Balor et monter au royaume de Dagda pour obtenir le précieux Élixir. Tout cela, en cinq jours...

Si seulement je pouvais condenser les choses d'une manière ou d'une autre ! Sauter un des Chants. Aller directement au pays des esprits. Mais Tuatha m'avait mis en garde contre une telle folie.

— Comment allons-nous y arriver, Rhia ? ai-je dit, frappant le sol d'un coup de poing rageur.

Elle allait me répondre, quand un groupe de quatre hommes, titubant sous le poids d'un énorme chaudron noir, s'est approché de la fontaine. Bousculant ceux qui les gênaient, ils sont passés entre nous et ont failli marcher sur le pauvre Bumbelwy. Sans se soucier de ses grognements alors qu'il roulait sur le côté, ils ont appuyé le chaudron sur le bord du bassin et déversé son contenu : un mélange crémeux à l'odeur de clou de girofle.

Alors qu'ils repartaient avec le chaudron vide, un petit garçon aux joues rebondies a accouru vers moi. Il a tiré sur ma tunique, à la fois tout excité et soucieux.

— Galwy ! me suis-je écrié. Quoi ? Qu'y a-t-il ?

— Elle l'a pris, a-t-il répondu, haletant. Je l'ai vue !

— Mais quoi donc ?

— Le tueur de gobelins ! Elle l'a pris !

Intrigué, je l'ai saisi par les épaules.

— Le *tueur de gobelins* ? Qu'est-ce que…

J'ai regardé la fontaine. Mon bâton n'y était plus !

— Qui l'a pris ?

— La fille, la grande. Elle est partie par là en courant, a-t-il ajouté, pointant le doigt vers les portes du village.

Nimue ! Je me suis levé d'un bond et, poussant tous ceux qui se trouvaient près de la fontaine, j'ai sauté par-dessus un chien endormi et couru à toutes jambes jusqu'aux portes. Je me suis arrêté sous un des grands épicéas et j'ai scruté la plaine — ou ce qu'on pouvait en voir, car une épaisse couche de brouillard dissimulait l'horizon.

Aucune trace de Nimue. Ni de mon bâton.

— Vous partez déjà ?

Je me suis retourné brusquement. C'était le garde. Il m'observait, caché dans l'ombre du grand conifère, la main sur la poignée de son épée.

— Mon bâton ! ai-je crié. Vous n'avez pas vu une fille passer avec mon bâton ?

Il a hoché la tête lentement.

— Celle qui s'appelle Viviane, ou Nimue.

— Oui! Où est-elle allée?

Il a fait un signe en direction du brouillard.

— Quelque part par là-bas, derrière la brume marine, a-t-il répondu, en tirant mollement sur des mèches de cheveux qui pendaient sur ses oreilles. Peut-être vers la côte, peut-être vers les collines. Je n'en sais rien. Je surveille surtout les gens qui entrent, pas ceux qui sortent.

— Vous n'avez pas vu qu'elle avait mon bâton? ai-je dit, énervé.

— Si, bien sûr. Ton bâton se remarque. Mais ce n'est pas la première fois qu'elle convainc un homme de lui donner un objet qui lui plaît, et je ne m'en suis pas inquiété.

— Je ne lui ai pas donné! Elle me l'a volé!

— J'ai déjà entendu ça aussi, a-t-il dit avec un sourire malin.

Écœuré, j'ai scruté encore une fois le brouillard jusqu'à la limite de mes possibilités. Mais tout ce que je voyais, c'était du brouillard et encore du brouillard. Mon bâton! Mon précieux bâton! Ce trésor de la Druma, touché par la main de Tuatha et marqué par le pouvoir des Chants... Envolé! Sans lui, comment saurais-je si j'avais trouvé l'âme de chaque Chant?

La tête basse, je suis retourné vers le terrain communal. Un homme, les bras chargés de pain, s'est cogné contre moi et en a fait tomber quelques-uns. Mais j'y ai à peine fait attention. Je ne songeais qu'à mon bâton. Arrivé près de la fontaine, je me suis effondré à côté de Rhia.

Elle a entouré son doigt autour du mien et cherché une réponse sur mon visage.

— Alors, il est perdu, a-t-elle dit.

— Tout est perdu.

— Ça, c'est vrai, c'est bien vrai, a gémi Bumbelwy en frottant son ventre gonflé.

Rhia a pris ma sacoche et l'a ouverte. Elle a sorti le pain du cœur que nous avait donné Pluton et en a détaché un morceau qu'elle posé dans ma main. Il s'en dégageait une odeur aussi puissante que celle du gibier rôti.

— Tiens. Pluton a dit qu'il remplirait ton cœur de courage.

— Il faudra plus que du courage pour sauver ma mère, ai-je marmonné en prenant une petite bouchée.

Dès que je me suis mis à le mâcher, les graines ont craqué sous mes dents et libéré toutes leurs saveurs. Et autre chose aussi. Je me suis redressé en inspirant une bonne bouffée d'air, et j'ai senti une force nouvelle envahir mes membres. Mais, en prenant une deuxième bouchée, je n'oubliais pas la triste réalité : mon bâton était perdu, et mes recherches, vaines. Que pouvais-je faire, privé de mon bâton, à court de temps, et sans ailes pour voler jusqu'à l'autre bout de Fincayra ?

J'étais au bord des larmes.

— Je n'y arriverai pas, Rhia. Je n'y arriverai jamais.

Elle s'est laissé glisser sur le sol en poussant quelques morceaux de pâte qui s'étaient décollés. Doucement, elle a touché l'amulette de chêne, de frêne et d'aubépine qu'Elen lui avait donnée.

— Tant qu'on a de l'espoir, on a toujours une chance.

— Justement !

J'ai frappé l'air, passant près de frapper la base de la fontaine de pâte à pain.

— Je n'ai plus d'espoir.

Au même instant, quelque chose de chaud m'a frôlé la joue. C'était plus léger qu'une caresse. Plus léger que l'air.

— Tu as encore une chance, Emrys Merlin, a soufflé une voix familière à mon oreille. Tu as encore une chance.

— Aylah ! C'est toi ?...

Je me suis levé d'un bond, les bras tendus vers le ciel.

— C'est bien toi.

— Tenez, vous voyez ? a dit Bumbelwy tristement. C'était trop dur pour le pauvre garçon. Il a perdu la tête. Maintenant, il parle tout seul.

— Pas tout seul, au vent !

Les yeux de Rhia se sont illuminés.

— Tu veux dire... à une sœur du vent ?

Un rire doux et léger s'est élevé dans l'air.

— Oui, Rhiannon. Je suis venue pour vous emmener tous à Varigal.

— Oh, Aylah ! me suis-je écrié. Est-il possible, avant que tu nous emmènes là-bas, d'aller d'abord ailleurs ?

— Chercher ton bâton, Emrys Merlin ?

— Comment l'as-tu deviné ?

Les paroles de la sœur du vent jaillissaient de l'air comme des bulles.

— Rien n'échappe longtemps au vent. Ni une fugitive, ni la grotte secrète où elle cache ses trésors, ni même son désir d'exercer un grand pouvoir par la magie.

— Pourrons-nous l'attraper avant qu'elle arrive à sa grotte ?

Une rafale de vent soudaine a balayé la place. Chapeaux, capes et tabliers ont été emportés et se sont mis à tourbillonner comme des feuilles d'automne. Mes bottes elles-mêmes ont décollé du sol. En un instant, Rhia, Bumbelwy et moi nous sommes envolés.

TOUTES LES VOIX

L orsque nous nous sommes élevés au-dessus du village, plusieurs personnes, près de la fontaine, ont poussé des cris de frayeur — bien qu'aucune n'ait hurlé aussi fort que Bumbelwy. Pour ma part, je balançais mes jambes librement, grisé par la sensation du vol. Une sensation que j'avais connue seulement une fois, sur le dos de Fléau. Cette fois-ci, c'était le vent qui me portait et c'était encore plus grisant. Mais plus effrayant aussi.

Aylah nous transportait sur un tapis d'air, à grande vitesse. Les bâtiments en forme de miches de pain de Slantos se sont fondus dans le brouillard, et le bassin doré de la fontaine a pâli. Puis, engloutis par les nuages, nous n'avons plus rien vu. J'entendais siffler le vent autour de nous, mais pas très fort, car nous volions avec lui et non contre lui.

— Aylah, ai-je crié, peux-tu la retrouver dans le brouillard ?

— Patience, a-t-elle répondu.

Sa voix aérienne venait à la fois d'en haut et d'en bas.

Les nuages se sont épaissis. Nous avons amorcé la descente et viré à droite.

Rhia s'est tournée vers moi, de plus en plus euphorique. Nous étions assez près les uns des autres pour pouvoir nous toucher et suffisamment éloignés pour nous sentir complètement libres. Bumbelwy, lui, n'était pas à la fête. À chaque secousse, à chaque virage, il devenait de plus en plus vert.

Soudain, juste en dessous de nous, à travers un trou dans le brouillard, nous avons aperçu une silhouette. Nimue !

Elle marchait dans l'herbe d'un pas déterminé, ses longs cheveux noirs flottant sur ses épaules, et elle tenait mon bâton à la main. Je l'imaginais riant de satisfaction. Elle devait se demander quelle place d'honneur elle allait donner à ce trophée dans sa caverne aux trésors. Ou comment elle pourrait trouver un moyen de détourner ses pouvoirs cachés à son avantage. Alors que nous approchions du sol où se dessinaient nos trois ombres, je n'ai pu m'empêcher de sourire.

À ce moment-là, elle a senti quelque chose et elle s'est retournée. En voyant mes compagnons et moi tomber du ciel, elle a poussé un cri. Sans lui laisser le temps de s'enfuir, j'ai tendu les bras et attrapé des deux mains l'extrémité noueuse de mon bâton.

— Voleur! a-t-elle gémi, en se cramponnant à sa prise.

Nous nous sommes lancés dans une lutte acharnée. Aylah m'a fait remonter en l'air et Nimue a décollé du sol en donnant des coups de pied de tous les côtés. Mon dos et mes épaules me faisaient mal, mais j'ai tenu bon. Son corps, fouetté par le vent, se balançait de-ci, de-là, sans pour autant lâcher prise. Nous sommes redescendus un peu, juste au moment où apparaissait un buisson de ronces. Nimue est passée en plein dedans. Malgré les épines qui lui griffaient les jambes et déchiraient sa robe, elle n'a pas desserré les doigts.

J'ai senti le bâton glisser entre mes mains moites. La douleur dans mes épaules devenait insoutenable. Mes bras s'engourdissaient. Nimue, elle, continuait à se débattre comme une forcenée.

Virant brusquement à gauche, nous nous sommes dirigés vers un amas de rochers pointus. Nimue a aperçu l'obstacle juste à temps. Avec un cri de terreur, elle a enfin lâché.

Elle a atterri sur le dos, juste à côté des rochers. À bout de forces, j'ai remonté le bâton et contemplé les marques familières. Le couple de faucons portait encore la trace de ma sueur. Je me sentais entier de nouveau. Maintenant que j'avais récupéré mon bâton, je reprenais espoir.

Tandis que le brouillard s'épaississait, j'ai jeté un coup d'œil en bas. Nimue s'est assise. Ses yeux lançaient des éclairs. Elle s'est mise à donner des coups de talon dans la terre comme un petit enfant en colère, et à agiter les poings en jurant et criant vengeance. Elle a rapetissé rapidement, avant de disparaître dans une nappe de brouillard, et le sifflement du vent a remplacé ses cris.

J'ai fait tournoyer mon bâton dans mes mains endolories.

— Merci, Aylah.

— Tout le plaisir est pour moi, Emrys Merlin. Oui, vraiment.

Le vent nous a emportés plus haut, jusqu'à ce que le brouillard se déchire et forme des vagues blanches qui montaient et redescendaient comme une mer houleuse. Des vaisseaux de brume, voiles gonflées, dressaient leur proue pour se précipiter sur des rivages vaporeux. Ces nuages toujours en mouvement nous aspergeaient de gouttelettes, et nous étions trempés.

Autant le regard de Nimue avait été plein de colère, autant celui de Rhia était joyeux.

— Tu avais tout à fait raison à propos de cette fille, ai-je dû admettre. Je ne sais pas comment, mais elle avait réussi à… enfin, à me troubler, au début. Malheureusement, je n'ai pas ton… comment ma mère appelait-elle ça ?

— Ton intuition.

Elle a agité les bras comme des ailes.

— Oh, n'est-ce pas merveilleux ? Je me sens si libre ! Comme si j'étais moi-même le vent.

— Mais tu es le vent, Rhiannon, a dit Aylah dont les bras légers nous encerclaient. Tu as tout ce qui est vivant en toi. C'est cela, l'intuition, les voix de ces choses vivantes en toi.

Puis Aylah m'a soufflé à l'oreille :

— Toi aussi, tu as de l'intuition, Emrys Merlin. Simplement, tu ne l'entends pas très bien. Tu as toutes les voix, vieilles et jeunes, mâles et femelles.

— Femelle, moi ? Mais je suis un garçon !

— Oui, Emrys Merlin. Tu es un garçon. Et c'est merveilleux ! Un jour, peut-être, tu apprendras que tu peux être autre chose. Que tu peux écouter aussi bien que parler, semer autant que récolter, créer autant que construire. Et que le moindre battement d'aile d'un papillon peut être aussi puissant qu'un tremblement de terre qui ébranle les montagnes.

À peine ces mots avaient-ils été prononcés qu'un brusque courant d'air nous a secoués. Rhia et moi avons roulé l'un sur l'autre, Bumbelwy s'est mis à crier en agitant les bras et les jambes, et son chapeau s'est envolé. Rhia l'a rattrapé de justesse, causant quelques tintements et plusieurs morceaux de pâte s'en détachant.

Tout à coup, nous sommes sortis des nuages. Aussi rapides que des faucons, nous avons pris de l'altitude. Fincayra se déroulait en dessous de nous telle une tapisserie aux couleurs éblouissantes où je reconnaissais les Collines obscures, enveloppées d'ombres et parsemées ici et là de bouquets d'arbres ou d'amas de rochers, les Gorges des Aigles striées de rouge et de marron qui serpentaient en direction du sud, et la vaste étendue des Plaines rouillées mouchetées de rayons de soleil.

Je me suis penché en avant et étalé à plat ventre sur le tapis de vent. Pendant un moment, j'ai eu l'impression d'être redevenu un poisson, retrouvant dans l'air les mêmes sensations que dans l'eau. Emporté par des courants invisibles, je volais à travers la substance que je respirais.

Au nord, j'ai aperçu les contours d'une sombre péninsule qui se sont fondus dans la brume et, juste en dessous de nous, des rivières étincelantes au milieu des collines. Au-delà se dessinait le sinistre profil du Lac de la Face. Un frisson glacé m'a parcouru le dos au souvenir de Balor et son œil meurtrier, qui m'étaient apparus dans l'eau.

Puis, au-dessus du vent, j'ai entendu un léger grondement. Il venait des montagnes enneigées dont les sommets brillaient devant nous dans la lumière du soir. Le grondement s'est amplifié. On aurait cru un bruit d'avalanches. Ou un roulement de tonnerre dans les profondeurs de la Terre.

C'était bien cela, en effet. Car nous étions arrivés au pays des géants. Aylah nous a déposés sur un tertre couvert d'herbe courte — une des rares taches de verdure sur une pente rocheuse et abrupte. Le grondement faisait vibrer le sol en dessous de nous, ainsi que les falaises environnantes.

Dès que Bumbelwy a mis les pieds par terre, il s'est dirigé en titubant vers un énorme tas de feuilles, de branches et de fougères abandonné là qui occupait presque la moitié du tertre. Il est tombé dans le tas, a rampé un peu plus haut, puis s'est allongé sur le dos.

— Si je dois mourir dans un tremblement de terre, a-t-il dit en rajustant quelques branches cassées sous sa tête, au moins que ce soit dans un lit moelleux ! En outre, j'ai des problèmes digestifs. Et je ne parle pas des fatigues du voyage…

Il a fermé les yeux, en s'enfonçant un peu plus dans les fougères.

— Rendez-vous compte : j'ai failli mourir deux fois dans la même journée, a-t-il rappelé en bâillant et en secouant ses grelots. Si je n'étais pas aussi optimiste, je dirais que quelque chose d'encore pire va m'arriver d'ici ce soir.

Quelques secondes après, il ronflait.

— J'espère que tout ira bien pour toi, Emrys Merlin, m'a dit la voix à l'oreille — mais plus fort, cette fois, à cause du grondement. J'aurais aimé rester plus longtemps, mais je dois m'en aller.

— Je regrette que tu doives partir.

L'haleine chaude d'Aylah m'a caressé la joue.

— Je sais, Emrys Merlin, je sais. Peut-être nous reverrons-nous un jour.

— Et nous volerons de nouveau ? a dit Rhia, imitant le mouvement des ailes avec les bras. Comme le vent ?

— Peut-être, Rhiannon. Peut-être.

Puis, dans un tourbillon d'air, la sœur du vent s'en est allée.

∽ XXVI ∽

SAUTER

Un bruit sourd a résonné dans la vallée, en dessous du tertre. Le sol a tremblé de nouveau. Rhia et moi sommes tous deux tombés à la renverse. Une grive aux ailes violettes mouchetées de blanc a poussé un cri et s'est envolée de son perchoir dans l'herbe. Je me suis assis. Bumbelwy ronflait toujours comme un bienheureux dans son tas de feuilles. Apparemment, il en fallait plus que cela pour le réveiller.

À quatre pattes, Rhia et moi avons lentement avancé au bord du tertre. De là, on avait vue sur la vallée. À cet instant, un pan de la falaise s'est détaché et a dégringolé dans un nuage de poussière et d'éboulis. Une violente secousse accompagnée d'un nouveau grondement a ébranlé le sol sous nos pieds.

Quand la poussière est retombée, j'ai aperçu des silhouettes qui travaillaient en bas. Même de loin, les géants paraissaient vraiment énormes. Et d'une force effrayante. Certains fendaient des rochers avec des marteaux grands comme des pins, d'autres tiraient les blocs au centre de la vallée. Alors qu'il aurait fallu cinquante hommes et femmes pour tirer une seule de ces pierres, les géants, eux, les déplaçaient avec la même aisance que des balles de foin.

Non loin de là, on en voyait qui taillaient les pierres grises et blanches, ou les assemblaient avec soin pour construire les tours et les ponts d'une nouvelle ville. C'était donc cela, Varigal ! Détruite par l'armée de Stangmar, la plus ancienne cité de Fincayra était en cours de reconstruction. Les murs et les flèches aux contours rugueux repro-duisaient les falaises et les pics neigeux entourant la vallée.

Tout en travaillant, les géants chantaient de leurs voix caverneuses. Les paroles, rocailleuses comme la terre elle-même, se répercutaient de falaise en falaise.

Hy gododin catann hue
Hud a lledrith mal wyddan
Gaunce ae bellawn wen cabri
Varigal don Fincayra
Dravia, dravia Fincayra

Hud ya vardann tendal fe
Roe samenya, llaren kai
Hosh waundi na mal storro

Varigal don Fincayra
Dravia, dravia Fincayra

Je me souvenais d'avoir entendu ces mêmes voix
entonner la Lledra pendant la Danse des géants,
qui avait fini par provoquer l'écroulement du château des Ténèbres. Et aussi d'Elen me berçant avec
ce chant quand j'étais tout petit.

Arbres qui parlent et pierres qui marchent
De l'île les géants sont les os.
Aussi longtemps qu'ils y danseront,
Varigal la couronnera.
Longue vie, longue vie à Fincayra !

Les géants respirent et les tempêtes soufflent,
Ils touchent les flots et les rivières se calment.
Là-haut, au royaume des neiges,
Varigal couronne Fincayra.
Longue vie, longue vie à Fincayra !

Bumbelwy s'est retourné sur son lit de branches
en ronflant. Un brin de fougère s'était pris dans
ses cheveux et semblait sortir de son oreille. À
chaque respiration, ses grelots tintaient comme
un chaudron rempli de pierres. Mais le bouffon
continuait à dormir, imperturbable.

Toujours attentif à ce qui se passait en dessous de nous, j'ai regardé une géante mettre en place la base d'une tour de pierre d'un coup d'épaule. D'en haut, avec ses cheveux en bataille, elle ressemblait beaucoup à celle sur laquelle s'était perché l'aigle au début du Grand Conseil. Mon vieil ami Shim devait aussi travailler quelque part par-là. Ou, plus vraisemblablement, se débrouiller pour en faire le moins possible. J'avais très envie de le revoir, mais je n'avais pas le temps.

— Alors, a dit une voix mélodieuse derrière nous, pourquoi êtes-vous venus au pays des géants ?

Rhia et moi avons fait volte-face. Sur un rocher moussu — pourtant vide quelques secondes avant — était assise une grande femme pâle. Ses cheveux dorés, qui lui descendaient presque jusqu'aux genoux, retombaient autour d'elle comme des rayons de lumière. Elle portait une simple robe bleu clair, mais sa seule posture lui donnait de l'élégance. Ses yeux, particulièrement brillants, semblaient le reflet d'un feu intérieur.

Toute charmante qu'elle fût, je suis resté sur la réserve. *Je n'ai peut-être pas l'intuition de Rhia, mais je ne ferai pas la même erreur qu'avec Nimue.* J'ai attrapé mon bâton pour le rapprocher de moi.

La jeune femme a ri gentiment.

— Je vois que tu ne me fais pas confiance.

Toujours assise sur l'herbe, Rhia s'est redressée pour mieux étudier le visage de la femme.

— Moi, j'ai confiance en vous, a-t-elle déclaré. Nous sommes venus nous initier au pouvoir de Sauter.

J'étais stupéfait.

— Rhia ! Tu ne la connais pas !

— Je sais. Et pourtant… si, je la connais. Elle me donne envie de suivre mon intuition. Il y a quelque chose en elle qui… je ne sais pas… qui me rappelle les étoiles dans une nuit très noire.

La femme s'est levée lentement, ses cheveux flottant autour de sa taille.

— C'est parce que, chère jeune fille, je suis l'esprit d'une étoile. Tu me connais, en fait, sous la forme d'une constellation.

Malgré le sol qui tremblait, Rhia s'est levée.

— Gwri, a-t-elle dit doucement, si doucement que je l'entendais à peine à cause du grondement incessant. Vous êtes Gwri aux cheveux d'or.

— Oui. J'habite tout à fait à l'ouest de votre ciel. Je t'ai vue, Rhia, et toi aussi, Merlin, au moment où vous m'observiez.

Sidéré, je me suis levé à mon tour. Elle me semblait si loin, cette nuit sous le shomorra, où Rhia m'avait montré Gwri aux cheveux d'or… Et où elle m'avait appris à voir les constellations

301

d'une tout autre manière. À découvrir leur forme non seulement dans les étoiles elles-mêmes, mais aussi dans les espaces *entre* les étoiles.

Rhia s'est avancée vers elle.

— Pourquoi êtes-vous venue jusqu'ici ?

Gwri a ri de nouveau, plus fort que précédemment. Cette fois, un cercle de lumière dorée a éclairé l'air autour d'elle.

— Pour aider les géants à reconstruire leur ancienne capitale. Je suis venue à Varigal il y a très longtemps, au moment de sa construction. J'éclairais Dagda pendant qu'il creusait le flanc rocheux de la montagne pour créer le tout premier géant.

— Vous êtes venue de si loin... ai-je dit.

— Oui, Merlin. En sautant.

J'ai senti mes jambes flageoler, mais pas à cause des tremblements du sol.

— En sautant ? Voulez-vous... pouvez-vous m'apprendre ce que je dois savoir ?

— Tu connais déjà l'âme de ce Chant, Merlin. Il faut seulement que tu la trouves en toi.

— Nous avons si peu de temps ! Il reste à peine un quartier de lune... Et ma mère... ai-je ajouté d'une voix étranglée. Elle va mourir. À cause de moi.

Gwri m'a observé avec attention. Elle semblait à l'écoute de mes pensées les plus intimes, indifférente au grondement continuel qui montait de la vallée.

— Qu'as-tu fait, exactement ?

— J'ai trouvé le coquillage parlant qui a amené ma mère jusqu'ici.

Gwri a penché la tête, faisant retomber sur son bras une cascade de cheveux.

— Non, Merlin. Réfléchis bien.

Je me suis frotté le menton, perplexe.

— Mais le coquillage…

— Réfléchis encore.

J'ai croisé le regard de Rhia.

— Vous voulez dire… que c'était moi. Pas le coquillage.

La femme a hoché la tête.

— Le coquillage avait besoin de ton pouvoir pour le faire. Ton pouvoir de Sauter, si peu développé soit-il. Un jour, peut-être, tu maîtriseras ce pouvoir et tu pourras faire se déplacer des gens, des choses ou des rêves. Tu pourras voyager à travers les mondes ou même à travers le temps, comme tu voudras.

Un vague souvenir s'est réveillé en moi.

— Le temps ? Lorsque que j'étais tout petit, je rêvais de pouvoir remonter le temps pour revivre à volonté mes moments préférés.

Un vague sourire est passé sur son visage.

— Tu arriveras peut-être à maîtriser cela aussi. Alors, tu pourras rajeunir de jour en jour, pendant que le monde vieillira autour de toi.

Même si l'idée me rendait curieux, j'ai secoué la tête.

— C'est seulement un rêve. Je crains de ne jamais rien maîtriser. Il n'y a qu'à voir le désastre que j'ai causé en faisant venir ma mère à Fincayra.

— Dis-moi, a repris Gwri, quelle leçon en as-tu tirée ?

Une nouvelle secousse a ébranlé le sol. Des rochers de la falaise la plus proche se sont détachés et ont dégringolé dans la vallée au milieu d'un nuage de poussière. Je me suis appuyé sur mon bâton pour garder l'équilibre.

— Eh bien, j'ai appris que le pouvoir de Sauter a des limites, comme tout pouvoir magique, j'imagine.

— C'est vrai. Même le grand Dagda a des limites ! Malgré tout ce qu'il sait des pouvoirs de l'Univers, il ne peut ramener un mort à la vie.

Gwri a semblé soudain peinée. Comme au souvenir d'un événement ancien. Après une longue pause, elle a repris :

— As-tu appris autre chose ?

J'ai hésité.

— Eh bien… qu'on doit bien réfléchir avant de faire venir quelqu'un ou quelque chose dans un nouvel endroit, car ce qu'on fait peut avoir des conséquences imprévues, graves parfois.

— Et pourquoi penses-tu cela ?

J'ai réfléchi encore, serrant encore plus fort mon bâton. Le vent soufflait sur la crête et me piquait le visage.

— Parce qu'une action est liée à une autre. Jeter un simple caillou au mauvais endroit pourrait déclencher une chute de pierres. La vérité, c'est que *tout est lié*.

Gwri a éclaté de rire juste au moment où une flamme bleue jaillissait de mon bâton. Un cercle de lumière dorée a brillé de nouveau autour d'elle, alors qu'apparaissait sur mon bâton l'image d'une étoile au milieu d'un cercle. Je l'ai touchée du bout des doigts.

— Tu as bien compris, Merlin. Tout joue un rôle dans le grand et glorieux Chant des Étoiles.

Me souvenant de la phrase écrite sur les murs d'Arbassa, j'ai hoché la tête.

— J'aimerais seulement en savoir assez pour utiliser le pouvoir de Sauter maintenant. Car je dois me rendre au repaire du dragon, et je ne sais pas quel chemin prendre.

Gwri s'est tournée vers l'est, ses longs cheveux brillants.

— Le dragon que tu cherches, c'est celui que Tuatha, ton grand-père, a plongé dans un profond sommeil il y a très longtemps. Mais même les pouvoirs de ton grand-père n'étaient pas assez grands pour résister à Balor, le gardien du Puits de l'Autre Monde. Si tu survis au dragon et que tu réussis à atteindre ton but, crois-tu vraiment pouvoir faire mieux ?

— Non. J'espère seulement pouvoir essayer.

Pendant un long moment, Gwri m'a observé.

— Le repaire du dragon se situe dans les Terres perdues, de l'autre côté de l'eau. Il n'est pas non plus très loin du Puits de l'Autre Monde... Mais pour toi, cela importe peu, puisque tu dois aller jusqu'à l'Île oubliée avant d'y parvenir.

J'ai suivi du doigt le tracé du nouveau dessin sur mon bâton.

— Vous pourriez peut-être nous envoyer au repaire du dragon ?

Les yeux de Gwri sont devenus un peu plus brillants.

— Je pourrais, oui. Mais je préfère laisser quelqu'un d'autre le faire. Quelqu'un que tu connais, qui peut vous emmener là-bas presque aussi vite que moi.

Rhia et moi nous sommes regardés, intrigués.

L'étoile a fait un signe en direction du bouffon, étalé sur le tas de broussailles.

— Votre ami qui dort, là-bas.

— Bumbelwy ? Vous ne parlez pas sérieusement !

Gwri a éclaté de rire.

— Pas lui, même s'il est sans doute capable de sauts surprenants. Je veux dire votre ami qui dort en dessous de lui.

Avant que je puisse lui demander de s'expliquer plus clairement, Gwri est devenue de plus en plus brillante, au point que même avec ma seconde vue, j'étais trop ébloui pour la regarder. Comme Rhia, j'ai détourné le regard. Quelques secondes plus tard, la lumière a diminué d'un coup. Quand nous nous sommes retournés, Gwri aux cheveux d'or avait disparu.

C'est alors que le tas de feuilles sur lequel dormait Bumbelwy s'est mis à remuer.

UNE AUTRE TRAVERSÉE

Tout à coup, il a basculé sur le côté et projeté Bumbelwy en l'air, dans un grand bruit de grelots. Son cri a résonné en même temps que les nôtres au-dessus de la vallée.

Des branches et des fougères ont jailli de tous côtés et le tas… s'est assis. Deux énormes bras se sont écartés, tandis qu'une paire de pieds poilus émergeait des débris. Une tête a surgi, avec des yeux rouges, une immense bouche qui bâillait et un nez gigantesque, comme une grosse pomme de terre au milieu du visage.

— Shim ! avons-nous crié en chœur, Rhia et moi.

Le géant a fini de bâiller, puis nous a regardés. Surpris, il s'est frotté les yeux.

— Vous êtes un rêve ou vous êtes réels ?

— Nous sommes réels, ai-je répondu.

Shim a plissé le nez, sceptique.

— Réellement, vraiment, franchement ?

— Réellement, vraiment, franchement ! a répondu Rhia. Ça fait plaisir de te revoir, Shim.

Elle s'est avancée et lui a tapoté le pied. Avec un large sourire, le géant a allongé un bras et nous a doucement pris dans le creux de sa main.

— Il me sremble que je rêve encore… Mais c'est vous, vraiment vous !

Il a approché son nez pour nous sentir.

— Vous sentez le prain. Le bon prain.

— Oui, le pain d'ambroisie, comme celui que nous avions mangé chez Cairpré. Tu t'en souviens, mon bon Shim ? Je regrette de ne pas t'en avoir apporté ! Mais nous sommes pressés, très pressés.

Il a de nouveau froncé le nez.

— Alors, tu es toujours plein de frolie ?

— On peut dire ça comme ça.

— Depruis que je te connais, tu es plein de frolie ! s'est esclaffé le géant, tandis que son rire tonitruant faisait dégringoler quelques rochers dans la vallée. Je me rappelle quand tu as frailli nous faire priquer par des milliers d'abeilles.

— Oui, mais tu n'étais qu'une boule de miel.

Rhia, qui avait réussi à se mettre à genoux, a renchéri :

— J'étais persuadée que tu étais un nain, tellement tu étais petit.

— Je ne sruis plus pretit, maintenant, a dit Shim, les yeux roses pétillant de fierté.

Une nouvelle secousse a ébranlé la colline, accompagnée d'un terrible fracas dans la vallée.

Même les puissants bras de Shim se sont balancés comme des arbres dans la bourrasque. Rhia et moi nous sommes accrochés à son pouce pour ne pas tomber.

Shim est soudain devenu sérieux.

— Ils travaillent dur, en bas. Je dois apporter du bois pour cuire le drîner…

Puis il a ajouté, penaud :

— Je vroulais seulement me rouler dans les branches et faire un pretit somme ! Un tout pretit somme.

— C'est bien que tu l'aies fait, ai-je répondu. Nous avons besoin de ton aide.

Une longue plainte a alors jailli des branches éparpillées à l'autre bout de la butte. Sans attendre ma réaction, Shim a tendu le bras et attrapé Bumbelwy par sa grande cape. Recouvert de fougères et de branches cassées, l'air plus contrarié que jamais souligné par ses multiples mentons, le triste bouffon ainsi suspendu était dans un piteux état.

Rhia le regardait avec inquiétude.

— Tu l'as vu s'envoler quand Shim s'est réveillé ?

— C'était peut-être le saut dont parlait Gwri, ai-je suggéré avec un sourire moqueur.

— Ohhh, a gémi Bumbelwy en se tenant la tête. J'ai l'impression d'avoir dégringolé comme un rocher du haut d'une de ces falaises. J'ai dû rouler de ce tas de…

Tout d'un coup, il s'est aperçu qu'il était transporté par un géant par-dessus la butte. Il s'est débattu, tapant sur l'énorme pouce auquel était accrochée sa cape.

— Au secours ! Je vais être mangé !

Shim l'a regardé en secouant la tête.

— Te manger ? Non merci ! Tu n'es pras très apprétissant et je n'ai aucune envie de te mettre dans ma brouche.

J'ai fait un signe à Bumbelwy.

— Ne vous en faites pas. Ce géant est un ami.

Bumbelwy, qui se balançait sous le nez de Shim, continuait à gigoter sans nous écouter.

— Quelle tragédie ! se lamentait-il. Tout mon humour et ma sagesse, engloutis pour toujours dans le gosier d'un géant. Vous imaginez ?

Shim l'a lâché dans la paume de son autre main. Bumbelwy a atterri en tas à côté de Rhia et moi. Il a tenté à grand peine de se mettre debout et, en tentant de donner un coup de poing dans le nez de Shim, a trébuché et est retombé à plat-ventre.

— Au moins, il est drôle, a dit Shim, la bouche fendue jusqu'aux oreilles.

Bumbelwy, qui essayait de se relever, s'est figé sur place.

— C'est vrai ? Assez drôle pour vous faire rire ?

— Non, pas à ce point-là, a répondu Shim d'une voix si tonitruante que son souffle a failli nous faire passer par-dessus le bord de sa paume. Juste assez pour me fraire sourire.

Le bouffon s'est enfin relevé, a redressé les épaules et rajusté sa cape, tout en s'efforçant de garder l'équilibre.

— Bon géant. Vous êtes plus intelligent que je le pensais, a-t-il dit.

Il a salué gauchement et s'est présenté :

— Je suis Bumbelwy le Joyeux, le bouffon de...

— De personne, ai-je enchaîné sans tenir compte de son regard furieux. Comme je le disais, ai-je ajouté en m'adressant à Shim, nous avons besoin de ton aide. Nous devons aller au repaire du dragon endormi, celui contre qui s'est battu Tuatha autrefois. C'est quelque part de l'autre côté de l'eau.

Le sourire du géant s'est évanoui, tandis que le vent se mettait à hurler sur les falaises.

— Tru plaisantes, a-t-il dit.

— Hélas, non, a repris Bumbelwy, avec sa tristesse habituelle. Vous feriez aussi bien de nous manger tous maintenant, avant que le dragon ne s'en charge.

— Si c'est vraiment un dragon endormi, a demandé Rhia, est-il si dangereux ?

— Oh oui, très ! a tonné Shim en balançant tout son corps comme un grand arbre dans une tempête. Premièrement, il a toujours fraim, même quand il dort. Dreuxièmement, il pourrait se réveiller à n'importe quel moment.

Il a marqué une pause, la tête penchée pour réfléchir.

— Personne ne srait quand le sortilège de Tuatha prendra fin et quand le dragon se réveillera. La légende dit que cela se produira le jour le plus sombre de la vrie de Fincayra.

Bumbelwy a soupiré.

— Un jour tout à fait banal pour moi.

— Chut ! ai-je crié au bouffon, puis j'ai levé les yeux vers Shim. Tu veux bien nous emmener maintenant ?

— D'accord. Mais c'est de la frolie ! Certainement, tout à fait, absolument. Et d'abord, a-t-il ajouté en regardant les broussailles étalées devant lui, je drois porter ces branches à Varigal.

— Non, je t'en prie, ai-je supplié. Chaque minute compte à présent, Shim. C'est déjà presque trop tard.

Je regardais le ciel avec angoisse, craignant de voir se lever un mince croissant de lune.

— Je sruis déjà en retard avrec ces branches, je crois bien...

— Alors, tu nous emmènes ?

En guise de réponse, Shim s'est levé et s'est mis en marche. Ébranlés par la secousse, nous sommes tous tombés les uns sur les autres au creux de sa main. Avec sa démarche bondissante, il n'a pas été facile de nous démêler, mais finalement, nous y sommes parvenus. Sauf Bumbelwy dont la cape s'était enroulée autour de sa tête et de ses épaules. Alors qu'il tentait de s'en libérer, ses grelots étaient par chance silencieux.

Rhia et moi avons rampé jusqu'au bord de la paume de Shim et regardé par les espaces entre ses doigts. Le vent dans la figure, nous avons vu les paysages défiler. Shim avançait à une telle allure que les chants des géants et les bruits du chantier se sont vite estompés. Il marchait sur des champs de rochers comme s'il s'agissait de simples tas de cailloux, écrasant sous ses pieds toutes les aspérités. Les cols que nous aurions mis des jours à escalader, il les franchissait en quelques minutes. Il enjambait des crevasses béantes avec l'aisance d'un lapin sautant par-dessus un bâton.

Bientôt, le terrain a commencé à s'aplanir. Des coteaux couverts d'arbres ont succédé aux crêtes enneigées, les vallées se sont élargies et tapissées de vastes prairies remplies de fleurs violettes et jaunes. Shim s'est arrêté juste une fois pour souffler sur les branches d'un pommier, faisant tomber sur nous une pluie de fruits. À la différence de Bumbelwy qui n'avait pas encore retrouvé son appétit, Rhia et moi avons dévoré les pommes avec avidité.

Shim avançait à une telle vitesse que j'avais à peine remarqué la grande étendue bleue devant nous. Soudain, son pied s'est enfoncé dans l'eau avec un gros *floc*. Il s'est mis à marcher dans un bras de mer, au milieu d'une volée de mouettes criardes. Sa voix retentissante faisait peur aux oiseaux :

— Je me rappelle quand tu m'as porté pour traverser un torrent.

— Oui ! ai-je crié pour me faire entendre en dépit du vent et des mouettes. Le courant était si fort que j'ai dû te mettre sur mon épaule.

— Maintenant, ce serait diffricile ! Certainement, tout à fait, absolument.

De l'autre côté du bras de mer, j'ai aperçu à l'horizon une sombre chaîne de montagnes aux contours déchiquetés. Les Terres perdues. Je me souvenais des mots utilisés par Cairpré pour décrire ce territoire : *inconnu et inexploré*. Avec un redoutable dragon qui dormait quelque part dans ces collines, je ne m'en étonnais pas. Instinctivement, j'ai serré la poignée de mon épée.

Quelques minutes plus tard, Shim est sorti de l'eau et ses pieds poilus ont claqué sur le rivage. Il nous a déposés sur un grand rocher plat. Il n'y avait là ni fleurs ni herbe. Même la lumière du couchant n'adoucissait pas les teintes du paysage. Seule une cendre noire et luisante recouvrait les rochers, jusque dans les collines, loin à l'intérieur des terres. L'air empestait le charbon, comme un foyer abandonné.

J'ai compris que toute la côte, avec tout ce qui y poussait jadis, avait dû être la proie de puissantes flammes. Les rochers eux-mêmes semblaient craquelés et déformés, brûlés par des incendies successifs. Puis, en parcourant du regard les montagnes déchiquetées, j'en ai trouvé l'origine : un fin panache de fumée qui sortait d'un creux un peu plus loin.

— C'est là que nous allons, ai-je annoncé.

Shim s'est penché vers moi d'un air préoccupé, si bas que son menton touchait presque la tête de mon bâton.

— Tu es sûr ? Personne ne va voir un dragon vrolontairement.

— Moi, si.

— Tu es complètement frou ! Tu sais ça ?

— Oui, je ne le sais que trop bien, crois-moi.

Les yeux humides, il a cligné des paupières.

— Alors, bonne chance ! Tu vas me manquer. Toi aussi, douce Rhia. J'espère refraire une traversée avec toi un jour.

Les grelots de Bumbelwy ont tinté.

— Avec le repaire du dragon à deux pas, il n'y aura sans doute pas d'autre jour, a-t-il déclaré en secouant la tête.

Là-dessus, Shim s'est redressé. Il nous a regardés une dernière fois, puis il a retraversé le bras de mer. Sa tête et ses énormes épaules se dessinaient contre le ciel strié de mauve et de rose, tandis que se levait, plus haut, un pâle croissant de lune.

∞ XXVIII ∞
ÉLIMINER

Plutôt que d'approcher du repaire du dragon la nuit, j'ai décidé d'attendre l'aube. Pendant que les autres dormaient par intermittence sur les rochers noirs, j'ai réfléchi. La sixième leçon — Éliminer — ne pouvait signifier qu'une chose.

Je devais tuer le dragon.

Mon estomac s'est serré rien qu'à cette pensée. Comment un garçon de mon âge, même armé d'une épée magique, pouvait-il réaliser un tel exploit ? Dans les histoires que m'avait racontées ma mère, les dragons étaient toujours extraordinairement forts, incroyablement rapides et suprêmement intelligents. Je me souvenais de ce soir, près du feu de la hutte quand elle m'avait décrit que l'un d'eux avait anéanti une douzaine de géants d'un seul coup de queue, avant de les faire rôtir pour son dîner avec son haleine brûlante.

Alors, comment faire ? Contrairement à Tuatha, je ne connaissais aucune forme de magie susceptible de m'aider. Endormis ou non, je savais que les dragons étaient terrifiants et quasiment impossibles à éliminer.

Tandis que les premiers rayons du soleil atteignaient la côte calcinée et rougissaient les vagues, je me suis levé à contrecœur. J'avais froid aux mains. Au cœur aussi. J'ai sorti une pomme de ma poche et je l'ai mangée jusqu'au trognon sans vraiment en apprécier la saveur.

Rhia s'est assise à côté de moi.

— Tu n'as pas dormi, j'imagine ?

— Non, ai-je répondu, les yeux fixés sur les crêtes, à présent teintées de rose. Et cela ne m'a servi à rien : je n'ai aucun plan à proposer. Tu devrais rester ici, c'est plus sûr. Si je survis, je reviendrai te chercher.

Elle a secoué la tête vigoureusement, au point où quelques feuilles prises dans ses cheveux sont tombées.

— Je croyais que c'était une affaire réglée, a-t-elle protesté. Rappelle-toi notre discussion au Lac de la Face.

— Cette fois-ci, les risques sont trop grands. Rhia, depuis les Collines obscures, tu as passé ton temps à me dire que je pouvais me perdre. Eh bien, la vérité, ai-je soupiré, c'est que je me sens perdu, en ce moment. Seul un enchanteur, un véritable enchanteur, peut vaincre un dragon. J'ignore quelles qualités il faut pour être cet enchanteur-là : force, agilité, courage, je ne sais. D'après Cairpré, il en faut d'autres encore. Une chose est sûre, c'est que je n'en ai aucune.

Son visage s'est crispé.

— Je n'en crois rien. Et ta mère non plus.

— Cette fois, ton instinct te trompe... Qu'est-ce que je fais pour lui ? ai-je ajouté, en désignant Bumbelwy. Je lui donne le même choix qu'à toi ?

Le bouffon, qui était toujours roulé dans sa cape, s'est retourné.

— Je viens, si c'est ce que vous voulez dire.

Il s'est étiré avant d'ajouter :

— Aujourd'hui, plus que jamais, vous avez besoin de mon esprit et de ma bonne humeur. Car votre dernière heure approche.

Le visage aussi rembruni que Bumbelwy, j'ai observé les collines. Entre deux, une colonne de fumée noire s'élevait. Sombre présage en ce début de journée. Elle montait, entachant ainsi le lever du soleil. J'ai fait un pas, puis deux, puis trois. Chaque fois que mon bâton heurtait les cailloux, j'avais l'impression d'entendre une porte qui se refermait. Pour éviter d'attirer l'attention, je l'ai mis sur mon épaule.

Avec Rhia à côté de moi et Bumbelwy derrière, j'ai poursuivi mon chemin à travers cette terre brûlée, le plus silencieusement possible. Personne ne parlait. Le bouffon gardait les mains plaquées sur son chapeau afin d'assourdir le tintement des grelots. À mesure que nous approchions du creux d'où sortait la fumée, mon angoisse grandissait. Si le dragon attendait le jour le plus sombre de Fincayra pour se réveiller, j'étais persuadé, pour ma part, que le mien était arrivé.

Un grondement sourd a résonné au loin. Un son grave comme les cordes les plus basses d'une harpe de titan, et régulier comme une respiration. J'ai compris que c'était le ronflement du dragon.

À mesure que nous avancions, le bruit s'est amplifié. L'air est devenu chaud, étouffant. Pas à pas, nous sommes montés vers la colonne de fumée. Les rochers, à cet endroit, avaient non seulement été noircis par les flammes, mais piétinés, écrasés par un poids énorme. Les ravins avaient été aplatis, et toute vie détruite. Éliminée.

Osant à peine respirer, nous avons traversé un tas d'éboulis. Soudain, Bumbelwy a glissé. Le bruit de ses grelots, ajouté à celui des pierres qui dégringolaient jusqu'en bas de la pente, s'est répercuté à travers les collines.

Furieux, je lui ai lancé tout bas :

— Enlevez ce maudit chapeau, espèce de maladroit ! Vous allez réveiller le dragon !

Cette remarque ne lui a pas plu, visiblement. De mauvaise grâce, il a néanmoins retiré son tricorne et l'a fourré sous sa cape.

Nous avons entamé notre descente dans le creux. Je transpirais à grosses gouttes. À travers mes bottes, le sol me brûlait les pieds. L'air vibrait sous l'effet de la chaleur et des ronflements du dragon. L'odeur de charbon était insoutenable. À chaque pas, cerné par les parois abruptes, je m'enfonçais un peu plus dans l'obscurité.

Tout à coup, je l'ai vu, couché dans l'ombre au fond du vallon, et encore plus grand que je le craignais. Une colline à lui tout seul. Enroulé comme un serpent, son corps vert et orange, recouvert d'énormes écailles, aurait presque rempli le Lac de la Face. Sa tête était appuyée sur sa patte avant gauche et de la fumée sortait de ses narines. Sous son nez, une rangée d'écailles noircies par la fumée lui faisaient une énorme moustache. Chaque inspiration découvrait ses dents pointues ; chaque expiration faisait bouger les muscles de ses puissantes épaules et secouait les immenses ailes repliées sur son dos. Ses griffes, aussi acérées que mon épée, mais dix fois plus longues, brillaient dans la lumière matinale. Au milieu de l'une d'elles, comme une bague monstrueuse, était enfilé un crâne géant qui aurait pu être celui de Shim.

Sous son ventre étincelaient des objets précieux, couronnes, colliers, épées, boucliers, trompettes, flûtes, tous en or ou argent ciselé et incrustés de pierreries. Le sol était jonché de rubis, d'améthystes, de jades, d'émeraudes, de saphirs et de perles. Jamais je n'avais imaginé qu'un tel trésor pût exister. Mais il ne me serait pas venu à l'idée d'y toucher car, au milieu de toutes ces splendeurs, étaient éparpillés des crânes de tailles et formes diverses, certains d'un blanc éclatant, d'autres noircis par le feu.

Doucement, nous avons continué à descendre. Non sans hésitation, car les lents ronflements du dragon étaient impressionnants. Ses yeux gigantesques étaient fermés. Enfin, pas complètement : deux fentes jaunes laissaient entrevoir le feu qui couvait derrière. Je me suis dit qu'il ne devait pas être totalement endormi.

À cet instant, ses mâchoires se sont entrouvertes. Une fine langue de feu en a jailli et les flammes ont léché les rochers et quelques crânes. Bumbelwy a sauté en arrière et lâché son chapeau, dont les grelots ont heurté le sol.

Le dragon a poussé un grognement, en changeant légèrement de position. Ses paupières ont frémi et se sont ouvertes un peu plus. Bumbelwy a étouffé un cri, les jambes tremblantes. Le voyant au bord de l'évanouissement, Rhia l'a pris par le bras.

Puis, avec une lenteur effrayante, le monstre a levé la griffe baguée et l'a portée à ses narines comme pour humer l'odeur d'un mets délicat. Alors qu'il crachait un jet de flammes, ses paupières ont tremblé de nouveau, mais sans s'ouvrir. Une fois le crâne bien rôti, ses lèvres violettes s'en sont emparé et l'ont arraché à la griffe. Le bruit des os broyés entre ses dents monstrueuses a résonné tout autour de nous. Enfin, après avoir soufflé un gigantesque jet de fumée, la bête s'est rendormie.

Encore tremblant, comme mes deux compagnons, j'ai confié mon bâton à Rhia et posé la main sur mon épée. Je l'ai tirée lentement, très lentement, et au moment où je la sortais de son fourreau, la lame a légèrement tinté. Aussitôt, le dragon a grondé, projetant un nouveau jet de fumée par les narines. Les oreilles pointées en avant, il a écouté le tintement, puis grogné méchamment en montrant les dents et donné un coup de griffes dans le vide.

Aussi immobile qu'une statue, j'ai attendu, l'épée en l'air. Elle était lourde. J'ai commencé à avoir mal au bras, mais je n'osais pas la laisser retomber. Au bout de quelques minutes, la bête a semblé se calmer. Le grognement s'est adouci et les griffes n'ont plus bougé.

J'ai avancé à pas de loup sur les rochers. Le corps monumental du dragon me dominait de toute sa hauteur. La sueur me piquait les yeux. *Si je n'ai qu'un seul coup, où dois-je frapper ?* Chacune de ses écailles était aussi grande que moi et formait une cuirasse qui lui recouvrait la poitrine, les pattes, le dos, la queue et même les oreilles. En lui enfonçant l'épée dans l'œil, j'avais peut-être une chance de réussir mon coup.

Je me suis approché tout doucement, la main serrée sur la poignée. La fumée me donnait envie de tousser, mais je me suis retenu.

Brusquement, sa queue a fouetté l'air. Je n'ai pas eu le temps de réagir. Une des barbelures, à son extrémité, s'est enroulée autour de mon torse, m'étouffant, l'autre autour de mon bras qui tenait l'épée.

En un clin d'œil, je me suis trouvé complètement immobilisé.

Rhia a étouffé un cri. Le dragon, aussitôt sur ses gardes, a resserré son étreinte. Mais les fentes jaunes ne se sont pas élargies. Peut-être dormait-il encore, ou à moitié. Ses lèvres retroussées ne présageaient rien de bon — si ce n'est, pour lui, le repas qu'il devait voir en rêve et dont il se régalait par avance.

À l'aide de ma seconde vue, j'ai vu Rhia tomber à genoux. Bumbelwy également, bien que maladroitement. Il a penché la tête et, contre toute attente, s'est mis à chanter d'une voix grave et plaintive. Je me suis vite rendu compte qu'il s'agissait d'un chant funèbre. Dans la posture où je me trouvais, ses paroles avaient peu de chances d'adoucir mes souffrances :

Le dragon savoure ce qu'il avale.
De mets vivants, surtout, il se régale,
De ceux qui crient et bougent avant de mourir,
Et en chair à pâté, vont finir.

Ó dragon, c'est mon ami que tu dévores !
Mourir ainsi, quel triste sort !

Le dragon adore les os croustillants
Et tous les cris et gémissements
De ceux qui disparaissent, corps et âme,
Dans un monstrueux amalgame.

Ó dragon, c'est mon ami que tu dévores !
Mourir ainsi, quel triste sort !

Dans la gueule du dragon enterré,
Mon ami de ses derniers mots fut privé
Car ses adieux sont restés
Au fond du gigantesque gosier

Ó dragon, c'est mon ami que tu dévores !
Mourir ainsi, quel triste sort !

Avant même la fin du chant, les mâchoires du dragon se sont ouvertes, découvrant devant mes yeux horrifiés deux rangées de dents noircies par les flammes. Je me suis débattu de toutes mes forces. Mais la queue a encore resserré son étreinte et les mâchoires se sont ouvertes plus largement.

Soudain, du fond de sa gorge immense, un son rauque s'est échappé : un rire ! Un rire énorme, un rire à se dilater la rate, accompagné d'un nuage de fumée noire. Tout son corps en était secoué, de la tête jusqu'au bout de la queue.

Celle-ci, soudain, m'a lâché. Je suis tombé, haletant, étourdi, mais vivant. J'ai profité de la fumée pour me sauver à quatre pattes, sans oublier mon épée. Rhia a volé à mon secours, m'a aidé à me relever et nous sommes sortis de cette sinistre cuvette en toussant. Derrière nous, le rire du dragon s'est calmé. En quelques secondes, ses ronflements avaient repris. Tout en nous enfuyant, j'ai jeté un coup d'œil en arrière et aperçu les fentes jaunes qui brillaient dans l'ombre. Une fois certains que nous étions hors de sa portée, nous nous sommes effondrés sur un rocher. Rhia a jeté les bras autour de mon cou. C'était autrement plus agréable que l'étreinte du dragon !

Je l'ai serrée fort à mon tour. Puis je me suis tourné vers Bumbelwy. D'une voix rauque, j'ai dit :

— Vous y êtes arrivé, finalement. Vous avez fait rire le dragon !

— Je sais, a-t-il répondu, la tête basse. C'est affreux. J'ai honte. Quel désastre !

Je l'ai secoué par les épaules.

— Que voulez-vous dire ? Vous m'avez sauvé !

Il n'en démordait pas.

— C'est affreux, a-t-il répété. Tout simplement affreux. Une fois de plus, j'ai tout raté ! Je chantais un de mes hymnes les plus tristes, qui devrait fendre le cœur des plus endurcis. Mais au lieu de cela, qu'ai-je fait ? Je l'ai distrait, et il a trouvé ça drôle ! Quand je veux amuser les gens, je les rends tristes, et quand je tente de faire le contraire, je les fais rire ! Je suis vraiment nul, a-t-il soupiré. Pour comble de malheur, j'ai perdu mon chapeau. Mon chapeau de bouffon ! Et alors, maintenant, que reste-t-il du bouffon que je rêvais d'être ?

Rhia et moi avons échangé des regards complices. Puis, sans plus tarder, j'ai retiré une de mes bottes.

— Tu t'es fait mal au pied ? s'est enquis le bouffon tristement.

— Non, j'ai une promesse à tenir.

Là-dessus, j'ai mordu dans le cuir de ma botte. J'en ai déchiré un morceau et je l'ai mâché énergiquement, sans parvenir à l'attendrir. Mais il a rempli ma bouche d'un goût de terre, d'herbe et de sueur que je n'étais pas près d'oublier. Avec beaucoup de difficulté, je l'ai avalé.

Bumbelwy a retenu son souffle. Il s'est légèrement redressé, et les coins de sa bouche sont un tout petit peu remontés. Il ne souriait pas, mais, au moins pendant un moment, il n'a plus froncé les sourcils.

Je m'apprêtais à prendre une seconde bouchée, quand il a posé la main sur mon épaule.

— Ça suffit, a-t-il dit. Tu auras peut-être besoin de cette botte pour un autre usage.

Un son étrange est alors sorti de sa gorge. Une espèce de gloussement étouffé.

— Je l'ai vraiment fait rire, n'est-ce pas ? a-t-il ajouté.

— Assurément.

Il a repris sa mine renfrognée.

— Je ne suis pas capable de le refaire. C'était un coup de chance.

— Non, pas du tout, ai-je affirmé en renfilant ma botte. Vous êtes tout à fait capable de le refaire.

Bombant le torse, Bumbelwy m'a regardé.

— Alors, quand tu retourneras dans ce four plein de fumée pour essayer de tuer le monstre, j'irai avec toi.

— Moi aussi, a déclaré Rhia.

La loyauté se lisait sur leur visage. J'ai rangé l'épée dans son fourreau.

— Ce ne sera pas nécessaire. Je ne vais pas tuer ce dragon.

Ils m'ont dévisagé, incrédules. Rhia a levé mon bâton, puis a demandé :

— Mais tu es obligé de le faire, non ? Autrement, comment apprendras-tu la première leçon du pouvoir d'Éliminer ?

— Je crois que je l'ai déjà apprise, ai-je répondu en prenant mon bâton de ses mains et en le faisant tourner lentement dans la main.

— Quoi ?

Tout en tapotant le bout noueux, j'ai regardé l'antre.

— Il m'est arrivé quelque chose quand le dragon a ri.

— Oui, a acquiescé Bumbelwy. Tu as pu t'échapper.

— Non, il s'agit d'autre chose. Vous avez entendu comme son rire était ample et franc ? J'ai eu le sentiment que, tout assoiffé de sang qu'il était, le dragon n'était pas complètement mauvais. Sinon, il n'aurait jamais ri ainsi.

Bumbelwy m'a regardé comme si j'avais perdu la tête.

— Ce dragon a dû rire chaque fois qu'il détruisait un village.

— C'est possible, ai-je admis. Mais quelque chose dans son rire m'a donné l'impression que, d'une certaine façon, il n'était pas totalement différent de vous et moi. Qu'il n'était pas sans valeur, même si nous avons du mal à le comprendre.

Rhia a ébauché un sourire.

Bumbelwy, lui, a plissé le front.

— Pour moi, cela n'a rien à voir avec Éliminer, a-t-il dit.

J'ai levé la main droite et touché mes paupières de mes doigts noircis.

— Vous avez vu ces yeux ? Ils ne servent plus à rien. Les cicatrices, comme celles de mes joues, ne disparaîtront jamais. Et savez-vous pourquoi ? Parce que j'ai voulu tuer un garçon ! J'ignore s'il a survécu, mais j'en doute. J'ai voulu l'*éliminer*.

— Je ne comprends toujours pas, a insisté Bumbelwy.

— La morale, la voici : éliminer est parfois nécessaire, mais cela a un prix, tantôt pour le corps, tantôt pour l'âme. Parce que *toute chose vivante est précieuse.*

Mon bâton s'est mis à grésiller et une lumière bleue l'a embrasé. Sur le bois nu figurait à présent l'image d'une queue de dragon.

— Voilà pour le sixième Chant ! s'est écriée Rhia. Il ne t'en reste plus qu'un : le Chant du don de Voir.

J'ai examiné la queue de dragon gravée près de l'étoile entourée d'un cercle. Puis mon regard s'est tourné vers la côte, noire et sans vie. Au-delà du bras de mer bleu, se dressaient, au loin, les sommets dominant Varigal.

— Il ne reste peut-être qu'un Chant, mais il ne reste aussi que quelques jours.

— Pas plus de trois, à en juger par la lune d'hier, a renchéri Bumbelwy, de plus en plus morose.

— Et nous devons aller jusqu'à l'Île oubliée et en revenir.

— C'est impossible, a déclaré le bouffon.

Il a secoué la tête pour souligner ses paroles, mais c'est alors qu'il s'est rappelé qu'il ne portait plus de grelots. Il a poursuivi :

— Merlin, tu t'es bien débrouillé pour en arriver là. Mais nous avons tous aperçu cet endroit depuis les falaises des sylvains. Personne n'est jamais allé là-bas ! Comment peux-tu espérer trouver ton chemin pour t'y rendre et ensuite revenir, en seulement trois jours ?

J'ai essayé d'imaginer l'itinéraire : il faudrait traverser le bras de mer, franchir des montagnes, des forêts et les multiples obstacles destinés à protéger l'île. Toute la largeur de Fincayra, pleine de dangers redoutables. Tristement, je me suis tourné vers Rhia.

— Pour une fois, je le crains, Bumbelwy a raison. Aujourd'hui, nous n'avons ni le vent, ni un géant pour nous aider.

Rhia s'est fâchée.

— Je ne renoncerai pas. Nous sommes trop près du but ! Sur sept Chants, tu en as trouvé six. D'autant plus que je connais l'emplacement du Puits de l'Autre Monde.

Je me suis levé d'un bond.

— Tu connais *quoi* ?

— L'endroit où se trouve l'escalier. Là où Balor monte la garde, a-t-elle ajouté en passant ses doigts dans ses cheveux, jouant avec une mèche. Gwri aux cheveux d'or me l'a indiqué, quand elle nous a expliqué que le Puits de l'Autre Monde n'était pas loin du repaire du dragon. Elle me l'a montré à l'aide d'une vision mentale.

— Pourquoi ne l'as-tu pas dit ?

— Elle m'a demandé de ne pas en parler ! Elle craignait que tu sois tenté de ne pas aller sur l'Île oubliée.

Lentement, je me suis rassis. Approchant mon visage du sien, je lui ai dit avec douceur mais fermeté :

— C'est exactement ce que nous allons faire.

— C'est impossible ! Tu dois trouver l'âme de Voir pour avoir la moindre chance face à Balor. Tu ne te rappelles donc pas les paroles que tu as trouvées sur les murs d'Arbassa ?

Mais prends garde ! Ne tente pas le Puits
Tant que les Chants ne sont pas finis.
Car des dangers te guettent à chaque pas,
Balor dont l'œil voit tout est de ceux-là.

— Tu mourras, à coup sûr, si tu essaies de lutter contre Balor sans avoir terminé les Sept Chants.

En me rappelant l'avertissement de Tuatha, j'ai senti ma gorge se nouer. *Sans les sept, tu perdras plus que ta quête. Tu perdras la vie.*

Je me suis éclairci la voix.

— Mais Rhia, si je n'abandonne pas le septième Chant, ma mère mourra, c'est une certi-
tude ! Tu ne comprends donc pas ? C'est notre seul
espoir. Notre seule chance.

Elle a plissé les yeux.

— Il y a autre chose qui te retient. Je le sens.

— Non, tu te trompes.

— Non, je ne me trompe pas. Tu as peur de
quelque chose, c'est ça ?

— Encore ton intuition ! ai-je dit en serrant
les poings. Eh bien, oui, j'ai peur. De la dernière
leçon. À elle seule, elle me fait plus peur que
toutes les autres réunies. J'ignore pourquoi, Rhia.

Secouant la tête, elle s'est adossée contre un
rocher carbonisé.

— Alors, ce qui t'attend sur l'Île oubliée est
important. Tu dois y aller, Merlin. Pour toi autant
que pour Elen ! Mais aussi pour une autre raison.

— Explique-toi.

— Gwri a fait une autre recommandation.
Quand tu seras là-bas, m'a-t-elle dit, tu devras
trouver une branche de gui que tu auras avec toi
pour entrer dans le Puits de l'Autre Monde. Elle
te protégera pour aller au royaume de Dagda. Sans
cela, ta tâche sera beaucoup plus difficile.

— Elle ne pourrait pas être pire que maintenant ! Je t'en prie, Rhia. Une branche de gui ne

justifie pas de gaspiller le peu de temps qui nous reste. Tu dois m'aider. Montre-moi le chemin pour aller au Puits de l'Autre Monde.

Elle a frotté sa botte d'écorce contre un rocher noir.

— Si je t'aide et que tu survis, me promettras-tu de faire quelque chose, même si je ne suis pas là pour t'obliger à tenir ta promesse ? m'a-t-elle demandé, les yeux pleins de larmes.

— Bien sûr. Mais pourquoi ne serais-tu pas là ?

— Peu importe, a-t-elle répondu en repoussant ses larmes d'un clignement de paupières. Promets-moi que si tu survis, tu iras un jour sur l'Île oubliée et tu apprendras ce que tu dois y apprendre.

— Je te le promets. Et je t'emmènerai avec moi.

Elle s'est levée, tandis que son regard s'attardait un instant sur les crêtes.

— Alors, allons-y, a-t-elle dit. La marche sera rude.

 TROISIÈME PARTIE

~ XXIX ~
DERNIÈRE ÉTAPE

En silence, nous avons repris notre marche à travers le désert de pierraille. Quelque part sur ces hauteurs se trouvait l'entrée du monde des esprits… et l'ogre redoutable qui la gardait. Mais si Balor vivait vraiment là, il était le seul car, plus encore que les Collines obscures, ces terres semblaient totalement hostiles à toute vie. Le feu du dragon n'avait laissé aucun arbre, aucun buisson, aucune touffe de mousse. Seulement du charbon. Je regrettais de ne pas avoir la Harpe fleurie pour faire pousser quelques brins d'herbe sur ces pentes.

Nous étions bien loin des clairières verdoyantes de la Druma, le pays de Rhia. Pourtant, elle se déplaçait avec autant de grâce et d'assurance qu'au milieu des fougères. Elle avait mis le cap vers l'est et ne s'en détournait pas d'un pouce, n'hésitant pas à escalader une chute de pierres ou à sauter par-dessus une crevasse quand c'était nécessaire. Elle était capable de marcher ainsi pendant des heures.

Je l'admirais pour son endurance, et encore plus pour ses autres qualités. Fidèle à son enfance dans les branches d'un chêne gigantesque, elle adorait la vie et toutes les choses vivantes. Elle possédait cette sagesse calme et profonde qu'avait la déesse grecque Athéna dans les récits mythologiques. En cela, elle me rappelait beaucoup ma mère.

Je lui étais reconnaissante d'avoir laissé sa vie s'entremêler avec la mienne, à l'image des plantes dont ses vêtements étaient tissés. J'aimais de plus en plus sa tenue de feuillage. Le tissage serré mais flexible autour des coudes. Les larges feuilles vertes sur les épaules. Les motifs folâtres autour de son collet.

Dans ces paysages désolés, celle-ci avait un effet rafraîchissant et stimulant. Je me prenais à espérer que les terres les plus arides pourraient refleurir à force de soins et que, de la même façon, la faute la plus grave aurait quelque chance d'être pardonnée. Car, Rhia le savait, ces plantes tressées renfermaient une vérité surprenante. Aucun pouvoir magique ne pouvait surpasser la magie de la Nature. Sinon, comment un jeune arbre aurait-il pu pousser sur un sol mort ? Était-il possible que moi, comme toute chose vivante, je prenne part à ce renouveau ?

La succession de collines, disposées en lignes parallèles du nord au sud, nous obligeait sans cesse à monter et descendre. À la fin de la journée, j'avais les jambes flageolantes. Même mon bâton ne m'était plus de grande utilité pour alléger mon mal. Bumbelwy, qui trébuchait souvent sur l'ourlet de sa cape, ne se sentait visiblement pas mieux.

Nous n'avons pas rencontré le moindre filet d'eau pour nous désaltérer. J'avais l'impression d'avoir un copeau de bois dans la bouche, tant ma langue était sèche. Ma bouchée de cuir m'avait sûrement donné encore plus soif que les autres, bien que de peu. Cette longue journée de marche dans la pierraille nous avait assoiffés.

Rhia, elle, avançait toujours à la même allure, sans rien dire, plus déterminée que jamais. Peut-être avait-elle simplement conscience de l'urgence de notre tâche. Ou peut-être était-ce pour une autre raison que j'ignorais. En tout cas, mon humeur restait sombre. La voix de Tuatha tonnait encore à mes oreilles et réveillait mes craintes. Ses pouvoirs exceptionnels ne l'avaient pas empêché de perdre la vie face au mortel regard de Balor. Pourquoi? À cause de son orgueil. N'étais-je pas coupable du même défaut, moi qui osais affronter Balor avec seulement six Chants à mon actif?

Oui et non. Certes, c'était mon orgueil qui avait engendré tout ce gâchis. Mais, à présent, c'était le désespoir qui me faisait agir. Et aussi la peur. Rhia avait raison. J'étais soulagé, vraiment soulagé d'avoir évité l'Île oubliée et les suites possibles du sixième Chant, qui me hantaient comme un cauchemar, aussi terrible que celui qui m'avait fait me griffer le visage dans les Plaines rouillées. Je me sentais incapable de trouver l'âme de ce Chant, avec mes yeux aveugles et ma seconde vue limitée. Pour voir comme un enchanteur, me disais-je, il fallait tout autre chose, et cette chose-là, je ne l'avais certainement pas.

De plus, ce n'était pas ma seule crainte. Qu'adviendrait-il, si elle était fausse, cette prophétie selon laquelle seul un enfant de sang humain pouvait vaincre Rhita Gawr ou son serviteur Balor ? Tuatha lui-même l'avait laissé entendre. *Il se peut que la prophétie soit vraie, et il se peut qu'elle soit fausse. Mais même si elle est vraie, la vérité a souvent plus d'un visage.* Quelle qu'en soit la signification, je ne pouvais pas m'y fier. Le plus triste, hélas, c'est que je ne pouvais même pas me fier à moi-même.

Une pierre a brusquement dévalé la pente, manquant de justesse la pointe de ma botte. J'ai levé les yeux et vu Rhia disparaître derrière une protubérance rocheuse qui dépassait de la crête comme un gros nez. J'ai trouvé cela bizarre. Alors que nous avions encore une longue côte à gravir, pourquoi avoir choisi de passer par-dessus cet affleurement plutôt que de le contourner ?

J'ai compris quand j'ai aperçu une tache d'humidité sur les rochers devant moi. De l'eau ! D'où sortait-elle ? À mesure que je grimpais, les taches se multipliaient. Une touffe de mousse, verte et vigoureuse, avait même pris racine dans une fissure.

Arrivé au sommet, j'ai découvert, émerveillé, une petite source au-dessus d'une flaque d'eau claire. Rhia était déjà en train de s'y abreuver. J'ai couru la rejoindre et j'y ai plongé mon visage à mon tour. La première gorgée m'a chatouillé la langue. Avec la deuxième, mes papilles revigorées ont goûté la délicieuse sensation de fraîcheur au contact de l'eau froide. Comme Rhia, j'ai bu à longs traits, jusqu'à plus soif. Bumbelwy, lui aussi, s'est écroulé à côté de la source et s'est mis à boire goulûment.

Enfin rassasié, je me suis tourné vers Rhia. Elle était assise, les genoux repliés sous le menton, et contemplait le ciel où le soleil couchant dessinait des raies rouges et violettes. L'eau dégouttait de ses cheveux sur ses épaules.

Je me suis essuyé le menton avant de me glisser auprès d'elle.

— Rhia, tu penses à Balor?

Elle a hoché la tête.

— Je l'ai vu dans le Lac de la Face, ai-je repris. Il me… tuait, en me forçant à regarder son œil.

Elle s'est tournée vers moi. La lumière rose du couchant brillait dans ses cheveux, mais ses yeux étaient sombres.

— Je l'ai vu, moi aussi.

Elle allait ajouter quelque chose, puis s'est reprise.

Ma gorge s'est serrée.

— Sommes-nous presque arrivés? ai-je demandé.

— Presque.

— Devrait-on continuer pour y être ce soir?

Bumbelwy, qui arrangeait des pierres pour pouvoir s'allonger près de l'eau, a sursauté.

— Oh non!

— Il n'y a presque plus de lune, a soupiré Rhia, et nous avons besoin de dormir. Autant passer la nuit ici.

Elle a tâté les cailloux et pris ma main pour enrouler son doigt autour du mien.

— Merlin, j'ai peur.

— Moi aussi.

J'ai suivi son regard, toujours fixé sur l'horizon. Au-dessus des crêtes déchiquetées, le ciel avait pris une teinte rouge sang.

— Quand j'étais petit, lui ai-je confié, j'avais parfois si peur que je ne pouvais pas dormir. Alors, pour calmer mes angoisses, ma mère me racontait toujours une histoire.

Le doigt de Rhia s'est resserré autour du mien.

— C'est vrai ? Quelle merveilleuse idée ! Raconter une histoire pour apaiser les peurs de quelqu'un.

Elle a poussé un soupir.

— C'est ce genre de choses que fait une mère ?

— Oui, ai-je répondu doucement. Du moins une mère comme elle.

— J'aurais vraiment aimé connaître la mienne… et pouvoir me souvenir aujourd'hui des histoires qu'elle m'aurait racontées, a-t-elle dit, la tête basse.

— Je suis désolé que tu n'aies pas eu cette chance, Rhia. Mais il y a une chose qui est presque aussi bien que d'entendre les histoires de sa mère.

— Quoi donc ?

— Écouter celles d'un ami.

— Ça me plairait beaucoup, a-t-elle dit, ébauchant un sourire.

J'ai jeté un coup d'œil vers la première étoile. Puis je me suis éclairci la voix avant de commencer :

— Il était une fois, il y a fort longtemps, une sage et puissante déesse du nom d'Athéna…

∾ XXX ∾

Balor

La nuit est tombée, froide et noire. Après mon histoire, Rhia avait peu à peu sombré dans le sommeil, tandis que je me tournais et retournais sur les pierres sans pouvoir dormir. Pendant un moment, j'ai pensé à Gwri aux cheveux d'or en contemplant le ciel à l'ouest. Mais mon regard revenait toujours au fin croissant de lune, qui devenait de plus en plus mince. Le lendemain matin, il ne me resterait plus que deux jours.

Toute la nuit, j'ai grelotté de froid, mais aussi de peur à la seule pensée de cet œil impitoyable dont un simple regard provoquait la mort. L'image que j'avais vue dans le lac me poursuivait partout. Quand, par hasard, je m'assoupissais, je m'agitais et me débattais dans mon sommeil.

Je me suis réveillé aux premières lueurs du jour. Aucun pépiement d'oiseau ni autre bruit furtif n'accueillait le lever de soleil sur ces pentes caillouteuses, seulement le vent, qui hurlait en longues bourrasques sur les crêtes. Je me suis étiré avec raideur, sentant des élancements entre mes épaules. Puis je me suis penché au-dessus de la flaque d'eau entourée d'un fin collier de glace, et j'ai bu une dernière fois.

Nous sommes repartis sans entrain, tenaillés par le froid et la faim. Rhia, dont les chaussures d'écorce étaient noircies par le charbon, marchait en tête. Sans parler, elle nous a conduits dans la direction du soleil levant. Mais aucun de nous ne prêtait grande attention aux bandes orange et roses qui zébraient l'horizon. Absorbés dans nos pensées, nous avancions en silence. À plusieurs reprises, les pierres qui roulaient sous mes pieds m'ont fait glisser en arrière. Une fois, je suis tombé et me suis écorché le genou.

En fin de matinée, alors que nous arrivions au sommet d'une côte, Rhia a ralenti l'allure. Elle a marqué un temps d'arrêt et m'a jeté un regard inquiet. Sans un mot, elle a pointé le doigt vers la crête d'en face, me montrant une profonde trouée, comme si les mâchoires d'une bête fabuleuse en avaient arraché un morceau. Alors que je l'observais, la crête a semblé me rendre mon regard.

Je me suis mordillé la lèvre, certain que le Puits de l'Autre Monde était à cet endroit. Pourquoi le puissant Dagda n'était-il pas descendu tout simplement de là-haut pour tuer Balor ? Lui, le plus grand guerrier de tous, il aurait sûrement pu le faire sans difficulté. Peut-être était-il trop occupé à se battre contre Rhita Gawr. Ou peut-être ne voulait-il pas que de simples mortels pénètrent dans l'Autre Monde.

J'ai pris la tête du groupe. Rhia me suivait de si près que j'entendais sa respiration inquiète derrière moi. En arrivant dans la vallée, j'ai regardé si j'apercevais un peu de verdure, un signe de vie quelconque. Mais aucune source ne jaillissait du sol et il n'y avait pas la moindre mousse dans les fissures. Les rochers étaient aussi dépourvus de vie que mon cœur l'était d'espoir.

Lentement, nous avons commencé l'ascension vers la grande trouée. Lorsqu'enfin nous en avons atteint le bord, Rhia m'a attrapé par la manche de ma tunique. Elle m'a regardé longuement au fond des yeux, puis, dans un murmure, elle a prononcé ses premiers mots de la journée.

— Rappelle-toi : tu ne dois pas regarder son œil.

J'ai serré la poignée de mon épée.

— Je ferai de mon mieux.

— Merlin, j'aurais aimé passer un peu plus de temps avec toi. Pour partager d'autres journées. Et aussi des secrets.

Je n'étais pas certain de comprendre le sens de ses paroles, mais ce n'était pas le moment de lui demander des explications. Serrant les dents, je lui ai donné mon bâton, puis, d'un pas déterminé, je suis entré dans la trouée.

En avançant entre les sombres falaises qui se dressaient des deux côtés, j'avais l'impression de pénétrer dans la gueule d'un monstre. Le bord des falaises était hérissé de pics, comme des dents de dragon. Un vent glacial m'a fouetté le visage, hurlant dans mes oreilles. Alors que je m'enfonçais dans la gorge, l'air s'est mis à trembler de façon inquiétante, comme ébranlé par des pas invisibles et inaudibles.

Mais je n'ai rien remarqué d'autre. À part les rochers noirs éclairés par la lumière matinale, l'endroit semblait vide. Pas de Balor. Pas d'escalier. Rien de vivant… ni de mort.

Pensant que j'avais peut-être manqué quelque chose, je songeais à revenir sur mes pas lorsque le vent s'est de nouveau déchaîné. L'air devant moi s'est assombri, puis a tremblé de nouveau. Cette fois, cependant, il s'est ouvert comme un rideau invisible. Un énorme guerrier, au moins deux fois plus grand que moi, en est sorti.

Balor! Debout en face de moi, il occupait presque toute la largeur de la gorge. Ses grognements furieux résonnaient entre les falaises, tandis que ses lourdes bottes claquaient sur les rochers. Lentement, il a levé son épée. J'ai aperçu ses oreilles surmontées de cornes et son front sombre au-dessus de son œil unique, avant de détourner mon regard.

Je dois regarder autre chose. Pas sa tête ! L'épée. Je vais essayer l'épée.

Je commençais à peine à me concentrer sur la lame quand elle a heurté la mienne. Mon bras a eu du mal à résister au choc. L'ogre lui-même a grogné, comme surpris par le pouvoir de mon épée. Il a grogné de nouveau et, avec une force redoublée, sa lame a fendu l'air une deuxième fois.

Je me suis écarté d'un bond au moment où elle frappait les pierres, juste à l'endroit où je me tenais une fraction de seconde plus tôt. Des étincelles ont volé jusque sur ma tunique. Ma seconde vue m'empêchait de bien voir sur les côtés, ce qui me gênait beaucoup, d'autant plus que je ne pouvais pas regarder mon adversaire en face, à cause de son œil. Au moment où il levait le bras pour frapper une nouvelle fois, j'ai attaqué à mon tour. Mais il s'est éloigné en tournoyant avant de revenir à la charge.

J'ai reculé. Mon talon a heurté une pierre. Malgré une tentative désespérée pour ne pas perdre l'équilibre, je suis tombé. Avec un rugissement de fureur, Balor s'est précipité sur moi, prêt à frapper. Je ne pouvais que détourner le regard de son œil.

Au même instant, Rhia est sortie de l'ombre en courant. Elle s'est jetée sur l'ogre, lui a attrapé la cuisse et s'y est cramponnée. Il a eu beau secouer la jambe pour lui faire lâcher prise, elle tenait bon. J'ai profité de ce bref moment d'inattention pour rouler sur le côté et me relever d'un bond.

Mais avant que je puisse repasser à l'attaque, Balor, en rugissant, a tiré Rhia par le bras et l'a précipitée contre la falaise. Son visage a heurté les pierres, elle a chancelé, puis s'est effondrée sur le sol, inanimée.

La voir ainsi m'a déchiré le cœur. Tandis que Bumbelwy, agitant les bras comme un fou, quittait sa cachette pour voler à son secours, je me suis élancé vers l'ogre en brandissant mon épée. Mais comme j'évitais de le regarder, Balor n'a eu aucune peine à esquiver l'attaque. D'un coup de poing dans l'épaule, il m'a envoyé rouler par terre et mon épée m'a échappé des mains.

Alors que je tentais de la récupérer en rampant, une énorme botte m'a frappé au thorax. J'ai fait un vol plané et je suis retombé à plat sur le dos. J'ai ressenti une douleur atroce dans les côtes. Les pics rocheux sur les falaises se sont mis à tourner au-dessus de moi.

Je n'ai même pas pu m'asseoir. L'énorme main de Balor s'est refermée autour de ma gorge et j'ai cru qu'il allait m'étrangler. D'un geste brusque, il m'a soulevé de terre. La tête me tournait. Je me débattais, je tapais sur son bras, mais il serrait plus fort. Je n'arrivais plus à respirer.

Lentement, il a baissé le bras et m'a approché de son visage. Nos nez se touchaient presque. Ses doigts se sont encore resserrés. Son grognement me transperçait les oreilles. Puis, attiré par un sortilège auquel je n'avais plus la force de résister, j'ai regardé dans son œil. Comme des sables mouvants, celui-ci m'a aspiré.

Avec toutes les forces qui me restaient, je me suis débattu pour me libérer. Mais je ne pouvais pas résister à cet œil. Il m'attirait de plus en plus, pompant toute mon énergie. Ma vue s'obscurcissait. L'inertie gagnait tout mon corps. *Je devrais me laisser aller*, me disais-je. *Juste me laisser aller.* Et je n'ai plus essayé de résister, ni même de respirer.

Tout à coup, l'ogre a poussé un hurlement de douleur et lâché ma gorge. Je suis tombé sur les pierres, toussant, haletant. L'air a de nouveau rempli mes poumons. Bientôt, j'ai recommencé à y voir clair.

J'ai réussi à me soulever sur un coude, juste au moment où Balor s'écroulait, avec la force d'un arbre qui s'abat. Il avait une épée plantée dans le dos. Mon épée. Derrière lui se tenait Rhia, le visage en sang. Elle avait la nuque courbée, comme si elle ne pouvait pas la redresser. Puis ses jambes ont lâché et elle s'est effondrée à son tour.

— Rhia ! ai-je crié d'une voix rauque.

Bumbelwy m'a rejoint, plus sombre que jamais, et m'a aidé à me relever.

— Je lui avais dit qu'elle se tuerait si elle bougeait, a-t-il marmonné. Mais elle n'a pas voulu m'écouter.

Je me suis approché de Rhia et, agenouillé près d'elle, je lui ai soulevé doucement la tête en essayant de redresser son cou. Elle avait une profonde entaille au-dessus de l'oreille. La blessure saignait abondamment, tachant ses vêtements et les rochers. Je l'ai saupoudrée d'herbes que j'avais encore dans ma sacoche.

— Rhia, je vais t'aider.

Ses yeux gris-bleu se sont entrouverts.

— Merlin, a-t-elle murmuré. Cette fois... tu ne peux... rien faire.

— Si, Rhia. Tu vas t'en sortir.

Elle a avalé sa salive avec difficulté.

— Mon heure est venue... j'en suis sûre. Quand j'ai regardé... dans le Lac de la Face... je t'ai vu te battre avec Balor... et tu perdais. Mais je... j'ai vu aussi... un de nous deux qui mourait. Ce n'était pas toi... mais moi.

En la tenant, j'ai essayé d'insuffler de la force dans sa tête et son cou. J'ai déchiré le bas de ma manche. J'ai appuyé le tissu sur sa peau, en priant pour que l'entaille se cicatrise, comme je l'avais fait pour ses os dans les Gorges des Aigles. Mais je savais que cette blessure était beaucoup plus grave qu'un bras cassé. Même les plantes de ses vêtements perdaient déjà de leur fraîcheur et de leur éclat.

— Les choses ne doivent pas forcément se dérouler ainsi.

— Oh si... Je ne t'en ai jamais parlé... mais on m'a dit... il y a longtemps... que je perdrais la vie... pour sauver la tienne. Qu'en restant avec toi, je mourrais. Je ne savais pas si je devais le croire... jusqu'à aujourd'hui.

— C'est absurde !

Je me suis concentré davantage sur les blessures, mais le sang continuait de couler, imprégnant le tissu et s'infiltrant entre mes doigts.

— Quel est l'idiot qui t'a dit cela ?

— Ce n'est pas un idiot. C'est... Arbassa. Voilà pourquoi... tu n'étais pas le bienvenu.

— Tu ne peux pas mourir maintenant ! Pas à cause d'une stupide prophétie !

Je me suis penché pour ajouter :

— Écoute-moi, Rhia : ces prophéties ne valent rien. Rien du tout ! D'après l'une d'elles, seul un enfant de sang humain pouvait tuer Balor, c'est vrai, n'est-ce pas ? Eh bien, tu as vu ce qui s'est passé : Balor me tenait dans sa main et j'étais complètement à sa merci... moi, l'enfant de sang humain ! C'est toi qui l'as tué, pas moi.

— C'est parce que... moi aussi... j'ai du sang humain.

— Quoi ? Tu es fincayrienne ! Tu es...

— Merlin.

Les paupières de Rhia ont frémi au moment où une bourrasque est passée en hurlant entre les falaises.

— Je suis... ta sœur.

C'était comme si j'avais reçu un nouveau coup de pied dans les côtes.

— Ma quoi ?

— Ta sœur, a répété Rhia.

Elle a repris son souffle avec peine avant de continuer :

— Elen est aussi... ma mère. C'est également pour cela que je devais venir.

J'ai frappé les rochers noirs d'un coup de psing.

— Ce n'est pas possible.

Bumbelwy est venu s'agenouiller à côté de moi.

— C'est pourtant vrai, a-t-il confirmé. Lorsque Elen aux yeux saphir t'a mis au monde dans une épave, quelque part sur nos rivages, elle a donné naissance à une fille quelques minutes plus tard. Elle a baptisé le garçon Emrys, et la fille Rhiannon. Les bardes de Fincayra connaissent tous cette histoire.

Son soupir morose s'est perdu dans le vent.

— Et ils savent aussi comment elle a perdu ce bébé. Ses parents traversaient les bois de la Druma quand ils ont été attaqués par une bande de gobelins, les soldats de Rhita Gawr. Un violent combat s'est engagé à l'issue duquel les gobelins se sont dispersés. Mais dans la confusion, un des jumeaux — la fille — a disparu. Des centaines de gens l'ont cherchée pendant des semaines. Sans succès. Elen elle-même a fini par abandonner. Il ne lui restait plus qu'à prier Dagda pour qu'un jour sa fille soit retrouvée.

Rhia a hoché la tête faiblement.

— Et elle a été trouvée... par Cwen. C'est elle... qui m'a amenée... à Arbassa.

— Ma sœur! Tu es ma sœur... ai-je dit, les larmes aux yeux.

— Oui... Merlin.

Si, à ce moment-là, les falaises s'étaient écroulées sur moi, je n'aurais pas souffert davantage. Je venais de rencontrer mon unique sœur et, comme cela m'était arrivé si souvent, j'allais perdre ce qui venait de m'être donné.

Tuatha m'avait prévenu — je m'en souvenais, à présent — que cette prophétie à propos d'un enfant de sang humain pouvait avoir une signification inattendue. *Il se peut qu'elle soit vraie, et il se peut qu'elle soit fausse. Mais même si elle est vraie, la vérité a souvent plus d'un visage.* Comment aurais-je pu savoir que ce serait celui de Rhia ?

— Pourquoi ne me l'as-tu pas dit plus tôt ? ai-je demandé d'une voix tremblante.

— Je ne voulais pas... que tu te détournes de ton chemin... pour me protéger. Ce que tu fais de ta vie... est important.

— Ta vie est tout aussi importante !

J'ai jeté le tissu imbibé de sang et déchiré un nouveau morceau de ma manche. Tout en tamponnant l'entaille, j'ai repensé à la soirée passée chez Cairpré, dans sa pièce remplie de livres. Je comprenais, maintenant, pourquoi il hésitait à me raconter l'histoire de ma naissance. J'avais bien senti qu'il était sur le point de m'en dire plus. C'était donc cela.

Je regardais la tête de Rhia posée sur mes genoux, et sentais son souffle chaud sur mon bras. Elle avait les paupières à moitié closes. Ses habits s'étaient encore ternis. Une larme a coulé sur ma joue.

— Si seulement j'avais pu voir... ai-je dit.

Elle a cligné des paupières.

— Voir? Parles-tu de tes yeux?

Je regardais les gouttes de sang couler de ses boucles brunes.

— Non, non. Il ne s'agit pas de mes yeux, mais de quelque chose que mon cœur sait depuis longtemps. Que notre rencontre dans les bois de la Druma n'était pas un hasard. Mon cœur l'a senti dès le début.

J'ai vu au mouvement de ses lèvres qu'elle essayait de sourire.

— Même quand... je t'ai laissé suspendu... dans l'arbre?

— Oui, même à ce moment-là. Rhia, mon cœur le voyait, mais ma tête ne le comprenait pas. J'aurais dû écouter mon cœur davantage! *Le cœur discerne des choses invisibles à l'œil.*

Une lumière bleue a jailli des rochers où Rhia avait laissé mon bâton. Sans même vérifier, je savais qu'une nouvelle marque, en forme d'œil, s'y était gravée. Car j'avais découvert l'âme de Voir. Mais ce gain paraissait dérisoire comparé à la perte qui m'était infligée.

Au même instant, l'air s'est mis à trembloter près du bras de l'ogre, et le rideau invisible s'est ouvert sur un cercle de pierres polies blanches : un puits!

J'ai compris, alors, pour la première fois, que le chemin vers l'Autre Monde — vers le ciel et aussi l'enfer — ne montait pas, mais descendait. Ce n'était donc pas un escalier conduisant quelque part dans un univers loin de moi, mais un puits plongeant vers des profondeurs insondables.

Un vent glacial hurlait autour de nous. Rhia parlait d'une voix si faible que je l'entendais à peine.

— Tu seras... un enchanteur, Merlin. Et un... bon.

Je lui ai soulevé la tête en la serrant doucement contre moi.

— Ne meurs pas, Rhia. Ne meurs pas !

Elle a frissonné, et ses yeux se sont fermés.

Je sanglotais en silence, quand, tout à coup, j'ai senti une présence que je n'avais pas perçue auparavant. Quelque chose à l'intérieur de son corps, mais en même temps séparé de lui. Cette « chose » indéfinissable est passée entre mes doigts, comme une brise lumineuse. J'ai compris que c'était son âme qui quittait son corps pour s'en aller vers l'au-delà. Alors, une idée m'est venue.

J'ai approché sa tête de mon cœur et j'ai parlé à son esprit.

Je t'en prie, Rhia. Ne me laisse pas. Pas encore. Viens avec moi. Reste avec moi. Juste un moment.

J'ai jeté un coup d'œil vers le cercle de pierres blanches, l'entrée de l'Autre Monde. Le chemin menant à Dagda. Même s'il était trop tard pour sauver Elen, peut-être — seulement peut-être — pouvait-il encore sauver Rhia. Sinon, au moins nous permettre de rester encore un peu ensemble.

Viens avec moi. S'il te plaît.

J'ai inspiré profondément et, avec l'air que j'inspirais, une force nouvelle est entrée en moi, une énergie vitale extraordinaire. Celle de Rhia.

Je me suis tourné vers Bumbelwy. Lui aussi avait pleuré. Ses joues flasques portaient encore des traces de larmes.

— Aidez-moi à me lever, voulez-vous ?

L'air grave, il m'a regardé.

— Elle est morte, a-t-il dit.

— Morte, ai-je rétorqué en sentant une nouvelle vie en moi. Mais pas disparue, mon brave bouffon.

Avec difficulté, Bumbelwy m'a aidé à me remettre debout. Je portais dans mes bras le corps sans vie de Rhia.

— Maintenant, apportez-moi mon épée. Et mon bâton.

Le triste bouffon a secoué la tête et retiré l'épée du dos de Balor. Il a essuyé la lame sur ses bottes, avant d'aller chercher mon bâton dans les rochers. Au retour, il a glissé l'épée dans son fourreau et le bâton dans ma ceinture tachée de sang.

— Où vas-tu avec elle ? a-t-il demandé d'un air sombre.

— Dans l'Autre Monde.

Il a levé les sourcils.

— Alors, je t'attendrai ici. Mais je suis certain que tu ne reviendras pas.

J'ai fait quelques pas vers le cercle de pierres, puis je me suis retourné.

— Bumbelwy, si jamais je ne revenais pas, il faut que vous sachiez une chose.

— Quoi donc ? s'est-il étonné.

— Vous êtes un mauvais bouffon, mais un ami fidèle.

Sur ces paroles, je me suis retourné face au puits. J'ai enjambé les pierres, le cœur aussi lourd que le poids que je portais dans mes bras.

∾ XXXI ∾

DANS LA BRUME

Penché au-dessus du Puits de l'Autre Monde, j'ai senti une bouffée d'air chaud sur mon visage. Un escalier en spirale, fait de pierres blanches, lui aussi, partait du centre du cercle. Je ne voyais pas jusqu'où il descendait. Très loin, à n'en pas douter.

Le corps inerte de Rhia dans les bras, j'ai posé le pied sur la première marche. J'ai inspiré l'air de Fincayra, pour la dernière fois peut-être, et j'ai plongé dans l'inconnu. Avec prudence, pour ne pas trébucher. Mes côtes, ma gorge et mes épaules me faisaient encore mal ; mais ce qui était le plus dur, ce dont mon cœur souffrait, c'était de porter le corps de mon amie. De ma sœur.

Après avoir descendu plus de cent marches, deux choses m'ont frappé. D'abord, le Puits ne s'assombrissait pas du tout, à la différence des autres puits. Il semblait même de plus en plus lumineux à mesure que j'avançais. Et les marches devenaient brillantes comme des perles.

Ensuite, bizarrement, l'escalier ne s'appuyait contre aucun mur. Il était juste entouré d'une brume mouvante dont les volutes épousaient les courbes de la spirale. Plus je descendais, plus les langues de brume s'entortillaient et s'emmêlaient. Tantôt elles s'enroulaient autour de mes jambes ou des boucles brunes de Rhia, tantôt elles se condensaient, dessinant de curieuses formes difficiles à identifier.

La brume du Puits me rappelait celle qui entourait les rivages de Fincayra. Ce n'était pas tant une barrière qu'une substance vivante possédant ses propres rythmes et motifs mystérieux. Elen m'avait souvent parlé de lieux intermédiaires, tels que le mont Olympe, Y Wyddfa ou Fincayra, des endroits qui n'étaient ni vraiment notre monde, ni vraiment l'Autre Monde, mais qui étaient *entre les deux*. Comme cette brume, constituée à la fois d'air et d'eau.

J'ai repensé au jour où, sur le sol de terre de notre cabane à Gwynedd, elle m'avait décrit Fincayra pour la première fois. *Un endroit merveilleux*, avait-elle dit. *Ni tout à fait la Terre, ni tout à fait le ciel, mais un pont entre les deux.*

À mesure que je m'enfonçais dans les brumes et m'approchais de l'Autre Monde, je me demandais quelle sorte de monde c'était. Si Fincayra était le pont, où menait-il ? Des esprits y habitaient, je le savais. Certains étaient puissants, comme Dagda et Rhita Gawr. Mais qu'en était-il des autres plus modestes, comme mon brave ami Fléau ? Partageaient-ils le même espace ou demeuraient-ils ailleurs ?

En descendant cet escalier qui n'en finissait pas de tourner sur lui-même, l'idée m'est venue qu'il n'y avait peut-être aucune différence entre le jour et la nuit dans ce monde. Sans lever ni coucher de soleil, et sans lune dans le ciel, il était difficile de se situer dans le temps. D'ailleurs, le temps, ou ce que j'appelais ainsi, n'existait peut-être même pas. Elen, me semblait-il, m'avait parlé de deux sortes de temps : le temps historique, qui est linéaire et rythme la vie des hommes mortels, et le temps sacré, qui s'écoule en cercle. Était-ce ainsi, dans l'Autre Monde ? Dans ce cas, cela voudrait-il dire que le temps tournait sur lui-même, comme cet escalier en spirale ?

Je me suis arrêté un instant pour réfléchir. S'il existait un temps différent dans ce monde, je risquais de retourner trop tard à la surface pour sauver Elen. Si, toutefois, j'y retournais... Je risquais de passer là non seulement les deux jours qui me restaient, mais des mois, sans jamais le savoir. J'ai cambré le dos pour remonter Rhia sur mes bras. Elle me semblait de plus en plus lourde, et le poids de ma quête aussi.

Je devais trouver Dagda le plus vite possible. Veiller à ce que rien ne puisse me retarder ou me détourner de mon chemin. J'ai repris ma descente.

Peu à peu, quelque chose dans la brume a changé. Au lieu de rester près de l'escalier, comme au début, elle s'éloignait. Des ouvertures de différentes formes sont apparues, puis ont fait place progressivement à des espaces de plus en plus vastes. À chaque pas, la vue s'élargissait, et j'ai fini par me trouver au milieu d'un paysage extraordinairement varié et toujours mouvant.

Un paysage de brume.

Cette brume tournoyait autour de moi sous forme de minces filets, de collines ondulantes, de plaines ou de pics. Parfois, des gorges longues et profondes s'enfonçaient à l'infini dans ce relief nébuleux. À d'autres moments, des montagnes se dressaient au loin, se déplaçaient vers le haut, vers le bas ou les deux à la fois ; des vallées succédaient à des pentes, des falaises, à des grottes. Un peu partout, il me semblait voir des silhouettes ramper, flotter ou marcher à grandes enjambées. Et, à travers tout cela, la brume s'enroulait, s'élevait en tourbillons, toujours changeante, toujours semblable.

À la longue, j'ai découvert que les escaliers eux-mêmes avaient changé. Ils n'étaient plus figés et compacts comme la pierre, mais ondulaient et flottaient avec tout ce qui m'environnait. Faits de la même fibre indéfinissable que le paysage, ils restaient cependant assez fermes pour qu'on puisse se tenir dessus.

Une étrange impression m'a envahi. Il m'a semblé que ce qui m'entourait n'était pas du tout de la brume, ni même une substance matérielle composée d'air ou d'eau, mais quelque chose de différent… fait de lumière, d'idées ou de sentiments. Il faudrait plusieurs vie pour comprendre ne serait-ce qu'une petite partie de sa vraie nature.

Voilà donc à quoi ressemblait l'Autre Monde : des couches et des couches de mondes mouvants, changeants. Je pouvais continuer à descendre indéfiniment, me promener parmi les montagnes de nuées, ou voyager éternellement au cœur de la brume. Hors du temps, sans limites, sans fin.

C'est alors qu'au milieu de ce paysage flottant, une nouvelle silhouette est apparue.

⤿ XXXII ⤾

UN RAMEAU D'OR

La petite silhouette grise, surgie de derrière une colline, a déployé ses ailes. Elle se dirigeait vers moi, portée par un courant, quand, brusquement, elle est remontée si haut que je l'ai presque perdue de vue. Puis elle a tourné et plongé tout droit, avant d'enchaîner une série de boucles et de virages qui semblaient n'avoir d'autre but que le plaisir de voler.

Fléau !

Mon cœur a bondi de joie. J'avais encore une de ses plumes dans ma sacoche. Il ne restait rien d'autre de mon ami faucon après son combat contre Rhita Gawr. Enfin, à part son âme...

Il est sorti de la brume pour s'élancer dans ma direction. J'ai entendu son cri, toujours énergique et déterminé. J'ai observé sa dernière descente en piqué. Puis, avec une bouffée d'air tiède, j'ai senti ses serres s'accrocher à mon épaule gauche sur laquelle, après avoir replié ses ailes, il s'est mis à se dandiner. Ses plumes, autrefois brunes, étaient d'un gris argenté et rayées de blanc, mais ses yeux étaient toujours cerclés de jaune. Il a penché la tête vers moi et lancé un pépiement satisfait.

— Oui, Fléau, moi aussi je suis content de te revoir. Si seulement Rhia pouvait l'être également ! ai-je ajouté en lui montrant le corps inerte et ensanglanté que je tenais dans les bras.

Le faucon est descendu se percher sur son genou. Il l'a contemplée un moment, avant d'émettre un sifflement triste et de revenir sur son perchoir.

— Je porte son esprit en moi, Fléau. J'espère que Dagda pourra encore la sauver. Ainsi que ma mère.

Tout à coup, l'oiseau a poussé un cri. Ses serres m'ont pincé l'épaule, alors que la brume devant moi se mettait à tournoyer étrangement.

— Ahhh ! a fait une voix indolente. C'est vraiment gentil à toi de venir. Très gentil...

Fléau a sifflé, inquiet.

— Qui êtes-vous ? ai-je crié. Montrez-vous.

— C'est ce que je vais faire, jeune homme, dans un petit moment.

La brume devant moi s'est mise à tournoyer comme une soupe qu'on brasse doucement. Puis la voix a ajouté :

— J'ai un cadeau pour toi, un cadeau très précieux...

Bien qu'un peu rassuré par le ton, un vague pressentiment m'incitait à rester sur mes gardes. Mieux valait pécher par un excès de prudence.

— Ce n'est pas le moment de faire des manières, ai-je répondu en rajustant le poids de Rhia sur mes bras. Je suis pressé. Si vous avez quelque chose à me donner, alors montrez-vous.

— Ahhh, jeune homme. Quelle impatience, quelle terrible impatience, le brouillard a-t-il dit en bouillonnant. Mais ne t'inquiète pas. J'écouterai ta requête d'ici peu. Je ne demande qu'à être ton ami.

À ces mots, Fléau a poussé un cri strident et, d'un puissant battement d'ailes, a quitté son perchoir. Il a sifflé de nouveau, tourné une fois autour de moi, pour finalement s'envoler et disparaître dans un nuage.

— Tu n'as rien à craindre de moi, a murmuré la voix. Même si j'ai fait peur à ton ami faucon.

— Fléau n'a peur de rien.

— Ahhh, alors j'ai dû me tromper. Pourquoi s'est-il envolé, d'après toi ?

— Je l'ignore, ai-je répondu, tout en scrutant la brume mouvante. Il doit avoir une bonne raison. Si vous voulez être mon ami, montrez-moi où vous êtes. Vite. Je dois m'en aller.

— Ahhh, tu as un rendez-vous important, c'est cela ?

— Très important.

— Ahhh, dans ce cas, tu as raison, a dit la voix, toujours très nonchalante, comme ensommeillée. Je pense que tu sais comment y aller...

Au lieu de répondre, je scrutais la brume à la recherche de Fléau. Où était-il parti ? Nous venions tout juste de nous retrouver ! J'avais espéré qu'il pourrait me conduire jusqu'à Dagda.

— Parce que si tu ne sais pas, a continué la voix du même ton apaisant, mon cadeau pourrait t'être utile. Très utile... Je te propose de te servir de guide. C'est cela, mon cadeau.

Cette fois encore, mon instinct m'incitait à la prudence. Et pourtant... je gagnerais un temps précieux si mon mystérieux interlocuteur m'indiquait le chemin à travers les nuages — après s'être fait connaître, bien sûr.

— Avant d'accepter votre offre, ai-je déclaré, j'ai besoin de savoir qui vous êtes.

— Patience, jeune homme. Patience, je vais y venir.

La voix a bâillé, puis, aussi douce que les filets de brume qui me caressaient les joues, elle a repris :

— Les jeunes sont toujours si pressés...

En dépit de mes doutes, quelque chose dans cette voix me détendait, me donnant presque envie de dormir. Ou peut-être était-ce la fatigue. Mon dos me faisait mal. Si seulement j'avais pu poser Rhia quelque part, juste un instant.

— Ahhh, tu portes un lourd fardeau, jeune homme, a poursuivi la voix dans un interminable bâillement. Veux-tu que je te soulage un peu?

Malgré moi, j'ai bâillé à mon tour.

— Ça va, merci. Mais si vous êtes disposé à me conduire jusqu'à Dagda, je veux bien. À condition de me montrer qui vous êtes.

— Jusqu'à Dagda? Ahhh, le grand et glorieux Dagda. Le guerrier des guerriers. Il vit loin, très loin d'ici. Qu'à cela ne tienne, je t'y conduirai volontiers.

— Pouvons-nous partir tout de suite? Je suis en retard, ai-je dit en me redressant.

— Ahhh, dans un petit moment. C'est dommage, néanmoins, que tu ne puisses prendre un peu de repos. Tu en as besoin, on dirait.

Des volutes de brume tournaient devant mon visage. Je me suis accroupi un instant pour poser Rhia sur mes cuisses.

— J'aimerais bien. Mais je dois partir.

— Oui, comme tu voudras, a répondu la voix endormie, en bâillant longuement. Nous partons tout de suite. Juste un instant.

J'ai secoué la tête pour lutter contre la torpeur qui me gagnait.

— Bien. Mais... vous alliez faire quelque chose, d'abord. Qu'était-ce donc ? Ah, oui. Vous deviez vous montrer avant que je vous suive.

— Bien sûr, jeune homme. Je suis presque prêt. Ce sera un vrai plaisir de t'aider, a soupiré la voix avec nonchalance.

Mon instinct m'invitait de nouveau à la prudence, mais je n'en ai pas tenu compte. J'ai déplacé le bras qui soutenait les jambes de Rhia et posé ma main sur une marche humide, m'imaginant déjà assis, rien qu'un petit instant. Un peu de repos ne pouvait pas me faire de mal.

— Tu as raison, jeune homme, a susurré la voix. Laisse-toi aller, détends-toi.

Me détendre, ai-je songé. *Me laisser aller, juste un peu.*

— Ahhh, oui, a soupiré la voix ensommeillée. Tu es un jeune homme sage. Bien plus sage que ton père.

J'ai hoché la tête, à moitié endormi. *Mon père. Plus sage que...*

Un vague regain de méfiance m'a fait réagir : comment connaissait-il mon père ?

Puis je me suis remis à bâiller. Pourquoi me soucier de mon père maintenant ? Il n'était pas dans l'Autre Monde. Mon cerveau était embrumé, comme si le brouillard qui m'entourait y était entré par mes oreilles. Pourquoi étais-je si pressé, au fait? Un peu de repos m'aiderait à m'en souvenir. Assis sur l'escalier, j'ai laissé retomber la tête sur ma poitrine.

Une fois de plus, la méfiance m'a aiguillonné, mais si légèrement que je m'en suis à peine aperçu. *Réveille-toi, Merlin! Ce n'est pas ton ami. Réveille-toi.* J'ai essayé de l'ignorer, mais c'était difficile. *Écoute ton instinct, Merlin.*

J'ai relevé un peu la tête. Il y avait quelque chose de familier dans cette petite voix intérieure. Comme si je l'avais déjà entendue quelque part.

Écoute ton instinct, Merlin. Souviens-toi des baies.

Cette fois, je me suis réveillé en sursaut. C'était la voix, la sagesse de Rhia! Son esprit percevait ce que je ne sentais pas moi-même. J'ai de nouveau secoué la tête pour en chasser le brouillard. J'ai passé la main sous les jambes de Rhia et, lentement, je me suis relevé.

— Ahhh, jeune homme, a dit la voix endormie avec une pointe d'inquiétude. Je croyais que tu te reposerais un petit moment.

Serrant plus fort Rhia dans mes bras, les feuilles sur ses vêtements s'asséchant toujours de plus en plus, j'ai pris une grande inspiration.

— Non, je ne vais pas me reposer, ai-je rétorqué fermement. Je ne vous laisserai pas m'endormir. Je sais qui vous êtes.

— Ahhh, vraiment ?

— Oui, vous êtes Rhita Gawr !

La brume s'est mise à mousser, à faire des bulles et à tourbillonner devant moi. Des remous vaporeux a surgi un homme, aussi grand et massif que Balor. Il portait une tunique blanche et un collier de pierres rouges. Ses cheveux, noirs comme les miens, étaient parfaitement coiffés. Même ses sourcils étaient brossés avec soin. Mais ce sont surtout ses yeux qui ont retenu mon attention. Ils paraissaient complètement creux, sans expression. On aurait dit que derrière eux, il n'y avait que le vide. C'était encore plus effrayant que l'œil de Balor.

Rhita Gawr a porté une main à ses lèvres et léché l'extrémité de ses doigts.

— J'aurais pu prendre toutes sortes de formes, a-t-il déclaré d'une voix soudain dure et cassante. Le sanglier avec la cicatrice sur la patte est une de mes préférées. Nous portons tous des cicatrices, vois-tu.

Il caressait un sourcil avec ses doigts mouillés.

— Mais tu as déjà vu le sanglier, n'est-ce pas ? Un jour, sur la côte de ce tas de pierres que tu appelles Gwynedd. Et une autre fois, dans un rêve.

— Comment… Comment savez-vous cela?

Mon front s'est couvert de sueur au souvenir de ce rêve et des défenses pointues qui s'enfonçaient dans mes yeux.

— Allons donc! Un futur sorcier a sûrement appris au moins un petit quelque chose sur le pouvoir de Sauter.

Tout en léchant le bout de ses doigts, il a souri d'un air narquois avant de poursuivre :

— Envoyer des rêves aux gens est un de mes rares amusements, une distraction qui me repose de mes nombreux travaux. Mais il y a quelque chose que j'aime encore plus : envoyer l'ombre de la mort.

Je me suis raidi, serrant encore plus le corps de Rhia.

— De quel droit avez-vous frappé ma mère?

Les yeux creux de Rhita Gawr m'ont fixé.

— De quel droit l'as-tu fait venir à Fincayra?

— Je ne voulais pas…

— Par orgueil, n'est-ce pas?

Il a passé une main dans ses cheveux pour les replacer. Puis il a ajouté :

— C'était le défaut de ton père, et de ton grand-père aussi. T'attendais-tu vraiment à être différent?

Je me suis redressé.

— Oui, je suis différent.

— Encore l'orgueil! Je pensais que tu aurais compris, maintenant, a-t-il lancé en faisant un pas vers moi. L'orgueil causera ta perte, c'est certain. Il a déjà causé celle de ta mère.

J'ai chancelé sur les marches brumeuses.

— C'est donc pour ça que vous m'avez retenu tout ce temps!

— Mais bien sûr! a-t-il rétorqué avant de bien prendre le temps de lécher chacun de ses doigts. Et maintenant que tu sais que tu n'as pas pu empêcher sa mort — cette mort que tu as toi-même causée —, je vais t'éviter de nouvelles souffrances, en te tuant sur-le-champ.

J'ai reculé d'une marche, en essayant de ne pas trébucher.

Rhita Gawr a ri, tout en caressant son autre sourcil.

— Ton héros, Dagda, n'est pas là pour te sauver, cette fois, comme il l'a fait à Gwynedd. Ni cet idiot d'oiseau, dont l'imprudence m'a empêché d'en finir avec toi au château des Ténèbres. Cette fois-ci, je te tiens.

Il a fait un autre pas vers moi. Ses énormes mains semblaient se préparer à me broyer le crâne.

— Pour que tu prennes conscience de ta folie, de ton orgueil, je vais t'expliquer quelque chose. Si seulement tu n'avais pas essayé d'éviter tes leçons, tu saurais peut-être que si tu avais emporté une branche de gui, ce maudit rameau d'or, tu aurais pu aller directement au repaire de Dagda. Je n'aurais pas pu t'arrêter comme je l'ai fait.

J'ai blêmi en me rappelant l'insistance de Rhia pour que j'emporte une branche de gui dans l'Autre Monde. J'avais rejeté d'emblée sa suggestion.

Avec son petit sourire narquois, ses bras de brouillard sortant de sa tête et me griffant, Rhita Gawr a repris :

— J'adore l'arrogance. C'est l'une des qualités les plus attachantes de l'humanité.

Il a plissé les yeux.

— Tant pis pour tes leçons. À présent, tu vas mourir.

Au même instant, une silhouette ailée a surgi des nuages. Un cri a résonné dans le paysage de brume et Fléau s'est élancé vers moi... avec un rameau d'or : du gui ! Rhita Gawr a rugi de rage et m'a sauté dessus.

Au même moment, la branche de gui est tombée sur mes épaules comme une pèlerine et, alors que ses mains puissantes se refermaient sur ma gorge, je me suis brusquement changé en vapeur et fondu dans la brume. La dernière chose que j'ai sentie, c'était une paire de serres sur mon épaule, et la dernière que j'ai entendue, le cri de colère de Rhita Gawr.

— Tu m'as échappé encore cette fois-ci, avorton d'enchanteur ! Tu n'auras pas autant de chance la prochaine fois !

∾ XXXIII ∾

des choses
merveilleuses

Ma peau, mes os, mes muscles s'étaient dissous. J'étais maintenant composé d'air, d'eau et de lumière. Et de quelque chose d'autre. La brume était mon élément.

Je roulais, tel un nuage de vapeur, les bras étendus devant moi à l'infini. Tandis que le rameau d'or me propulsait le long des voies secrètes qui menaient à Dagda, je tournoyais, me balançais, me fondant dans l'air et, en même temps, allant plus loin que lui. Je volais à travers des tunnels en spirale, des corridors sinueux. Je ne voyais ni Fléau ni Rhia, mais je sentais qu'ils voyageaient avec moi sous une forme ou une autre.

J'ai aperçu une multitude de nouveaux paysages, de nouvelles silhouettes. Trop pour pouvoir les compter. Une variété sans bornes semblait habiter la moindre parcelle de brume : des mondes à l'intérieur d'autres mondes, des niveaux à l'intérieur d'autres niveaux, des vies à l'intérieur d'autres vies ! L'Autre Monde, dans son immensité et sa complexité, m'invitait à le découvrir.

Mais je n'avais pas le temps de l'explorer. La vie d'Elen et celle de Rhia étaient en jeu. J'aurais risqué de perdre ma seule chance de les aider en cédant à cette nouvelle folie. Mais comme Rhia l'avait déclaré elle-même lorsque mon bâton avait disparu à Slantos, *tant qu'on a de l'espoir, on a toujours une chance.* L'espoir, je l'avais, même s'il ne semblait pas plus solide que les nuages.

Mes pensées, aussi mobiles que la brume, se sont tournées vers Dagda. La perspective de cette rencontre avec le plus grand de tous les esprits m'angoissait. Je m'attendais à un jugement sévère de sa part pour toutes mes fautes. Me refuserait-il son aide ? Peut-être qu'en sauvant ma mère, il perturberait un fragile équilibre cosmique que lui seul comprenait. Peut-être n'aurait-il même pas le temps de me voir. Peut-être ne serait-il même pas là, quand j'arriverais. Il pouvait fort bien être ailleurs, dans ce monde de brumes ou dans un autre, occupé à combattre les armées de Rhita Gawr.

Je me demandais à quoi il ressemblait. Comme Rhita Gawr, il pouvait sans doute prendre la forme qu'il voulait. Le jour où je l'avais vu sur la côte de Gwynedd, il avait l'apparence d'un cerf immense, puissant, doté d'une ramure magnifique. Ses yeux, surtout, m'avaient impressionné. De grands yeux bruns aussi profonds et mystérieux que l'océan.

Sous quelque forme qu'il se présente, je savais qu'elle serait à la mesure de la puissance de Dagda. Peut-être serait-il un cerf sous forme humaine ? Comment Rhita Gawr l'avait-il appelé ? *Le grand et glorieux Dagda. Le guerrier des guerriers.*

À la manière d'un nuage se glissant entre des collines, mon allure s'est ralentie peu à peu, jusqu'à l'immobilité. Imperceptiblement d'abord, la brume autour de moi s'est dissipée. Lentement, très lentement, elle s'est effilochée comme un voile léger. Petit à petit, derrière le voile, j'ai discerné les contours d'une haute silhouette.

D'un seul coup, les restes de brume ont disparu. La forme que j'avais aperçue n'était en fait qu'un arbre gigantesque. Il était aussi grand qu'Arbassa, avec cependant une différence frappante : il avait la tête en bas. Ses énormes racines dressées vers le haut disparaissaient dans les fils de brume enchevêtrés. S'enroulant majestueusement autour des nuages, elles semblaient embrasser le monde au-dessus. De ces racines pendaient d'innombrables rameaux de gui doré qui se balançaient gracieusement. En dessous, à la base du tronc, de grosses branches s'étendaient à travers une vaste plaine vaporeuse. Couvert de milliers de gouttes de rosée, l'arbre tout entier étincelait.

J'étais si fasciné par ce spectacle qu'il m'a fallu un moment pour me rendre compte que moi aussi j'étais sur la plaine brumeuse. J'avais retrouvé mon corps ! Rhia était toujours dans mes bras, tandis que Fléau gloussait doucement dans mon oreille. Un rameau de gui, semblable à ceux de l'arbre au-dessus de moi, entourait mes épaules. Mon épée était toujours suspendue à mon côté et mon bâton, glissé dans ma ceinture.

J'ai regardé Fléau.

— Merci, mon ami. Tu m'as sauvé, une fois de plus.

Le faucon m'a répondu par un sifflement aigu, en battant des ailes, comme gêné par tant de reconnaissance.

— Bienvenue à l'Arbre de l'Âme, a dit une voix chevrotante.

Je me suis retourné, et j'ai vu un vieil homme frêle dont le bras droit pendait, inutile, le long de son corps. Assis sur le sol de brume, appuyé contre les branches, il était si menu qu'il se remarquait à peine. Ses cheveux aux reflets argentés se confondaient presque avec l'écorce de l'arbre.

— Merci beaucoup, ai-je répondu un peu froidement, craignant encore une fois d'être dupé.

De toute façon, vu le peu de temps que j'avais, il fallait être direct.

— Je cherche Dagda.

Fléau m'a pincé l'épaule, avec un gloussement que j'ai pris pour un reproche.

Le vieil homme a souri aimablement, tandis que de fines rides plissaient son visage. Posant son bras atrophié sur ses genoux, il m'a observé avec attention.

Alors, j'ai remarqué ses yeux : de grands yeux bruns profonds, pleins de compassion, de sagesse et de tristesse. Je les avais déjà vus, ces yeux. C'étaient ceux du grand cerf.

— Dagda… ai-je dit, confus. Je suis désolé, je ne vous avais pas reconnu.

Son sourire a disparu.

— Tu y as mis du temps, a-t-il dit, mais tu m'as reconnu. Tu finiras peut-être aussi par découvrir la véritable source de mon pouvoir. Mais peut-être l'as-tu déjà trouvée ?

J'ai hésité, ne sachant quoi répondre.

— Je ne sais rien, hélas, de la véritable source de votre pouvoir. Mais je crois que vous l'utilisez pour aider les êtres à suivre leur voie. C'est pour ça que vous êtes venu à mon secours, le jour où j'ai échoué sur le rivage.

— Très bien, Merlin, très bien, a-t-il dit, satisfait et un peu contrarié à la fois. Même si tu as essayé d'éviter un des Chants, a-t-il ajouté.

Je me suis senti gêné. Ses yeux semblaient sonder mon âme.

— J'ai conscience du poids de ta charge — et je ne parle pas seulement de l'amie que tu tiens dans tes bras. Pose-la donc à côté de moi.

— Pouvez-vous la sauver ?

— Nous verrons cela. Parle-moi d'abord des Chants, Merlin, a-t-il repris, le front soucieux. Où se trouve l'âme de chacun d'eux ?

— Et ma mère ? Il lui reste peu de temps à vivre, si elle vit encore.

— Elle aussi doit attendre.

J'ai déposé doucement le corps de Rhia sur le sol vaporeux. Une couverture de brume a recouvert son torse et ses épaules. Dagda a jeté sur elle un regard profondément triste, avant de reprendre :

— Tout d'abord, montre-moi ton bâton.

Fléau a gloussé d'admiration quand j'ai sorti le bâton de ma ceinture. L'extrémité noueuse dirigée vers Dagda, je l'ai fait tourner lentement entre mes doigts. Toutes les marques, d'un bleu profond comme le crépuscule, brillaient sous nos yeux : le papillon, symbole de transformation ; le couple de faucons, unis dans le vol ; la pierre fissurée, me rappelant la folie de vouloir mettre en cage la lumilule ; l'épée, dont je connaissais bien le nom ; l'étoile dans le cercle, souvenir du rire lumineux de Gwri aux cheveux d'or ; la queue de dragon, m'évoquant, curieusement, le goût du cuir sale ; enfin, l'œil, si différent de celui de Balor mais, à sa manière, tout aussi terrifiant.

Dagda a hoché la tête.

— Tu portes une épée, maintenant, à ce que je vois.

À ses mots, j'ai tapoté sa poignée d'argent.

— Prends-en bien soin, car la destinée de cette lame est de te servir jusqu'à ce que vienne le moment de la planter dans un fourreau de pierre. Ensuite, elle passera entre les mains d'un garçon pas plus âgé que toi actuellement. Un garçon né pour être roi, dont le règne marquera les cœurs pendant longtemps.

— J'en prendrai bien soin.

— Dis-moi maintenant, mon fils. Quelles mélodies as-tu entendues dans les Sept Chants ? Commence par la première, Changer.

Je me suis raclé la gorge avant de m'exprimer.

— J'ai appris d'un papillon — et d'une traîtresse de l'espèce des sylvains, qui s'est repentie — que tous les êtres vivants sont capables de changer, y compris nous.

Le vieil homme m'a observé avec une grande attention.

— Ce n'est pas un hasard, Merlin, si ce Chant était ton premier. J'imagine que tu entendais ses accents depuis longtemps.

— Oui, ai-je répondu, puis j'ai observé les branches couvertes de rosée un moment. Je vois maintenant pourquoi le papillon et l'âme, en grec, sont désignés par le même mot.

— Bien. Maintenant, parle-moi du Lien.

J'ai regardé le visage de Rhia, pâle et immobile.

— Les liens les plus forts sont ceux du cœur. Je l'ai appris en voyant deux faucons voler ensemble.

Fléau, tout fier, s'est lissé les plumes.

— Et peut-être aussi qu'un farceur te l'a fait comprendre ?

J'ai soupiré.

— C'est vrai.

Un lambeau de brume est passé sur la main gauche de Dagda. D'un adroit mouvement de doigts, il en a fait un nœud compliqué et, avec un hochement de tête songeur, l'a laissé s'éloigner.

— Ensuite, a-t-il repris, tu as trouvé le royaume souterrain de ma vieille amie Urnalda. Elle est plus sage qu'elle n'en a l'air, je peux te l'assurer. Elle a sûrement pris grand plaisir à être ton professeur.

— Je me demande jusqu'à quel point. J'étais un élève plutôt lent. Finalement, avec l'aide d'une lumilule, j'ai trouvé l'âme de ce Chant.

— Qui est?

— La meilleure façon de protéger quelque chose, c'est de lui rendre sa liberté, ai-je répondu, en lui montrant l'image de la pierre fissurée.

Dagda s'est radossé et a levé la tête vers les racines de l'Arbre de l'Âme. Alors qu'il haussait un sourcil, une volute de brume est montée en spirale le long du tronc.

— La leçon suivante, je pense, a été une surprise pour toi.

— Pour Nommer, oui. Il m'a fallu un moment — et un couteau brisé — pour apprendre qu'un nom véritable a un pouvoir véritable.

J'ai arrêté de parler pour réfléchir un moment.

— Le mien est-il Merlin?

Le vieil homme a fait non de la tête.

— Alors, vous savez peut-être quel est mon nom véritable?

— Je le sais.

— Voulez-vous me le dire?

Dagda a réfléchi un instant à ma demande.

— Non, pas encore. Mais si nous nous revoyons dans un moment plus heureux, quand tu auras vaincu l'ennemi le plus puissant de tous, alors je te le dirai.

J'ai blêmi.

— L'ennemi le plus puissant de tous ? Vous voulez dire Rhita Gawr ?

— Peut-être... À présent, Sauter, a-t-il dit en me montrant l'étoile dans un cercle.

— Ça, c'est un don incroyable. La Grande Élusa l'a utilisé pour nous envoyer chez les sylvains. Gwri aux cheveux d'or s'en est servie pour donner à Rhia une vision du Puits de l'Autre Monde. Et Rhita Gawr, pour envoyer l'ombre de la mort à ma mère, ai-je ajouté en un murmure.

Dagda a haussé les sourcils.

— À ta mère ?

— Enfin, non. À moi, ai-je répondu, embarrassé. Mais c'est ma mère qui a été touchée.

— Alors, quelle est l'âme de l'art du Saut ?

Mon attention s'est tournée vers la brume qui flottait autour de nous et dont les volutes gracieuses nous enlaçaient, Dagda et moi, s'enroulant autour de l'arbre et de ses grandes racines qui, elles-mêmes, embrassaient le monde, au-dessus.

— Tout est relié à tout, ai-je déclaré.

— Bien, mon fils, bien. Et qu'en est-il d'Éliminer ?

— Cette leçon-là, je l'ai apprise d'un dragon endormi. Et d'un bouffon, ai-je dit avec un petit sourire. Ils m'ont montré que toute chose vivante est précieuse à sa façon.

Dagda s'est penché vers moi.

— Même un dragon ?

— Même un dragon.

Il s'est caressé le menton, songeur.

— Tu le rencontreras de nouveau, ce dragon, je pense. Quand il se réveillera.

Cette nouvelle m'a coupé le souffle. Mais avant que j'aie pu lui poser la moindre question, il a repris :

— Et Voir. Parle-moi de Voir.

Cette fois, les mots ne sont pas venus facilement. Au bout d'un moment enfin, j'ai dit du bout des lèvres :

— Le cœur peut voir des choses invisibles à l'œil.

— Hmm. Mais encore ?

J'ai réfléchi.

— Eh bien, maintenant que j'en sais un peu plus sur ce qu'on voit avec le cœur, je peux sans doute voir mieux en moi-même.

— Et quand tu regardes à cet endroit, mon fils, que vois-tu ?

Je me suis éclairci la voix, puis j'ai hésité. Je cherchais les mots justes.

— C'est... enfin, c'est comme la descente dans le Puits de l'Autre Monde. Plus je m'enfonce, plus je fais de découvertes.

Je me suis détourné avant d'ajouter à mi-voix :

— Parfois, c'est réellement terrifiant.

Le vieil homme m'a regardé avec compassion.

— Que vois-tu d'autre ?

— Que je sais vraiment très peu de choses, ai-je soupiré.

Dagda a tendu le bras et pris ma main dans la sienne.

— Eh bien, Merlin, ce que tu as appris là est très précieux.

Il m'a tiré pour me rapprocher de lui. Des volutes de fumée flottaient autour de nous.

— Vraiment précieux ! Jusqu'à aujourd'hui, tu as cherché l'âme des Chants. Mais avoir conscience du peu de connaissances que tu as... avoir de l'humilité... c'est cela, mon fils, l'âme de la magie.

Intrigué, j'ai penché la tête.

— Avec le temps, je pense, tu comprendras. Car l'humilité n'est rien d'autre qu'un respect sincère et véritable pour toutes les merveilles de ce monde.

J'ai hoché la tête lentement.

— C'est le genre de choses que disait Rhia.

En regardant de nouveau son corps sans vie, j'ai demandé, anxieux :

— Pouvez-vous encore la sauver ?

Dagda n'a pas répondu.

— Le pouvez-vous ?

Pendant un long moment, il m'a observé en silence.

— Je l'ignore, mon fils.

Je sentais ma gorge serrée comme si Balor me tenait encore dans sa main.

— Quel insensé j'ai été ! J'ai causé tant de désastres !

Dagda a pointé un doigt sur un ruban de brume ondulant, qui s'est aussitôt redressé. Il en a regardé un autre, qui s'est changé en une petite boule compacte. Puis, se tournant de nouveau vers moi, il a repris avec un sourire triste :

— Ainsi tu as vu les deux côtés en toi : l'obscur et le clair ; le dragon et l'étoile ; le serpent et la colombe.

— Lorsque vous m'avez accueilli, vous avez dit que je verrais peut-être un jour la véritable source de votre pouvoir. Je n'en suis pas sûr, mais je crois que le vôtre est plus discret, plus subtil que les autres sortes de pouvoir. Il est guidé par votre tête et votre main, mais il vient de votre cœur. En fait, votre pouvoir a un rapport avec le septième Chant. Voir, non avec les yeux, mais avec le cœur.

Dagda a haussé les sourcils imperceptiblement. J'ai poursuivi :

— À une époque, j'aurais donné n'importe
quoi pour que mes yeux retrouvent la vue. J'en ai
toujours très envie. Mais maintenant, je sais qu'il
existe d'autres façons de voir.

Dagda a serré ma main un peu plus fort.

— Tu as bien compris, Merlin. Écoute
encore ceci, a-t-il ajouté en desserrant son
étreinte, puis m'observant longuement. Quelles
que soient les souffrances que tu as connues
et que tu connaîtras encore, rappelle-toi que des
choses merveilleuses t'attendent. Des choses
extraordinaires.

⚭ XXXIV ⚭

L'ÉLIXIR

Dagda s'est tourné vers l'arbre, étincelant de rosée. Il a levé les yeux jusqu'aux racines noueuses qui se perdaient dans les nuages. Son regard s'y est attardé un instant, comme si, à travers la brume, il apercevait des contrées lointaines. Enfin, il a parlé.

— Venons-en à ton amie, liée à toi par l'amour et par le sang.

Il a allongé son bras valide vers Rhia. Elle semblait si immobile, si silencieuse, si pâle ! Je songeais avec angoisse que son corps était peut-être trop froid pour être rendu à la vie, même par le plus grand des esprits. Gwri ne m'avait-elle pas dit que Dagda, en dépit de tout son pouvoir, ne pouvait ramener un mort à la vie ?

Avec une extrême douceur, il a fermé les yeux et soulevé la main inerte de Rhia. Il semblait écouter quelque chose, très loin. Puis, les paupières toujours fermées, il m'a dit :

— Tu peux la libérer, Merlin.

J'ai hésité, craignant, en la libérant, de la perdre à jamais. Une fois que son esprit m'aurait quitté, qu'il se serait envolé, je ne pourrais plus espérer la revoir vivante.

— Merlin, a répété Dagda. C'est le moment.

Alors, je l'ai laissé partir. J'ai senti un frémissement tout au fond de moi. Puis son esprit a commencé à s'échapper, comme un filet d'eau, d'abord, puis un ruisseau, de plus en plus abondant. À la fin, c'était comme une rivière qui rompait ses digues. Mes yeux aveugles étaient noyés de larmes, car je savais que même si elle survivait dans sa forme mortelle, elle et moi ne serions plus jamais aussi proches.

J'ai expiré très lentement. Des lambeaux de brume se sont entrecroisés entre sa poitrine et la mienne, nous reliant l'un à l'autre par un pont chatoyant. Puis, très vite, ce dernier lien s'est dissous.

C'est alors que l'entaille, sur le côté de sa tête, a attiré mon attention : elle était en train de se refermer de l'intérieur. Les taches de sang, plus brunes que rouges à présent, ont disparu de ses cheveux, de son cou et de ses vêtements ; ses joues ont repris des couleurs ; les feuilles de sa robe ont reverdi et retrouvé leur souplesse.

L'index de Rhia a frémi ; son cou s'est redressé ; et, enfin, ses yeux se sont ouverts, en même temps que ceux de Dagda. Les yeux fixés sur les racines recouvertes de gui, elle a pris une première inspiration un peu haletante. Puis, elle lui a souri et, tout d'un coup, s'est mise à parler :

— Vous vivez avec un arbre, comme moi ! s'est-elle écriée en riant.

Moi aussi, j'ai ri. Dagda lui-même a éclaté d'un rire franc et sonore. L'hilarité a gagné jusqu'à l'arbre qui, en se balançant, a fait tournoyer dans l'air des gouttes de rosée. Fléau, sur mon épaule, a émis un sifflement joyeux. Il m'a semblé que l'Univers entier joignait son rire au nôtre.

Rhia s'est assise et m'a regardé avec des yeux pétillants.

— Merlin, tu as réussi. Tu m'as sauvée.

— Non. C'est Dagda qui t'a sauvée.

— Pas sans ton aide, mon fils, a précisé Dagda tout en repoussant quelques mèches grises de son front. En gardant son esprit et son corps avec autant d'amour, tu l'as empêchée de mourir complètement, suffisamment longtemps pour que je puisse encore la ramener à la vie. Et, a-t-il ajouté en s'adressant à Rhia, tu nous as aidés, toi aussi.

— C'est vrai ?

Le vieil homme a hoché lentement la tête.

— Ton esprit est rayonnant, Rhiannon. Exceptionnellement rayonnant. Tu possèdes une force vitale aussi puissante que celle que j'ai mise dans l'Orbe de feu, un des Trésors de Fincayra.

Rhia a rougi.

Je me souvenais de cette sphère d'un orange étincelant que j'avais sauvée des ruines du château des Ténèbres.

— Elle a un rapport avec la guérison, n'est-ce pas? a dit Rhia.

— La guérison, oui, mais de l'âme, pas du corps. Car l'Orbe de feu, entre les mains de quelqu'un de sage, peut rallumer l'espoir et la joie, même la volonté de vivre.

Dagda s'est tourné vers moi.

— Toi, Merlin, tu sais mieux que personne à quel point l'esprit de ta sœur brille.

Je le sentais encore à l'intérieur de moi. Je savais qu'un peu de ma sœur y était resté, et pour toujours.

— Oui, a déclaré le vieil homme, ton apprentissage d'enchanteur ne fait que commencer. Mais comprendre la sagesse de ta sœur, t'imprégner de son esprit, en est une partie importante.

— Mon huitième Chant, en quelque sorte.

— Oui, a confirmé Dagda.

J'ai regardé Rhia.

— Aylah a essayé de me l'expliquer, mais je n'ai rien compris. Maintenant je crois que j'en ai une petite idée.

— Ou peut-être... l'intuition, a ajouté Rhia en touchant son amulette.

Fléau a fait entendre un gloussement qui ressemblait à un rire.

J'ai écarté de la main la brume qui s'élevait entre nous pour mieux voir le visage de Dagda.

— Je sens que Fincayra est mon vrai pays, lui ai-je confié. Et pourtant... quelque chose me dit que ce n'est pas le cas. Où est la vérité ?

Le vieil homme a souri tristement.

— Ah, tu es en train d'apprendre ! De même que le véritable amour mêle la joie et le chagrin, le véritable instinct mêle souvent des sentiments contraires. Dans le cas présent, je peux t'aider. Les humains ne sont pas destinés à vivre longtemps à Fincayra. Tu as beau t'y sentir bien, tu devras, un jour, retourner sur la Terre. Tu peux rester encore un peu, car ta tâche n'est pas terminée, mais au bout du compte, tu devras partir.

Je me suis mordu la lèvre.

— Ne pouvez-vous me permettre de rester ?

Les yeux remplis de compassion, Dagda a secoué la tête.

— Je le pourrais, mais je ne le ferai pas. Les mondes doivent rester séparés, car chacun a sa propre structure, son propre esprit, qui doit être respecté. C'est pour cette raison que je dois me battre contre Rhita Gawr sur de nombreux fronts, a-t-il soupiré. Il mettrait en pièces les structures de l'Autre Monde, de la Terre et de Fincayra... afin de les rebâtir à son idée, selon ses plans tordus. Il ne songe qu'à les dominer tous, à en faire son royaume.

— Est-ce pour cela que les Fincayriens ont perdu leurs ailes ? a demandé Rhia, alors qu'elle fixait les nuages mouvants. Ils ont oublié de respecter la structure ?

— Ton intuition est forte, Rhiannon. Tu es sur la bonne voie, mais le reste, tu dois le découvrir par toi-même.

— Dagda, puis-je vous poser encore une question ? ai-je dit, hésitant, cherchant les mots justes. Il existe une prophétie selon laquelle seul un enfant de sang humain pourrait vaincre Rhita Gawr ou ses serviteurs. Est-ce vrai ? Et si c'est exact, l'enfant humain est-il l'un de nous deux ?

Le vieil homme a passé la main sur un rameau de gui.

— Je ne peux te dire tout ce que tu souhaites savoir. Mais sache que cette prophétie est importante et que, même si c'est ta sœur qui a tué Balor, la seule personne qui peut arrêter Rhita Gawr à Fincayra, c'est toi.

Une grosse boule s'est formée dans ma gorge. Je me suis soudain rappelé l'ombre de la mort plongeant dans celle d'Elen.

— Si je dois mourir en me battant contre Rhita Gawr, ai-je murmuré, y a-t-il encore un moyen de sauver notre mère ?

Rhia s'est tournée avec anxiété vers Dagda. Fléau s'est agité sur mon épaule.

Le vieil homme a pris une longue inspiration.

— Il vous reste encore du temps, mais pas beaucoup. Quelques heures seulement avant la fin du dernier quartier. Cette fin marquera aussi celle de votre mère.

— Pouvez-vous nous donner l'Élixir ? ai-je supplié.

Dagda a tendu la main vers une branche et touché délicatement une goutte de rosée du bout du doigt. Celle-ci a recouvert son doigt d'une petite coupe brillante. Avec les autres doigts, il l'a déposée dans sa paume. Toute droite sur sa main, elle ressemblait à une minuscule fiole cristalline.

Il a tressailli. Au même instant, la petite fiole s'est remplie d'une goutte rouge : le sang de Dagda. Une fois remplie, elle s'est refermée d'elle-même.

— Voilà, a-t-il dit d'une voix pâteuse, comme si cette opération l'avait affaibli. Prends-la.

Sa main tremblait légèrement en me tendant la fiole.

Alors que j'ouvrais ma sacoche pour y ranger l'Élixir, j'ai senti les serres de Fléau s'enfoncer dans mon épaule alors qu'il se blottissait dans mon cou.

Dagda a deviné la question que je m'apprêtais à lui poser.

— Non, Merlin, il ne peut pas t'accompagner. Ton ami Fléau a donné sa vie mortelle au château des Ténèbres pour sauver la tienne. Il fait partie de ce monde-ci, à présent.

Le faucon a sifflé doucement. Ses yeux cerclés de jaune ont rencontré les miens, et nous avons échangé un dernier regard.

— Tu me manqueras, Fléau.

L'oiseau a de nouveau frotté ses plumes contre mon cou, puis s'est écarté lentement.

Dagda, lui aussi, avait l'air peiné.

— Je sais que tu as le cœur lourd, Merlin. Mais je crois qu'un jour, dans un autre pays, tu sentiras les serres d'un autre oiseau sur ton épaule.

— Je n'en veux pas d'autre.

— Je comprends.

Le vieil homme a tendu vers moi sa main valide et m'a caressé la joue.

— Désormais, vous devez suivre des chemins séparés. Mais personne ne connaît tous les détours que ces chemins peuvent prendre.

— Pas même vous ?

— Pas même moi.

Il a retiré le gui de mon épaule.

— Allez, maintenant, mes enfants, a-t-il dit. Et soyez courageux.

Tandis que résonnait le dernier cri de Fléau, la brume tourbillonnante m'a submergé comme une vague et a tout englouti.

UN BÂTON D'ENCHANTEUR

n un éclair, je me suis retrouvé à genoux dans l'obscurité, Rhia assise à côté de moi. La seule lumière venait des étoiles. Les rochers et les falaises avaient remplacé la brume. Un cercle de pierres polies s'était substitué à l'Arbre de l'Âme. Non loin de nous gisait la dépouille d'un colosse.

J'ai pris la main de Rhia.

— Nous sommes revenus au Puits.

— Ça c'est vrai, c'est bien vrai ! a dit la voix de Bumbelwy. Je ne pensais pas te revoir. Et tu as ramené le corps de…

Rhia ne l'a pas laissé finir.

— De Rhia ! s'est-elle écriée. Vivante et guérie.

Le bouffon, dont la silhouette voûtée avait surgi de l'ombre, nous a regardés, les yeux écarquillés. Les coins de sa bouche et ses multiples mentons se sont très légèrement remontés. Cela n'a duré qu'une fraction de seconde, mais il avait souri, j'en étais convaincu.

J'ai scruté le ciel pour voir où était la lune. Mais je n'ai rien vu. Rien du tout. Si seulement je n'avais pas gaspillé ces précieuses minutes avec Rhita Gawr!

Soudain, Rhia m'a signalé une pâle lueur qui venait de sortir de derrière un nuage.

— Oh, Merlin! C'est tout ce qui reste de la lune. Elle aura disparu avant l'aube!

Je me suis levé d'un bond.

— Et notre mère aussi… sauf si nous arrivons avant.

— Mais comment? s'est inquiétée Rhia, se levant à son tour. Arbassa est trop loin.

Soudain, une brusque secousse a ébranlé la crête. Puis une deuxième, suivie d'une troisième, plus forte, et d'une autre encore. Des rochers ont dégringolé des falaises, sur notre droite et notre gauche. Alors que je dégageais mon bâton de ma ceinture pour prendre appui dessus, j'ai aperçu une forme qui montait à l'horizon, comme une nouvelle colline. Elle grandissait si vite qu'elle cachait les étoiles. Mais j'ai tout de suite compris que ce n'était pas une colline.

— Shim! ai-je crié. Par ici!

Un instant après, le géant nous dominait de sa haute silhouette. Il s'est baissé et, sans perdre une minute, nous avons grimpé dans la paume de sa main. Bumbelwy n'avait pas l'air ravi.

Sous son gros nez bulbeux, Shim souriait du coin des lèvres.

— Je suis crontent de vous voir.

— De nous voir pour nous manger, oui, a gémi Bumbelwy en tordant le coin de sa cape.

— Nous aussi ! ai-je dit en ignorant le bouffon.

— Comment as-tu su que nous avions besoin de toi ? Et où nous trouver ? a demandé Rhia.

Shim a relevé la main en se redressant. Malgré mes tentatives pour tenir debout, je suis tombé dans le creux charnu, évitant de peu Bumbelwy, blotti au fond. Rhia, quant à elle, s'est posée à côté de nous avec la grâce d'un cygne.

— Je dormais, a répondu Shim, et je rêvais de… euh… Je ne m'en srouviens plus ! En tout cas, le rêve s'est changé en oiseau. Un fraucon, comme celui que tu portais sur ton épraule, sauf qu'il était gris et pas brun.

Cette évocation a réveillé la douleur entre mes omoplates, et une autre sur mon épaule.

— Ce fraucon crie si fort que je me réveille. Je srens que je dois partir à votre recherche ! Et, étrangement, je vrois dans ma tête l'endroit où aller.

— Ton rêve a été envoyé par Dagda, a expliqué Rhia, en souriant.

Le géant a haussé ses sourcils broussailleux.

— Tu es un ami fidèle, Shim ! ai-je dit. Maintenant, conduis-nous à Arbassa.

J'ai jeté un coup d'œil sur le dernier croissant de lune. Il m'a semblé qu'il avait encore minci.

Lorsque Shim s'est mis en route, un vent vivifiant s'est engouffré dans ma tunique comme dans une voile. Il nous a fait retraverser les collines des Terre perdues, écrasant la pierraille sous ses gros pieds poilus, et escaladant en trois ou quatre enjambées des pentes dont l'ascension nous avait pris des heures. À un moment, une odeur de fumée est montée jusqu'à nous et j'ai compris que nous passions près du repaire du dragon.

Lorsque Shim a tourné vers le sud pour franchir le bras de mer, nous avons retrouvé des tourbillons de brume. Ses yeux roses brillaient.

— Je ne vous avais pras dit que j'espérais faire une autre traversée avec vous, un jour ? a-t-il lancé en riant, tandis que les vagues claquaient contre ses jambes. Certainement, tout à fait, absolument !

Aucun de nous n'était d'humeur à rire avec lui. Bumbelwy se tenait le ventre, en marmonnant des mots où il était question de la mort d'un grand bouffon. Pendant ce temps-là, Rhia et moi observions le ciel, essayant de ne pas perdre de vue ce qui restait du croissant de lune.

D'après les bruits et les odeurs qui circulaient dans l'obscurité, et d'après l'allure de Shim, je devinais certains changements dans le paysage. En sortant du bras de mer, il a traversé le rivage et tout de suite après commencé l'ascension des collines. Puis la pente est devenue plus raide et ses pas se sont raccourcis. Bientôt, nous avons atteint les crêtes enneigées près de la cité de Varigal. Il m'a semblé entendre des voix graves chanter au loin, mais elles se sont rapidement éteintes.

L'air des montagnes est vite devenu humide et brumeux lorsque nous nous sommes enfoncés dans un labyrinthe de collines et de marécages. Nous n'étions pas loin de la grotte de cristal de la Grande Élusa. L'araignée géante était-elle là, blottie au milieu des Trésors de Fincayra ? Ou était-elle sortie à la recherche de spectres changeants et de gobelins pour calmer son appétit insatiable ?

Des craquements de branches ont annoncé notre entrée dans les bois de la Druma. Des parfums de résine nous ont chatouillé les narines. Des ombres immenses, certaines presque aussi grandes que le géant, se dressaient vers le ciel. Je me suis rappelé le souhait ardent de Shim qu'il m'avait confié un jour. *Être grand, aussi grand que le plus haut des arbres.*

Son vœu avait été exaucé, sans aucun doute. Assis dans sa paume, je fixais d'un regard attentif la lune qui tirait vers sa fin. Et j'étais de plus en plus convaincu que mon vœu le plus cher, à moi, ne serait pas exaucé.

Alors que j'avais les yeux levés vers le ciel, une nouvelle silhouette s'est dressée devant nous. Plus haute et plus ample que tout le reste, et aussi majestueuse que l'Arbre de l'Âme de Dagda. Arbassa, enfin ! Avec, entre ses branches gigantesques, la lumineuse maison de Rhia, où se trouvait Elen aux yeux saphir.

Shim s'est baissé et a posé la main sur les racines du chêne. J'ai attrapé mon bâton et sauté à terre, suivi de près par Rhia et un Bumbelwy trébuchant. J'ai crié des remerciements à mon ami, puis je me suis tourné vers Arbassa en espérant que, cette fois-ci, l'arbre ne ferait pas de difficultés pour me laisser entrer.

À cet instant, l'énorme tronc a grincé. L'écorce a craqué et s'est ouverte. J'ai franchi la porte à toute vitesse et monté l'escalier quatre à quatre. En me voyant surgir comme un fou dans la maison de Rhia, Ixtma, l'écureuil aux grands yeux, a poussé un cri aigu et s'est enfui, en lâchant un bol d'eau. Lorsqu'il a vu arriver Rhia derrière moi, il a couru vers elle en jacassant.

Elen, les yeux clos, était allongée par terre, telle que nous l'avions laissée, avec le même oreiller parfumé sous la tête et la même couverture sur la poitrine. Mais quand je me suis agenouillé près d'elle, j'ai observé de grands changements : ses joues étaient pâles comme la mort, son front portait les marques d'une longue souffrance. Elle était beaucoup plus maigre. J'ai posé ma tête sur son cœur, espérant l'entendre battre, mais je n'ai rien entendu. J'ai touché ses lèvres gercées, à la recherche d'un souffle d'air, mais je n'ai rien senti.

Rhia, presque aussi pâle que ma mère, s'est accroupie à côté de moi. Elle m'a regardé sortir la fiole de ma sacoche. À la lumière de l'âtre, l'Élixir, d'un rouge éclatant, a inondé la pièce de teintes écarlates.

En retenant mon souffle, je l'ai versé dans la bouche de ma mère. *S'il vous plaît, Dagda, je vous en supplie. Faites que ce ne soit pas trop tard. Ne la laissez pas mourir.*

J'ai à peine remarqué quand Ixtma a gémi, blotti contre la jambe de Rhia ; quand Bumbelwy est entré en secouant la tête tristement ; ni quand les premiers rayons de l'aube ont éclairé le rideau de feuilles à la fenêtre. Mais, avec toutes les parcelles de mon être, j'ai vu ma mère ouvrir les yeux.

En voyant Rhia et moi, elle a poussé un cri de surprise. Ses joues se sont teintées de rose. Elle a commencé à respirer et levé faiblement une main vers chacun de nous. Nous avons serré ses mains dans les nôtres, émus par le contact de cette chair vivante. Je n'ai pu retenir mes larmes, tandis que Rhia sanglotait en silence.

— Mes enfants.

Rhia a souri tout en pleurant.

— Nous sommes là, maintenant… mère.

Le front d'Elen s'est plissé légèrement.

— Pardonne-moi, ma fille, de ne pas te l'avoir dit avant que tu partes. Je pensais que si je mourais, ton chagrin serait trop grand.

— Tu n'avais pas besoin de me le dire, a confié Rhia en touchant l'amulette sur sa poitrine. Je le savais déjà.

Je lui ai donné un petit coup de coude en souriant.

— Tout ce que cette fille sait de l'intuition, c'est à moi qu'elle le doit, ai-je dit.

Nous avons ri, mère, fille et fils, comme si toutes ces années de séparation n'avaient jamais existé. Car si, un jour, nous devions de nouveau être séparés, nos cœurs auraient au moins vécu ce moment unique et inaltérable de pure vérité.

En ce jour naissant, dans les branches de ce grand arbre, nous étions ensemble. Enfin réunis.

Après bien des rires et des bavardages, nous nous sommes interrompus pour prendre un bon petit déjeuner composé de noix trempées dans du miel et de thé de romarin additionné de menthe. Je m'étais déjà resservi cinq fois quand, à ma stupéfaction, j'ai aperçu la Harpe fleurie, appuyée contre le mur, à côté de l'âtre… puis, derrière, d'autres objets empilés. Je me suis levé, en léchant mes doigts pleins de miel, pour aller les voir de plus près.

C'était incroyable ! Tous les Trésors de Fincayra étaient là, dans la cabane de Rhia !

Il y avait l'Éveilleur de rêves, le cor qui, d'après Cairpré, pouvait faire que les songes se réalisent. À côté était posée Percelame, l'épée à double tranchant. Quand j'ai tendu la main pour toucher sa poignée, la puissante lame pendue à ma ceinture a tinté doucement, comme pour me rappeler qu'elle aussi avait été forgée pour accomplir une destinée extraordinaire. La charrue légendaire qui labourait toute seule était là aussi, ainsi que la houe, la scie, et les autres Outils magiques, sauf celui qui avait été perdu. Je me suis demandé quel genre d'outil c'était et où il pouvait bien être. Puis mon attention s'est portée sur le dernier objet : l'Orbe de feu. La sphère orange brillait comme une torche. Ou, comme avait dit Dagda, comme un esprit rayonnant.

— Les Trésors… me suis-je extasié, incapable de détourner mon regard.

Rhia s'est approchée de moi tout doucement et a pris mon bras.

— Ixtma dit que la Grande Élusa les a apportés ici, peu de temps avant notre arrivée.

L'écureuil avait manifestement d'autres explications à lui donner, car il l'a interrompue par des jacassements furieux.

— Il me rappelle, a repris Rhia en souriant, qu'elle les a déposés dans la clairière devant Arbassa. Comme elle était trop grosse pour les porter à l'intérieur elle-même, elle a demandé — enfin, ordonné — à Ixtma et sa famille de faire le reste.

Cette histoire me laissait perplexe. J'ai passé un doigt sur la caisse de résonance en chêne.

— Dagda a dû envoyer un message à la Grande Élusa, comme à Shim. Mais pourquoi ? Les Trésors étaient en sécurité dans sa cave de cristal. Elle avait accepté de les garder pour toujours.

— Non, pas pour toujours, m'a rappelé Rhia. Seulement jusqu'à ce qu'elle trouve quelqu'un d'assez sage qui puisse choisir les bons gardiens pour en prendre soin. Les Trésors, avant Stangmar, appartenaient à tous les Fincayriens. La Grande Élusa pense qu'il faudrait revenir à cette situation. Et je suis d'accord avec elle.

J'étais de plus en plus déconcerté.

— Mais qui est assez sage pour choisir les gardiens ? La Grande Élusa pouvait le faire mieux que personne.

Rhia m'a regardée, d'un air pensif.

— Ce n'est pas son avis.

— Tu ne veux pas dire...

— Oui, Merlin. Elle veut que ce soit toi. Comme elle l'a dit à Ixtma, *l'île de Fincayra a de nouveau un enchanteur.*

J'ai jeté un coup d'œil sur les objets alignés près du mur. Chacun, quelle que soit sa forme, sa taille ou sa matière, possédait un pouvoir magique capable d'enrichir les habitants de Fincayra.

Rhia m'a souri.

— Alors, que vas-tu faire ?

— Je ne sais vraiment pas.

— Tu dois bien avoir une petite idée.

Je me suis baissé pour ramasser mon bâton. Un bâton d'enchanteur...

— Bon... Je pense que l'Éveilleur de rêves pourrait aller chez Cairpré, le plus sage des bardes. Et il me semble, ai-je ajouté en désignant Bumbelwy qui se gavait de noix et de miel, qu'un

certain bouffon sans humour mérite l'honneur de
le lui apporter.

Rhia avait l'air ravie.

Prenant cette nouvelle tâche de plus en plus
à cœur, j'ai saisi la poignée de la charrue.

— Pour les Outils magiques, je ne sais pas
encore. Mais pour la charrue, je connais un
homme appelé Honn qui en fera bon usage et la
partagera volontiers.

Restait l'Orbe de feu. Je l'ai soulevé avec précaution, sentant sa chaleur entre mes mains, et,
sans rien dire, je l'ai donné à Rhia. Ses vêtements
ont relui dans la lumière orangée.

— Pour moi ? s'est-elle exclamée, surprise.

— Pour toi.

Elle allait protester, mais j'ai parlé le
premier.

— Rappelle-toi ce qu'a dit Dagda. L'Orbe de
feu peut réveiller l'espoir, la joie et même la
volonté de vivre. Sa place est auprès de celui ou
celle dont l'esprit rayonne autant que lui.

Elle contemplait le globe avec des yeux
brillants.

— Tu m'as donné quelque chose de plus précieux que cela.

Nous nous sommes regardés un long moment.
Puis elle a montré la Harpe fleurie.

— Et ça ?

— Je crois qu'elle devrait aller chez deux personnes dont le jardin prospérait même au milieu des Plaines rouillées, alors que tout mourait autour.

— T'eilean et Garlatha ?

J'ai acquiescé.

— Et cette fois-ci, quand je leur apporterai la Harpe, je ne demanderai rien d'autre que d'être accueilli en ami. Mais d'abord, ai-je ajouté en tapotant la caisse de résonance, je la garderai quelque temps. J'ai encore une tâche à terminer dans les Collines obscures.

— Eh bien, il se trouve que moi aussi, a-t-elle lancé gaiement, en levant les yeux vers les branches d'Arbassa.

— Ah bon ? Et quelle est donc cette tâche ? ai-je demandé en levant un sourcil.

— Servir de guide. J'ai un frère qui se perd facilement…

Ne manquez pas
le tome 3

MERLIN
L'ÉPREUVE DU FEU

T. A. BARRON

T. A. Barron a grandi dans un ranch du Colorado, aux États-Unis.

Dans une première vie, il a beaucoup voyagé à travers le monde. Il a voulu se mettre à l'écriture, mais n'a pas réussi à trouver d'éditeur pour son premier roman. Il s'est donc tourné vers le monde des affaires, où il a évolué avec succès… jusqu'en 1989, quand il annonce à ses associés qu'il retourne dans le Colorado pour devenir écrivain et s'engager dans la protection de l'environnement.

Depuis ce jour, T. A. Barron a écrit plus d'une vingtaine de livres, des romans pour petits et grands ainsi que des livres autour de sa passion, la nature. Il a remporté plusieurs prix, et l'American Library Association ainsi que l'International Reading Association l'ont distingué à plusieurs reprises.

En 2000, il a créé un prix récompensant chaque année vingt-cinq jeunes gens pour leur implication sociale ou environnementale : le Gloria Barron Prize for Young Heroes.

T. A. Barron poursuit ainsi sur de nombreux fronts son travail pour la préservation de l'environnement. Il a notamment contribué à la création du Princeton Environmental Institute de l'université de Princeton, et ses diverses actions ont été récompensées par The Wilderness Society.

Ses passe-temps favoris sont la randonnée, le camping et le ski, qu'il pratique en famille à chaque fois qu'il en a l'occasion.

Retrouvez-le sur son site : www.tabarron.com

Aussi disponible

TOME 1

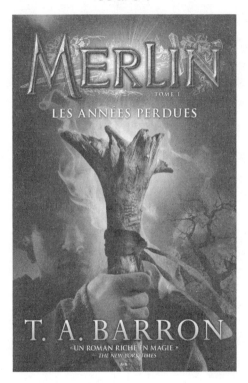

www.ada-inc.com
info@ada-inc.com

 www.facebook.com/EditionsAdA

 www.twitter.com/EditionsAdA